키스하는 언니들

키스하는
언니들

김규진 김은영 명랑랑 수 연희 정서연

조승 최성경 최혜숙 춘식 한채윤 황소

12명의 퀴어가 소개하는 제법 번듯한 미래

김보미 인터뷰집

디플롯

꽤 잘 살아갈 미래를
그려보는 시간

스무 살 이후, 종종 '삶을 잘 살아갈 수 있을까' 하는 생각이 머릿속에 들곤 했습니다. 내가 '보통'의 남들과는 퍽 다른 사람이란 것을, 다른 삶을 꾸리리라는 사실을 직감적으로 알았기 때문입니다.

문화와 언어와 제도와 정책 사이사이에 비집을 틈 없이 '정상성'으로 점철된 대한민국 사회에서 살아왔기에, 때맞춰 이성과 결혼해 가족을 형성한다든가, 커리어 중간중간에 출산과 육아를 끼워 넣는다든가, '가족'이라는 제도적 울타리 안에서 늙는 게 아닌 삶은 어떤 모습일지, 그에 속하지 않는다면 어떤 방향으로 삶을 지휘해야 할지 상상이 가지 않았습니다. 남들은 다 수행하는 것처럼 보이는 생애 주기 과업을 나는 이행하지 않을 것이고, 그런 내 미래는 이미 실패로 정해진 것 같아 두려웠죠.

그 때문이었을까요. 당시에는 친구들을 따라 이성을 만나보겠다며 미팅도 나가보는 등 의미 없는 방황을 했습

니다. 매번 얼마 못 가고 도돌이표처럼 제자리로 돌아왔
지만요.

그러다가 대학 내 성소수자 동아리가 있다는 걸 알게
되었고, 수만 번 고민한 끝에 가입 메일을 보냈던 기억이
납니다. 그곳에서 만난 동아리 언니들을 통해 '이쪽(성소
수자 전용)' 온라인 사이트도 알게 되고 처음 레즈비언 바,
클럽에도 나가볼 수 있었죠. 신세계였습니다. 일반 친구
들의 행복과는 결이 다르지만, 퀴어로서 누릴 수 있는 다
른 즐거움과 행복도 있겠다는 희망이 생겼죠.

대학 학생회장 출마를 준비하며 커밍아웃을 고민하
던 때, 어떤 방식이 효율적일지 의견을 구하고 싶어 동아
리 선배의 소개로 만난 장서연 님과 그의 성소수자 지인
선배 분들을 만났습니다. 그 자리는 평생 잊지 못할 기억
입니다. 그분들의 응원 한마디 한마디가 모두 큰 용기가
되었지만, 무엇보다 가장 큰 힘은 퀴어 선배들이 각자의
중심대로 살아가고 있는 모습 그 자체였습니다. '앞으로
나이가 들어도 성소수자로서 꽤 잘 살아갈 수 있겠구나'
싶었습니다.

뉴스나 영화, 방송 등에서 '성소수자'를 다룬 소식들
을 심심치 않게 접할 수 있습니다. 그러나 아직 한국 사회

에서 성소수자는 자신의 모습을 긍정하며 살아가는 모습보다는 어둡고 불안한 존재로 다루는 경우가 더 많은 것 같습니다. 그런 환경에 많이 노출되어서인지, 정체화를 하고 나를 긍정하기까지 더 오랜 시간과 에너지를 썼던 것 같고요.

찬찬히 삶을 돌이켜보면 퀴어라고 해서 특별히 더 불행하거나 어둡지만은 않았습니다. 남모를 고민이 하나 더 있었지만, 여느 평범한 또래들만큼만 불안하고 막막했을 뿐입니다. 나를 괴롭히던 고민과 걱정의 7할은 아직 일어나지도 않은 일이었고요. 그래서 어느 순간부터인지 '닥치지 않은 미래를 걱정하느라 오늘의 행복을 놓치지 말자. 미래 또한 내 걱정보다는 훨씬 가벼울 거다'라고 생각을 고쳐먹게 되었습니다. 삶은 다채롭고, 행복한 순간들은 일상 여기저기에 숨어 있는데, 세간에 들리는 불필요한 이야기들에 마음 쓸 필요는 없으니까요.

이 책을 엮기 위해 열두 분의 여성 성소수자를 만나 목소리와 이야기를 듣는 매 순간은 환희와 기쁨의 연속이었습니다. 각자의 삶 속에서 치열하게 또 본인만의 생각과 색깔로 주어진 조건에 마주하고, 말하고, 행동하고, 실천하며 지금껏 삶을 꾸려온 멋진 분들입니다. 그런 열두 분의 이야기를 담아내는 시간이 제게는 어렴풋하게나마 꽤 잘 살아갈 미래의 가능성을 그려보는 시간이기도 했습니다.

성소수자라는 자신의 정체성은 중요하지만, 세상이 떠드는 만큼 대수롭진 않다고, 삶이란 건 원래 어떤 면에선 고달프고, 어떤 면에선 살 만한 거라고, 성소수자라고 특별히 더 불안해 할 것은 없다고. 열두 분이 남겨주신 이 메시지가 불안을 담담히 마주할 용기와 지혜를 주었습니다.

이 책이 세상에 나오기까지 약 3년의 시간이 걸렸습니다. 그 긴 시간 끝에 이토록 다채로운 이야기를 여러분들과 나누게 되어서 무척 기쁩니다. 여러분의 성적 지향, 혹은 성별 정체성이 어떻든 이 책에 담긴 열두 편의 이야기는 여전히 유효합니다. 그간 살아온 세상에선 생각지 못했던 다른 관점을 발견할 수 있다는 점에서도, 또 다른 세상이라고 생각했던 곳에서 모종의 동질감을 느낄 수 있다는 점에서도 그렇지요. 낯설지만 동시에 친밀한, 우리 주변의 늘 존재했던 열두 명의 여성 성소수자의 이야기가 여러분에게도 환희와 기쁨, 용기와 지혜를 전할 수 있길 바랍니다.

삶의 궤적을 따라 소중한 경험과 자신만의 생각을 기꺼이 나누어주신 조송, 한채윤, 장서연, 김규진, 춘식, 연희, 황소, 김은영, 수(낫수), 최성경, 최현숙, 명우형 님께 마음 깊이 감사드립니다. 더불어 유쾌하게 저자 인터뷰를 진행해주신 유지영 기자에게도 고마운 마음을 전합니다. 마지막으로 이 책이 세상 밖으로 나올 수 있도록 함께 고민해주고, 때로 묵묵히 기다려주고, 짜임새 있게 글을 엮어준 이지은 편집자와 디플롯 관계자 분들에게도 감사드립니다.

2023년 여름
김보미

차례

feat. 조송

유튜브 등에서 30만 구독자와 소통하는 개인방송 크리에이터. 치사량
의 달달함과 파국의 사연이 얽히고설키는 가운데 셜록 홈즈 못잖은 인
팁INTP적 추리력과 해결력을 발휘하며 'LGBT 사연 읽어주는 조송'이라는
코너를 성황리에 운영하고 있다. 20여 년을 살았지만 60여 년은 산 것 같
은 연륜으로 우리의 고민을 대신 해결해주는 LGBTQ계의 무엇이든 물어
보살. 어디서도 말 못 할 고민이 있다면 그에게 물어보자.

곁을 나눌 존재는 어디에든 있다

고민 상담할 존재를
발견하는 법

(우리는) 성소수자이지만

이상한 괴물도 아니고

그렇다고 특별한 존재도 아니고

그저 일상을 살아가는

'보통 사람들'이라는

메시지를 보여주고 싶어요.

"오늘 제가 이 자리에 선 것은 성소수자이기 때문입니다. (…) 저는 개인적인 의무와 사회적 책임을 느낍니다. (이 커밍아웃은) 저를 위한 것이기도 해요. 더는 숨기는 데도 지쳤고, 말하지 않고 속이는 것에도 지쳤습니다. 성정체성이 드러날까 봐 몇 년 동안 고통스러웠어요. 정신적으로도 괴로웠고, 마음도 괴로웠으며, 인간관계도 괴로움으로 가득했죠. 전 오늘, 여러분과 함께 그 고통 너머에 서 있어요."

2014년 라스베이거스에서 열린 인권 포럼인 '인권 캠페인The Human Rights Campaign'에서 배우 엘리엇 페이지Elliot Page(성전환 고백 전 이름은 엘렌 페이지Ellen Page)가 한 연설 가운데 일부입니다. 영화 〈인셉션〉으로 대중에게 이름을 알린 그를 저는 임신한 주인공으로 등장하는 영화 〈주노〉에서 처음 접했습니다.

그는 분명 커밍아웃한 이전과 다른 모습으로 살아가겠지요. 페이지의 연설 장면을 보니 앞으로의 그의 삶이 그려져 애달프면서도 고맙고 또 벅찼습니다. 그가 걸어갈

길이 온전한 자신의 모습으로 가득 차길 바라게 되었습니다. 이 연설을 보고 또 보며 언젠가 저 또한 저에 대해 당당히 이야기할 수 있는 날이 오길 기다리기도 했습니다.

나에 대해 말하기

우리는 다양한 관계를 맺으며 타인과 유사점을 찾기도 하고, 스스로를 구별하기도 합니다. 이런 상호작용으로 자아를 형성해나가기에 '나'에 대해 말하는 과정은 개인에게 중요한 과업입니다.

자기에 대해, 특히 성적 지향sexual orientation*과 성별 정체성gender identity**에 대해 말할 수 있는지 여부는 매우 중요합니다. 이는 사적인 영역처럼 보여도 공적 자아 형성에 큰 비중을 차지합니다. 실제로는 별 관심도 없으면서 시시콜콜한 질문을 늘어놓는 친구, 직장 동료, 상사, 친지에게 건넬 만한 답을 들여다보면, 스스로를 설명하는 데 성정체성이 깊이 연관된다는 사실을 깨닫게 됩니다. 자신이 어

---

* 한 사람이 다른 사람에게 느끼는 육체적, 심리적, 정서적, 성적 끌림을 뜻한다. 특정 성별을 대상으로만 끌린다는 의미로, 이성애, 동성애, 양성애, 범성애, 무성애 등 여러 유형이 있다.

** 자신이 자각하는 자신의 성별을 말한다. 출생 시의 지정성별과 동일할 수도, 다를 수도 있다. 성주체성, 성동일성이라고도 부른다.

떤 사람을 좋아하고, 주말에 누구와 무엇을 했는지 등 아주 소소한 일상부터, 지금 누구와 함께 살고, 경제적인 부분을 얼마나 공유하는지, 앞으로 계속 혼자 살지 아니면 누군가와 함께 삶을 영위해나갈지 등의 계획을 남에게 드러낼 수 있느냐 없느냐는 차이가 크죠.

정체성을 이야기하기는 상당히 어렵습니다. 사람이라면 누구나 복잡다단한 면이 있기 때문이기도 하지만, 나의 정체성이 공동체에서 쉬이 받아들여지기 어려우리라는 우려가 입을 막는 가장 큰 이유일 것입니다. 단순히 남들과 다른 정도를 떠나 '정상적'으로 보지 않는 혐오의 시선 속에 자신을 내던지는 것 같은 느낌이 들기 때문이죠. 상황이 녹록치 않고 심리적으로도 두려울 뿐 아니라 물리적 위협까지 느껴진다면 조심스러운 마음에 선뜻 자신에 대해 입을 열기 어려울 수 있습니다. 그저 감정적인 반응을 넘어 직장에서 해고를 당하는 등 실질적인 차별이 일상에서도 이어질지 모른다는 걱정도 들고요.

그 외에도 주변에 매번 명분을 찾아 둘러대는 게 힘들어서, 진실을 감추는 침묵이 싫어서, 사회적 기준에 맞추는 것이 괴로워서, 더는 주변을 속이고 싶지 않아서 같은 이유도 있을 것입니다.

배우 페이지 같은 거창한 커밍아웃이 아니더라도, 기

까운 주변 사람들에게 성적 지향이나 성별 정체성에 대해서 말하고 소소한 일상을 속 편히 공유하고 싶지만 아직 조심스러운 분들에게 조언을 건네줄 만한 분과 이야기를 나누어보았습니다. 다들 어떻게 살고 있는지, 무슨 고민을 하는지 등 소소한 사연들을 나누고, 스스로에 대해 이야기하는 방법을 알려드리고자 합니다. 구하고자 한다면 항상 방법을 찾을 수 있을 거예요.

퀴어도 '보통 사람'임을 보여주고 싶어요

'나와 같은 사람들'과 대화하고 소통하며 퀴어에 대해 알리는 사람이 있습니다. 유튜브에서 '조송Josong 채널'이라는 고민 상담 채널을 운영하는 조송 님입니다. 활동하는 이름은 '조송', 그가 가장 잘하는 일은 '소통'입니다. 이 채널을 구독하며 조송 님과 소통하는 사람의 수만 해도 32만 명에 이릅니다.

조송 님은 성소수자에 대해서 좀 더 제대로 알리고, 익명으로라도 자신의 이야기를 하고 싶은 사람들을 위한 공간을 만들고자 하는 마음으로 매주 월, 수, 금요일 밤 열 시에 라이브 방송을 켭니다. 또 인상 깊은 내용을 영상 편집해 유튜브에도 올립니다.

"제가 온라인에서 알려진 것은 사실 그리 오래되지

않았어요. 페이스북에서 제 헤어스타일 변화, 그러니까 쇼트커트short cut 전후 사진이 화제가 되면서 하루아침에 떴다고 할 수 있죠. 그 게시물이 다른 페이지들에 속속 옮겨지면서 구독자가 하루에 2만 명씩 늘어났고요, 순식간에 28만 명의 구독자가 생기더라고요. 당시 제 나이가 스무 살이었어요.”

그렇게 일명 '페북 스타'가 되고 나서 조송 님은 그의 성적 지향을 밝힌 커밍아웃 영상으로 또 한 번 화제가 됩니다. 그 영상이 좋은 반응을 얻어 구독자는 더 늘어났죠.

커밍아웃 영상으로 인해 받은 긍정적인 반응과 늘어난 구독자는 장점이었지만 동시에 그의 계정에 찾아와 재차 사실을 확인하려는 글들이 감당하기 어려울 만큼 달렸다고 합니다. 당시에 그는 당황스럽고 두려운 마음이 들기도 했습니다.

“반년 정도 지나니 굳이 제 성적 지향에 대해 말하고 싶지 않아졌어요. 너무 많은 사람들이 저에 대해 알고, 일이 커지다 보니 겁이 나기 시작했던 거죠. 구독자가 10만 명 정도였을 때 아프리카TV 방송도 하고 있었거든요. 그때도 지금 유튜브처럼 앉아서 대화하는 콘텐츠였는데요, 당시에도 제가 말을 잘한다고 착각했고 또 주위에서 띄워주기도 해서(웃음) 그러한 콘셉트를 실정했어요.

실시간 대화에 '조송 님은 레즈(레즈비언)냐'라는 물음이 올라올 때가 많았는데요, 그때마다 매번 대답을 피했어요. 분명 저는 커밍아웃 영상으로 떴는데 말이죠. 결국 숨길 문제가 아니라는 생각에 마음을 다잡고 '바이섹슈얼*'이맞다. 무섭긴 하지만 한번 이런 나로 잘 살아보겠다'는 입장을 올렸어요. 이후로는 조금 더 편하게, 제 자신과 연애에 대한 시시콜콜한 이야기를 할 수 있었습니다."

2023년 시점으로 유튜브 업력만 8년째인 전업 유튜브 크리에이터 조송 님은, 여성 성소수자 유튜버로서 '고민 상담과 소통'이라는 그만의 견고한 콘셉트로 꾸준히 구독자들과 이야기를 나누고 있습니다. 부침이 많은 SNS 플랫폼 세계에서 '사람을 상대하는 일'을 지속하는 원동력이 궁금해졌습니다.

"솔직히 이 일을 시작할 당시에 바탕에는 '반드시 성공하겠다'는 마음뿐이었어요. 저한테 성공은 성인으로서 부족함 없을 만큼의 돈을 버는 삶이에요. 유튜브 활동 초반에는 한 달에 100만 원도 벌지 못했기에 본업으로 삼을 수 없었어요. 편집자 월급을 메꾸려 회사에 다니면서 틈

---

*   자신과 같은 젠더와 다른 젠더 양쪽에 성적 끌림을 느끼는 사람을 뜻한다. 양성애자라고도 부른다.

틈이 쿠팡 배달 아르바이트도 했고요. 불과 얼마 전까지도 이중, 삼중의 직업 생활을 했죠. 그러다가 공개 연애를 콘텐츠로 제작하면서 수입이 오르더니 안정적인 지금의 상황까지 올 수 있었어요. 유튜버로 본업을 삼은 이후로는 정말 좋아했던 술도 자제하게 됐고요."

조송 님은 방송에서 퀴어 이슈로 지나치게 자극적인 이야기는 하지 않고 싶다고 합니다. 그렇다면 구체적으로 어떤 방송을 하고 싶은 걸까요?

"'우연히 유튜브에서 조송이라는 사람의 방송을 보고 구독했는데, 알고 보니 그가 퀴어였다'라는 식으로 자연스럽게 흘러갔으면 좋겠어요. 성소수자이지만 이상한 괴물도 아니고 그렇다고 특별한 존재도 아니고 그저 일상을 살아가는 보통 사람들이라는 메시지를 보여주고 싶어요."

첫 커밍아웃의 기억

이렇게 자신을 드러내며 활동할 수 있는 배경에는 조송 님의 개인적인 의지도 작용했지만, 그의 성적 지향에 긍정적으로 반응하며 따뜻하게 품어주고 지지해준 가족과 친구들이 있었기 때문입니다.

조송 님이 처음 커밍아웃을 결심한 것은 어느 순간부터 자신에 대해 숨기는 게 벅차서였습니다. 너무나 좋아하는 사람이 생겼다고 주변에 이야기하고 싶은데, 항상 조송 님에게 애인이 없을 거라 생각하는 사람들은 이성을 소개해주겠다고 난리였죠.

그러다 가장 친한 친구에게 처음 커밍아웃을 했는데, 웬걸 친구가 '그래서 좋다'라고 반응했다고 합니다. 조송 님의 '성적 지향이 좋다'는 의미였죠. 이 정도면 꽤 성공적인 첫 커밍아웃인 셈이었습니다.

"고등학교에 들어가기 전까지만 해도, 저 역시 당연히 여자와 남자가 만나야 한다고 생각했어요. 저도 '고등학생이 되면 제대로 연애해야지' 했는데…. 제일 먼저 친해진 동성 친구가 신경이 쓰이고 눈길이 가는 거예요. 처음으로 그 친구의 연락이 기다려지고, 만나고 싶고요. 이런 생각이 들 때마다 '내가 우리 우정을 깊게 오해하고 있다, 우리는 그냥 친구다, 친구'라고 되뇌였어요. 그런데 그 친구에게 남자친구가 생기니 질투가 나고 괜히 우울해지더라고요. 그때 제가 느끼는 감정이 우정과 다르단 걸 알았어요. 그 뒤로 부정의 단계를 거치진 않았어요.

그 전에는 '사랑'이라는 감정을 이해하지 못했어요. 남자와 손잡고 안고 있어도 별다른 감정이 느껴지지 않았어요. 반면에 여자친구를 사귈 때는 심장이 미친 듯이 뛰니까. 이런 게 사랑이구나(웃음). 너무 좋아하는 사람과의 연애를 티내고 싶고 남들에게 자랑하고 싶었죠. 열여덟 살에 페이스북에 여자친구를 태그하면서 커밍아웃을 하게 됐어요. 주변 상황이 대개는 부정적이었는데도 마음이 숨겨지질 않았어요."

사랑하는 이들의 의지 위에 단단하게 서 있다는 믿음

조송 님의 친언니도 동생의 커밍아웃을 알기 전까지는 성소수자에 대해 그리 긍정적이지만은 않았습니다. 동성애자들에 대해 '잘 모르겠다'라는 말을 한 적이 있는 언니였기에 조송 님 입장에서는 세상에서 가장 가까운 사이여도 말하기 쉽지 않았죠. 그래서 페이스북 페이지에 동성연애 사실을 밝히는 게시물을 올릴 때도 친언니가 볼 수 없도록 설정했다고 합니다.

그러나 그 게시물의 파급력은 엄청났고, 결국 친언니도 지인을 통해 그 글을 보게 되었죠. 이후 언니는 조송 님에게 "이전에는 성소수자에 대해 잘 몰랐는데 네가 이렇게 커밍아웃을 하니까 아무렇지 않게 생각하게 됐어"라고 이야기했다고 합니다. 그 이후로 지금까지 두 사람은 돈독하게 지내고 있습니다.

조송 님과의 대화에서 가장 인상 깊었던 부분은 어머니의 반응이었습니다. 하루는 어머니가 "너 여자친구 있지?"라며 돌직구를 던지셨다고 합니다. 거짓말이 서툴던 조송 님이 "응"이라고 대답했고요. 어머니는 여자친구를 집으로 초대하고 함께 식사도 대접했습니다. 조송 님을 온전히 받아주신 것이지요. 조송 님이 진지하게 애인과 만나고, 때로는 그 관계로 힘들어하는 모습을 보일 때면 가장 따뜻한 말로 조송 님을 품어주는 든든한 지원군입니다. 어머니는 이렇게 말씀하셨다고 합니다.

"나는 잠깐 한 시절 스쳐가는 과정이라 생각했는데, 너한텐 아니었나 보다. 살면서 앞으로 여러 가지 일들을 겪을 텐데, 그때마다 절대 네가 잘못됐다고 생각하면 안 돼. 너의 성적 지향이 잘못된 게 아니고 네 감정은 너무나 자연스러운 일이야. 유튜브 방송을 할 때 많은 사람들에 게 너의 이야기를 소신 있게 전해줘."

조송 님은 성소수자로서의 삶에 어려운 점은 없었을 까요? 제 질문에 이런 대답이 돌아왔습니다.

"사귀는 사람의 주변 반응에, 그의 부모가 반대하는 모습에 오히려 상대보다 제가 더 힘들어했죠. 그때마다 외면했거나 잊고 살았던 현실적인 부분을 계속 직면하게 되어서 그랬던 것 같아요. '나는 어차피 결혼도 못하고, 우 리를 보호하는 법적인 제도도 전혀 없고, 대한민국의 많 은 사람들이 우리 존재를 혐오한다는 사실을 잊고 살았구나'라고 깨닫는 경우가 많았어요. 우리 둘의 문제가 아닌 현실에 부딪힐 때마다 '내가 답 없는 미래를 꿈꿨나, 환상 속에 살고 있나' 싶어 무력해졌어요. '나도 행복해도 될 줄 알았는데, 안 되는구나. 성소수자이면 행복해질 수 없는 존재구나'라는 생각이 처음으로 들었고 인스타그램에 관련 글도 많이 써댔죠. 그때 엄마가 제 글을 보고 계셨던 거예요. 워낙 보수적인 분인데도 오히려 제가 놀랄 만큼 많이 위로해주셨어요. '너는 절대 잘못된 게 아니다'라고."

제도 범위 밖에 있다는 불안과 보이지 않는 미래에 대한 무력감은 성소수자라면 누구나 깊게 공감할 감정입니다. 자잘한 좌절 앞에서도 다시 나답게 사랑하는 삶을 이어나가는 힘은 지칠 때 언제고 기댈 수 있는 든든한 이들에게서 나온다는 생각이 들었습니다.

악플은 뒤로하고 응원의 마음에만 집중할 것

조송 님이 감당하는 또 다른 아픔이 있습니다. 대중에 공개된 인물의 특성이라지만 조금도 익숙해지지 않는 '악플'들입니다. 그들을 고소하려는 조송 님을 도리어 힐난하는 경찰들의 발언 때문에 마음에 상처를 입기도 합니다.

"악플이 마음을 힘들게 해요. 지금처럼 유튜버가 대중적인 직업이 아니었을 때는 더 많은 무시를 당했죠. 고

소하러 경찰서에 갔다가 '(동성애 내용을 올렸으면) 욕먹으려고 작정한 것 아니냐' '합의금을 노리는 거냐' 등 말도 안 되는 이야기에 울면서 돌아온 적도 있어요. 공황장애가 생겨 정신의학과를 다니기도 했고요. '이용한다'는 편견에도 화가 나더군요. 방송을 하다 보면 대중적으로 더 알려야 한다고 생각해서 '동성애지' 입장으로 말할 때가 많아요. 물론 개인적인 상황을 언급할 때에는 '여자를 만나는 바이섹슈얼'이라고 밝히는데, '레즈인 척한다' 또는 '레즈이면서 바이(바이섹슈얼)인 척한다' 등의 반응들과 마주하죠. 그때마다 어느 장단에 맞춰야 할지 혼란스러워요.

성별 정체성과 성적 지향의 차이도 유튜브를 하면서 배웠어요. 분명 성적 지향의 구분은 필요하지만 퀴어 이야기를 할 때만큼은 너무 서로를 가르고 분리시키지 말고 의견을 모아주면 좋겠는데, 그 점이 아쉽죠."

조송 님은 방송에서 당차고 거침없어 보이지만 평상시에는 심하게 낯을 가리고 수줍어하는 성격입니다. 여기까지 오는 길이 쉽지만은 않았을 것 같습니다. 유명세와 그에 따른 악플, 퀴어 내에서도 일부 따라오는 부정적인 반응들, 성장 과정 중에 그걸 오롯이 다 받아내기가 분명 힘에 부쳤을 것입니다.

그가 다시 세상에 나오는 데 도움을 준 가장 큰 에너

지원은 그의 방송에서 위로를 받고 힘을 얻는다는 사람들의 반응이었습니다. "친구한테 커밍아웃했는데요, 친구가 조송 님 구독자였어요. 그 덕분에 자연스럽게 이야기할 수 있었어요." "조송 님 덕분에 성소수자에 대한 인식이 많이 바뀐 것 같아요. 고마워요." 이런 응원 메시지가 달릴 때면 뿌듯하고 한 발 더 나갈 용기가 생기죠.

"밖에서 자신을 드러내기 어려운 분들이 온라인 방송으로 위로를 받는다고 이야기해요. 저한테 사연도 털어놓고 댓글도 달아보고 그걸 제가 읽어주는 상호 작용들을 보면서 더는 혼자가 아니라는 생각을 한다고 말씀해주세요. '좋아요'나 구독하기, 또 게시물에 하트를 누르는 일 하나하나가 저를 지지하고 응원해주는 마음 같아서 정말 소중하고 힘이 돼요."

우리가 서로의 용기

어린 나이에 어느 정도 성공해야 적당한지 정답은 없지만, 통상적으로 조송 님은 충분히 자랑스러워할 만한 성취를 이루어낸 것 같습니다. 그가 만들어나가고자 하는 변화의 방향과 지금껏 제작한 영상들을 다시 보면서 그런 생각이 들었어요.

조송 님은 많은 용기를 내어 이 인터뷰이 자리에 섰습

니다. 성소수자에 대해 제대로 알리는 데 도움이 되고 싶기 때문입니다. 퀴어에 대한 이해도를 높이고, 퀴어도 평범한 우리 주변 사람이라는 메시지를 주고 싶다고 했습니다. "우리는 서로의 용기"라는 말처럼 그의 용기를 씨앗 삼아 다른 이들도 용기를 냈으면 하는 게 그의 바람입니다.

'용기를 내어 나에 관해 말해볼까' 고민 중인 사람들에게 조송 님은 말합니다. 보통 사람들이 느끼는 삶의 무게에다가 정체성에 대한 고민까지 더해진 당신이 너무 버겁진 않을지 걱정된다고요. '나'를 정체화하기 어려울 때는 구체적인 언어가 아니어도 괜찮으니 그저 지금 느끼는 대로 이야기해보라는 조언도 건네었습니다.

"성적 지향이나 성별 정체성에 아직 확신이 서지 않는 분들이 많죠. 개인적으로 저 역시 동성애자인지, 바이섹슈얼인지, 범성애자*인지 구체적으로 알지 못하고, 죽을 때까지 확신하지 못할 것 같아요. 자신의 정체성을 정의내릴 필요는 없다고 생각해요. 그저 느끼는 것들을 부정하지 말고 받아들이면 되지 않을까요.

만약 벽장**을 나오려는 중이라면 새로운 사람을 만나는 커뮤니티 활동이 도움이 되실 거예요. 물론 이상한 사람과 맞닥뜨릴 때도 있겠지만 이는 퀴어 커뮤니티뿐 아니라 일반 커뮤니티에도 마찬가지랍니다. 처음에는 너무 깊게 발을 들이기보다는 그냥 지인을 찾아보고, 그분과 속 이야기를 털어놔보고요. 당연히 안 맞을 수도 있지만 의외로 잘 맞을지도 몰라요."

편안하게 커밍아웃을 할 수 있다면 좋겠지만, 지금 당장 반드시 해야 한다고 생각하지 말라고, 무엇보다 자신 그대로 당당한 모습이 중요하기에 스스로에게 자긍심을 느끼기를 바란다는 응원도 더했습니다.

성적 지향과 성별 정체성에 대해, 혹은 연애와 삶의 고민에 대해 이야기하고 싶지만 주변 환경이 녹록치 않다면 조송 님의 채널처럼 소통 유튜버들을 찾아보시길 제안드립니다. 조송 님 또한 퀴어를 소재로 하는 유튜브 채널에서 필요한 도움을 받아보라고 권했습니다. 익명의 온라인 공간이지만 같은 고민을 하는 사람들이 모여서 당장에 풀리지 않는 근심과 답답한 현실에 대해 이야기하기엔 충분할 것입니다. 도움이 필요한 분들께 힘이 되고 부디 마

**   타인에게 본인의 성정체성을 감추고 살아가는 것.

음이 좀 더 가벼워지실 수 있길 바랍니다.

지금 조송 님은 행복합니다. 사람들의 고민을 함께 나누고 대화하는 의미 있는 일들을 해나가고 있기 때문입니다. 이 삶을 지속하기만 해도 조송 님은 더 바랄 게 없다고 합니다. 여기서 한 발 더 나아간다면, 사랑하는 사람과 미래의 선택지를 넓힐 수 있도록 10년 안에 동성혼이 법제화되었으면 좋겠다는 바람이 있습니다.

"제도가 완성된다면 인식은 따라오잖아요. 서로의 사망보험금까지 '이 사람 앞으로 해주고 싶다' 생각할 정도로 각별한 사이임에도 사회적 제도가 없으니 자꾸만 불안해지거든요. 갑자기 응급실에 실려 갔을 때 보호자로서 해줄 수 있는 게 없어요. 정말 슬프죠. 개인적인 꿈이요? 마당 있는 집에서 저희 개들을 실컷 뛰어놀게 하고 싶습니다(웃음)."

친구의 커밍아웃에 올바르게 반응하는 법

편하게 커밍아웃할 수 있다면 좋겠지만, 반드시 그럴 필요는 없죠. 커밍아웃은 상당히 용기가 필요한 일입니다. 처음이라면 더욱 떨리고 상대가 어떤 반응을 보일지 두렵기도 합니다. 자신의 조건과 형편을 고려해서 안정적인 상황을 찾는 것이 가장 중요합니다. 그리고 용기를 내어 누군가에게 성정체성에 대해 밝혔다면, 자신의 삶과 이 사회에 작지만 큰 변화를 일으키는 것이 분명합니다.

종종 앨라이^{Ally}* 분들이 "친구의 커밍아웃을 들었을 때 어떻게 반응하면 좋을까요?"라고 물어보곤 합니다.

글쎄요. 정답이 있다고 생각하진 않습니다. 다만 확실히 말씀드릴 수 있는 점은, 누군가 당신에게 커밍아웃을 했다면 이는 당신을 믿고 있다는 증거입니다. '이 사람이라면 나를 부정하지 않고 온전히 받아줄 것'이라 생각하고 있는 거죠. 그렇기에 신뢰하고 이야기해준 데 대한 고마움과 그 삶을 지지한다는 표현만으로도 충분하다고 생각합니다. 또 그저 평소처럼 대해준다면 앞으로도 편하게 함께 지낼 수 있을 것입니다. 그리고 성소수자 인권과 관련된 사회의 다양한 이슈에 관심을 두고 이야기를 나눈다거나 행사나 축제에 함께 참여한다면 그야말로 가장 든든한 지지 의사일 것입니다.

---

* 　　성소수자를 지지하는 비성소수자. 성소수자 차별의 당사자는 아니지만 그 차별을 반대하고 연대한다는 의미가 담겨 있다.

가장 많은 퀴어들의 고민 3

처음으로 여자를 좋아하게 됐어요. 이래도 괜찮은 걸까요?

혼란스럽고 헷갈릴 수 있을 거예요. 하지만 누군가를 좋아한다는 마음이 드는 것 자체가 쉽지 않으니 축하할 만한 일이라고 생각해요. 마음에 들어오는 사람을 찾는 것조차 어려운 세상이잖아요. 이것만 기억하세요. '사람은 각자 다르니까!' 그 소중한 감정을 응원하겠습니다!

미성년자인데요, 커밍아웃을 해도 될까요?

저는 미성년자인 열여덟 살 때 처음으로 커밍아웃을 했습니다. 하지만 다른 이들에게 제 사례를 추천하고 싶지는 않습니다. 어리다는 이유로 인정받지 못하는 경우도 반드시 생기고, 예상치 못한 여러 다른 상황도 겪을 수 있기 때문입니다. 가능하다면 법적으로 성인의 나이가 지나고 자립할 수 있는 형편이 되었을 때 커밍아웃을 하는 편이 낫다고 생각해요.

제 성적 지향을 잘 모르겠어요

고백하자면, 저도 잘 모르겠어요. 제가 바이섹슈얼인 줄 알았는데 최근에는 범성애자가 아닐까 싶은 생각이 들더라고요. 자신의 성적 지향에 대해 확신할 수 있는 사람이 몇이나 될까요? 이는 평생 안고 가야 할 고민이라고 생각해요. 내 성적 지향이 뭔지 확실히 아는 게 뭐가 그렇게 중요하겠어요. 세상엔 다양한 성적 지향이 있

◈◈◈◈◈◈◈◈◈◈◈◈◈◈◈◈◈

지만 대부분 호모섹슈얼*, 바이섹슈얼, 헤테로섹슈얼**로만 구분
지으려 하잖아요. 꼭 그 범주 안에 들어야겠다는 생각은 버렸으면
좋겠어요.

---

*   생물학적sex 또는 사회적 성별gender이 같은 대상에게 감정적, 성적으로 끌
     리는 사람. 동성애자라고 부르며 지정성별이 남성인 동성애자를 게이, 여성
     인 동성애자를 레즈비언이라고 부른다

**   생물학직 또는 사회적 성별이 다른 대상에게 감정적, 성저으로 끌리는 사람.
     가장 보편적인 성지향성으로, 이성애자라고도 부른다.

feat. 한채윤

인권활동가이자 성교육 전문가. 교육, 아카이빙, 여성의 성과 건강에 대한 저술활동까지, 퀴어 인권 영역에서 다방면으로 활동하고 있다. 특히 퀴어문화축제와 퍼레이드를 20년 넘게 기획하고 진행했다. 그로 인해 정작 축제에 와본 것만으로도 행복하다는 참가자들의 마음을 알 수 없는 게 문제라고 한다.

어둠 속에서도 우리는 키스를 나누지

건강하고 안전한 관계와
섹스를 지향하는 법

지금 우리가 지닐 수 있는 최고의 무기는

저 혐오 세력들이 제일 싫어하는 일을 하는 겁니다.

바로 우리가 행복하게 지내는 것이죠.

행복해지기를 포기하지 맙시다.

우리, 끈질기게 행복하게 삽시다.

저는 성인이 되기 전, 이차 성징이 나타날 즈음부터 동성에게 관심이 생기기 시작했습니다. 내 손가락 끝이 좋아하는 사람의 피부에 스치면 묘한 감정과 함께 소름이 돋곤 했죠. 세상이 멈추고 온몸이 찌릿해 어찌할 수 없던 순간들, '내가 진정 살아 있구나'라고 생각되는 순간들 중에 하나였습니다. 또 그 순간 몸과 마음에 전해지는 전율이 '내가 진실로 이 사람을 좋아하는구나'라고 생각하는 증거가 되어주었고요.

동시에 많이 두렵고 혼란스럽기도 했습니다. 청소년기뿐 아니라 갓 대학에 입학했을 때까지 그랬던 것 같아요. 한 번도 성교육 시간에 '동성애'를 배워본 적도 없었고요. 때때로 '나는 세상에 존재하면 안 되는 괴물인가' 생각했던 기억이 납니다. 친구들과 달리 동성에게 호감을 느끼는 스스로를 꺼림칙하게 생각했던 적도 있습니다. 더 외롭고 무서웠던 것은 물어보고 도움을 요청할 사람이 주변에 한 명도 없었다는 사실입니다. 고등학교 때 한두 차례 동성과 연애를 했지만 '그 사람'이어서 그런 감정을 느낀 것이라 여겼지 스스로를 동성애자라고 감히 생각하지 못했어요. 도저히 '나는 동성애자'라는 말을 감당할 힘이 스스로에게 없었다는 표현이 더 정확할 것 같습니다. 그렇게 매번 내 정체성에 대한 고민은 '끝내 나는 그것(?)이 되어야만 하는가' 하는 생각으로 귀결되었습니다.

수차례 경험으로 인해 지금은 제 정체성과 제가 어떤 성별을 좋아하는지 확신합니다. '선수급'은 아니어도 파트너와 자연스러운 스킨십을 나누는 법과 관계를 즐기는 방법에 대해서도 비교적 많이 깨달았고요. 또 제가 선호하는 스킨십이 무엇인지 차츰 이해를 넓혀가고 있습니다. 사실 청소년기 당시를 되돌아보면 지금도 눈을 질끈 감게 됩니다. '나는 그때 도대체 무엇(?)을 한 것인가' 하는 생각에 괜히 미안해지고(?) 낯 뜨거워집니다(유독 이 문단에 물음표가 많네요. 명확히 말씀드리지 못해 죄송할 따름입니다).

솔직히 제 욕구와 경험에 대해 단 몇 줄 적는 것만으로도 조금 민망하고 조심스럽습니다. 익숙하지도 않고요. 분명 저는 성인이고, 이런 이야기를 한다고 누구를 욕보이는 것도 아니며, 그저 감정과 경험에 대해 나열하는 것 정도인데도 '공공연하게 읽히는 책에 이런 내용을 담아도 되나' 싶고 제 민낯을 전시하는 것 같은 기분이 듭니다(네,

전 '유교레즈'입니다). 뭐든 먹어본 놈이 맛을 안다는데, 저는 못 먹어본 감을 들여다보기만 하다가 괜히 체기만 생긴 것 같습니다.

정확한 성교육 없이 거쳐간 시간

제대로 된 성교육을 받았다면 지금의 이 낯 뜨거움이 오히려 낯설었을까요? 중고등학교 성교육 시간을 떠올리면 기억나는 장면이라고는 임신 중절 동영상, 남자 성기 모형에 콘돔을 끼우는 법, 성기와 주변 부위에 대해 정확한 명칭을 읊는 것 등 모두에게 어색한 순간들뿐이었습니다. 민망해하지 않고 정확하게 성기의 명칭을 표현하는 교육자도 드물었고, 그럴 때마다 학생들은 어쩔 줄 몰라 하는 모습을 보여야 바람직했죠.

20년 가까이 조심하고, 잘못하지 말고, 표현하지 말라고 가르치는 성교육을 답습했으니 성인이 되었다고 해서 크게 다를까 싶습니다. 여성들에게 자신의 성과 욕구, 감정에 대해서 솔직히 이야기하라고 한들 그게 가능할까 싶어 씁쓸해집니다.

성교육은 정확하고 빨리 이뤄질수록 좋지만 그간 그러지 못했죠. 이성애에 대한 성교육도 미흡한 마당에 동성 파트너와 안전하고 건강한 관계를 맺어야 하는 방법을 배운다는 것은 상상도 하지 못할 일입니다. 아니, 어떤 성을 좋아하는지 관계없이, 지금이라도 여성들이 자신의 성과 신체에 대해 정확히 이해하고, 이에 기반하여 적극적으로 욕구를 표현하며, 건강하고 안전하게 몸과 마음의 관계를 맺을 수 있도록 돕는 교육 자료가 필요합니다.

'왜 우리 성교육은 이것밖에 되지 않는가' 하는 분한 마음에 찾아보니 성교육표준안이 2015년 3월경 이후로 딱히 발전된 바가 없더군요. 심지어 당시에 공개되었던 성교육표준안 내용에는 "남자의 성욕은 여성에 비해 매우 강하다" "이성 친구와는 단둘이 있는 상황을 만들지 않는 게 성폭력을 예방하는 방법이다" 등 이해할 수도, 납득되지도 예시들이 공공연하게 등장해 사회적으로도 논란이 되었습니다.

여자들을 위한 섹스북의 탄생

2019년 어느 더운 여름 날, 한채윤 님(사실 그의 이 이름은 본명이 아닙니다. 활동을 시작하며 붙인 이후 20년 넘게 쓰다 보니 이제는 스스로도 이 이름이 더 본명처럼 느껴진다고 해요)이 《여자들의 섹스북》을 출간했다는 소식을 들었습니다. 책장을 후루룩 넘기며 대강 내용을 살펴본 기억이 납니다. 책을 본격적으로 읽기 전부터 마음속으로 '유레카!'를 외쳤죠.

평소 실생활에서 꼭 필요하다고 생각했던 내용들로 구성되어 있었거든요. 성과 관계, 안전과 건강, 어디에 물어보기는 민망하지만 알아야 할 성 관련 지식, 그리고 실제 커플들의 사례까지 다 담겨 있더라고요.

채윤 님의 이력이야 인터넷에 이름 석 자만 검색해도 자세히 나오죠. 채윤 님은 인권활동가이자 성교육 전문가입니다. 1990년대 인권활동에 첫발을 디뎠고 잡지 《Buddy》를 창간한 이래로 서울퀴어문화축제, 한국성적소수자문화인권센터, 비온뒤무지개재단 등에서 굵직한 활동을 해왔죠. 그뿐 아니라 강의와 상담, 글쓰기까지 왕성하게 활동을 이어오고 있습니다.

그는 어째서 섹스에 관한 책을 출간했던 걸까요? 설마 화제가 될 법한 제목으로 한국 사회와 문화를 뒤집어 놓으려던 것은 아니었는지 물었습니다.

"온전히 주변 친구들을 위해서 썼어요. '야, 이거 읽고 섹스해야 돼. 안 그러면 큰일 나. 다쳐. 아파'라고 말해주려고요. 저뿐 아니라 제 주위 모두 학교에서 성교육 한번 제대로 받아본 적 없고, 제대로 모른 채 성관계를 맺은 경우가 대부분이더라고요. 그래서 현실적인 성교육 자료를 찾고자 마음먹었어요. 제대로 된 한 권 정도는 있을 거라 생각했는데, 여성을 위한 성교육 자료는 한국, 근방의 일본에도 없더라고요."

여성의 성과 안전한 성관계를 돕는 자료를 직접 만들어보겠다는 생각으로 펜을 들었던 것이죠.

"섹스를 잘하고 싶다면, 또 안전하게 하고 싶다면 어떻게 해야 할까? 그래서 공부를 했어요. 사람들이 섹스를 공부하지 않고 테크닉만 바라잖아요. 원리를 알아야지! (웃음) 왜 페니스 삽입과 손가락 삽입이 똑같이 기능할까요? 원리가 같기 때문이잖아요. 그렇다면 원리에 대해 공부해야죠. 그래야 페니스 중심 사고에서 벗어날 수 있으니까. 원리를 파악하면 손가락이든 페니스든 딜도든 차이가 없어요. 안전하고 건강을 지키는 범위 내에선 무엇이든 가능해요."

재미있는 사실은 《여자들의 섹스북》의 전신인 《한채윤의 섹스 말하기》의 출판일이 2000년 1월 1일이라는 것입니다. 새로운 세기가 시작되는 첫날, 레즈비언의 성 담론을 펼쳐냈다고 할 수 있죠(저만의 해석입니다). 그리고 약 20여 년이 지나 독자 대상을 레즈비언에서 여성으로 확장하는 개정을 대대적으로 벌인 끝에 여성들을 위한 섹스북이 출간되었습니다.

"섹스에 관한 책을 만들어냈는데, 일부는 '내가 섹스를 더 잘해' '한채윤이 뭔데'라는 반감으로 저와 경쟁하려

들더라고요. 또 어떤 분들은 제 개인 성생활을 궁금해하며 '책에 나오는 모든 체위를 다 해봤냐' '너는 잘하냐'라는 말도 하고요. 저는 섹스북을 출간했을 뿐 '내가 세상에서 섹스 제일 잘해'라고 선언한 적이 없는데 말이죠. 그래도 '섹스를 모르는 게 부끄러워서 읽어봤는데 너무 도움이 되었다, 고맙다'고 하셨던 많은 독자의 반응이 힘이 됐어요."

세상과 소통하는 창구를 발견하다

채윤 님이 서울퀴어문화축제, 한국성적소수자문화인권센터, 비온뒤무지개재단 등에서 활동을 하게 된 것은 약 20여 년 전으로 거슬러갑니다.

그가 처음으로 조직을 만든 것은《Buddy》가 맞지만, 공식적인 첫 활동은 1990년대 중반 PC통신 하이텔 '또하나의사랑' 동호회에서 대표 시삽*을 맡으면서부터입니다(채윤 님과 이야기하면서 시삽이란 단어를 처음 들어봤습니다. 저는 1990년대에 막 걷기 시작했거든요). 하이텔 또하나의사랑에서 활동을 시작한 그 순간이 바로 채윤 님 스스로 레즈비언으로 정체화했던 시기이기도 했죠.

"여섯 살 무렵이었어요. 친구 집 앞에서 '누구야, 놀자'

---

* PC통신 내의 각종 동호회나 게시판 등을 관리 및 운영하는 최고 책임자.

부르는 소리에 아이가 나오잖아요. 그때 마루를 통, 통, 통, 통 뛰어나오는 친구의 소리를 들으면서 가슴 설렜던 기억이 나요. 사랑한다거나 사귀기를 바랐던 것은 아니지만 남자들에게서는 단 한 번도 느껴보지 못했던, '설렌다'는 느낌을 여자에게 받았던 기억이 그때 이미 있었어요.

첫 연애는 중학교 3학년 때예요. 허언증이 심한 친구였는데 자기가 주워온 딸이고, 원래는 쌍둥이인데 불길하다는 이유로 동생을 다른 집으로 보냈다는 둥(1980년대에는 실제 이런 일들이 있었어요)의 온갖 이야기를 꾸며댔죠. 나중에 진실을 안 저는 '어떻게 사랑하는 나에게까지 거짓말을 할 수 있을까. 자신에게 솔직하지 못하면 왜 나를 사랑한다고 했을까. 사랑은 도대체 무엇일까' 생각했죠. 그때 상처를 많이 받아서 정말 다시는 사랑하지 않겠다고 다짐도 했지요. 그리고 얼마 지나지 않아 고등학생 때 고백을 받고 무너졌지만요. 그 친구와는 총 6년 동안 연애했어요. 그 뒤로도 또 다른 연애를 두어 차례 했지만, 모두 '너를 사랑하지만 남자와 결혼을 해야 하니까'라며 저를 떠나더군요."

같은 일로 두 번 연속 이별을 경험한 뒤에 채윤 님은 어떤 생각을 했을까요? 머릿속에 든 생각은 '나는 불행한 동성애자'가 아니었습니다.

"'왜 나는 그 친구들과 달리 남성과 결혼할 마음이 한 치도 들지 않는가'가 고민이었어요. 20대 중반에 들어서야 정체성에 혼란이 시작된 것이죠. 고민 끝에 찾아간 곳이 도서관이었어요."

한때 고고학자를 꿈꿨던 사람으로서 탐구를 즐겼던 채윤 님답게 '동성애란 무엇인가'라는 고민에 대한 답을 책에서 찾아보기로 했습니다. 그렇게 그는 호기롭게 1호선을 타고 영등포도서관으로 향했습니다.

"그야말로 쥐 잡듯 디근부터 동 자, 성 자, 애 자를 한 글자씩 찾아보았지만 수확은 없었어요. 포기한 채 눈앞에 놓인 아무 잡지나 하나 집어 들고 뒤적거리고 있었는데요, 그 잡지 신간란에 '한국에서 처음으로 커밍아웃한 서동진 씨가 책을 냈다'는 설명과 함께 《누가 성정치학을 두려워하랴》라는 책이 소개되어 있었죠. 성정치학이 뭔지도 몰랐지만, 최초로 커밍아웃한 사람이라 하니 읽어봐야겠단 생각이 들었어요. 그 자리에서 서점으로 향했죠."

결과부터 이야기하면 책을 구하지 못했습니다. 지금처럼 검색 시스템이 발달해 있지 않았으니 서점 직원에게 물어볼 수밖에 없었는데 도저히 입이 떨어지지 않았다고 합니다. '동성애' 관련 서적이 어디 있는지 물어봤다가 혹여나 동성애자로 '오해할까 봐' 걱정이 되었기 때문이죠.

그렇다고 서점의 책 전체를 다 둘러볼 수도 없는 노릇이었고요.

"그때까진 동성애자가 아니었거든요(웃음)."

그 시기에 PC통신을 접한 채윤 님은 가입비가 가장 저렴하단 이유로 하이텔에 가입했습니다. 그리고 우연히 또하나의사랑이라는 동성애자인권소모임을 알게 되죠. 게시판의 글에서 도서관과 서점에서 찾을 수 없었던 이야기들을 만나게 됩니다. 글들을 전부 다 읽고, 또 답례로 본인도 글을 썼죠.

당시에 다른 성소수자들이 그랬듯 PC통신은 채윤 님이 자신과 자신의 정체성에 대한 이해를 높일 수 있었던, 세상과 소통하는 창구이자 해방구였습니다. 그뿐 아니라 PC통신을 통해 당시 '끼리끼리'라는 단체에서 낸《또 다른 세상》, 그리고 여러 대학 모임에서 발간한 소식지들을 받아보며 동성애에 대해 지식을 쌓아나갈 수 있었죠.

"지식을 쌓는 것과 제가 '그런 사람'임을 받아들이는 것은 별개의 문제예요. 한동안 '내가 남자를 만나보지 않아서 그런가?' '혹시 내가 남자를 만날 능력치를 제대로 키우지 않아서 여자에게 호감을 느끼는 것은 아닐까?' 등 이런저런 생각에 잠겼고요. 섣불리 내 정체성을 결정하는 걸까 봐 정체화를 미루고 또 미뤘어요."

커밍아웃은 평생에 걸친 과업

채윤 님의 디나이얼^{denial}* 시기는 얼마 가지 못합니다. 1996년 5월 10일 레즈비언 바 레스보스의 오픈을 기념하며 5월 18일 하이텔, 천리안, 나우누리 통신 3사가 연합해 레즈비언 정모를 개최했습니다.

설레는 마음으로 나갔던 첫 오프라인 모임에서 채윤 님은 한 사람에게 첫눈에 반해버리곤 그의 마음을 얻기 위해 95일간 최선을 다합니다.

"그땐 그 사람의 마음을 얻는 데 발등에 불이 떨어진 판이라 정체화 따위는 중요하지 않았어요. 그와의 행복만 담보된다면 레즈비언 그거, 할 수 있다고 생각했거든요. 그 순간 '이 사람을 사랑한다면 내 정체성을 긍정하고 자긍심을 가져야 하는구나' 하는 생각이 뇌리를 스쳤어요."

상대를 온전히 사랑하고, 그 사랑을 지키기 위해 채윤 님은 자신의 모습을 그대로 받아들이기로 합니다. 그 덕에 사랑도 얻었고요.

"세상에서 제일 처음 하는 커밍아웃은 내가 나한테 하는 고백이죠. 이후 레즈비언이 아닌 사람 중에서는 저희

---

* 부정한다는 뜻의 영어 단어로, 자신의 정체성을 부정하거나 깨닫지 못하는 상태의 사람을 의미한다.

작은언니한테 한 커밍아웃이 처음이었어요. 작은언니는 '정의!'를 내세우는 사람이라 동생이 레즈비언이라는 사실에 '더럽다'고 반응하지는 않았고, '그러면 살기 힘들 텐데' 하는 걱정이 들었나 봐요. 저를 붙잡고 울면서 '왼손잡이도 노력하면 오른손잡이가 되듯이, 너도 그렇게 노력해 보면 안 되겠니?'라고 말하더라고요. 저도 언니 손을 맞잡고 울면서 이야기를 했어요. '그러면 언니는 지금 형부를 버리고 딴 남자를 만날 수 있어? 왜 내가 지금 사랑하는 사람이 있는데 다른 이를 사랑하려고 노력해야 돼….' 그렇게 물으니 본인도 할 말이 없지(웃음).

그러고 나서 1년 후인 1997년 10월에 제가 사귀는 친구와 공개 결혼식을 여는 자리에 언니를 초대했는데 이런 말을 하는 거예요. '너 아직도 (동성애) 하고 있는 거였어?' 그때 느꼈죠. 커밍아웃은 계속 반복해야 하는 과업이구나. 어쨌든 언니는 와줬어요. 그때 한 결혼식 때문에 지금 애인은 늘 저를 이혼녀라고 놀리죠(웃음). 당시에 저는 할 수 있는 모든 것을 했어요. 서강대학교 교수식당을 빌려서 하객도 200명 정도 불렀고요. 그때만 해도 이런 일이 가능했답니다."

그로부터 20여 년이 흘렀지만, 지금까지도 채윤 님이 퀴어문화축제를 좋아하고 '프라이드' '자긍심'이라는 말에 설레는 이유는, 자신을 있는 그대로 긍정하는 가장 깊고 강한 내면의 힘을 얻었던 그 순간을 아직도 선명히 기억하기 때문입니다.

틈새를 채우면 결국 전체가 풍요로워지니까

이후 채윤 님은 하이텔 또하나의사랑에서 적극적으로 글을 쓰며 열심히 활동을 이어나갔다고 합니다. 그의 왕성한 활동에 주목한 주변에서 대표 시삽 자리를 권유했죠. 그 시기에 서울에서 큰언니와 살고 있었는데, 언니 부부가 채윤 님의 성정체성을 받아주었기에 남들보다 직책을 맡기에 더 나은 조건이었다고 생각해 그 업무를 맡게 되었습니다.

당시 하이텔의 성소수자 모임은 PC통신 동호회 가운데 유일하게 한국동성애자인권협의회에 가입되어 있었습니다. 그곳의 대표 시삽이 된다는 것은 즉 연대체* 회의에 참여함으로써 인권활동에 자동으로 발을 들이게 된다는 의미였습니다. 그렇게 그는 인권활동을 시작하게 되었습니다.

한국에서 처음 성소수자 인권 운동을 시작했던 내로라하는 이름들과 활동을 함께했건만 그들과 발맞추는 것

---

*   여럿이 이떤 일을 하기니 책임을 지기 위하여 만든 조직체.

이 채윤 님에게는 낯설기만 했다고 합니다. 그도 그럴 것이 채윤 님은 90학번으로, 1980년대 대학가의 왕성한 학생운동 시기를 절묘하게 피했기에 다른 이들에 비해 상대적으로 전문성이 부족했거든요. 게다가 당시 운동권 활동의 기조와 내용에 쉬이 동의가 되지도 않았다고 합니다. '인권 운동 활동가'라는 명칭을 스스로에게 붙이기에 민망하고 부끄럽기도 했습니다.

"오히려 지금은 성명서를 내는 것이 어떤 의미인지 아는데, 그때는 '왜 맨날 성명서를 내?' '뭘 맨날 규탄하고 좌시하지 않겠다고 그러는 거야?'라고 생각했어요. 하나같이 똑같은 그 표현과 용어들이 와닿지 않았죠. 지금 생각하면 저는 저만의 방식을 찾아가야 하는 사람인 거예요.

그때 그런 생각이 스쳤어요. PC통신도 활성화되던 시절이었고, 운동권 사람들도 미처 다 하지 못 하는 일들이 있을 것이다, 그걸 저는 '틈새'라고 봤어요. 그 비어 있는 부분을 메꾸는 일을 한다면 운동의 전체 그림을 채우는 역할을 되지 않을까라고 생각했고요. 그래서 선택한 수단이 잡지였어요. 이후로도 상대적으로 아직 활성화되지 않은 영역을 찾다보니 트랜스젠더 인권, 청소년 퀴어 거리이동상담, 성소수자 역사 기록물 아카이빙까지 주제가 뻗어나갔고요."

그렇게 채윤 님은 1998년도에 잡지 《Buddy》를 창간하고, 2000년대에 제1회 퀴어문화축제를 취재하다가 이듬해에 축제 조직위원회에서 활동을 시작했습니다.

포기란 없다, 끈질기게 행복해지자!

2000년대 초창기부터 지금까지 20여 년간 채윤 님이 가장 긴 시간 적을 둔 단체는 퀴어문화축제 조직위원회와 한국성적소수자문화인권센터KSCRC입니다. 제가 처음 채윤 님을 알고 깊은 인상을 받은 계기는 퀴어문화축제였어요. 초창기 축제 조직위원장으로 활동할 때부터 지금까지, 직책은 바뀌었어도 계속 구성원으로 활동한 분입니다. 그러다 보니 아마 우리가 상상도 못 할 산전수전은 다 겪었을 것입니다. 그뿐 아니라 울고 웃었던 추억들도 홍수처럼 범람할 거라 생각합니다.

"축제 1회 때는 취재원으로, 2회부터는 조직위원으로 참여했습니다. 그러다 보니 정작 축제에 참가자로서 즐긴 기억은 없어요. 참가자들만으로도 붐비는 축제 현장에 늘 혐오 세력이 찾아와 광장을 둘러싸고 시끄럽게 굴다 보니 매해 예상치 못한 일들이 벌어졌죠."

처음 광장에서 축제를 기획할 때만 하더라도 진행이 거의 불가능에 가까워 보였다고 합니다. 시울시에서 광장을 내주지 않기 위해 날짜를 다 막아버렸죠. '그렇다면 비어 있는 날은 전부 시도해보자'는 마음으로 신청했는데 그중 하루가 신청되어버렸습니다. 당황한 서울시는 이후에 "누락되었던 일정이 있다. 일정이 겹친다"는 말도 안 되는 변명을 내놓았습니다. 이에 서울시 행정의 불투명성을 문제화해 대화를 이끌어냄으로써 겨우 광장 허가를 받아낸 역사가 있습니다. 원래 계획된 바 없는 날짜였지만 상징적인 투쟁 끝에 얻어냈기에 그날 개막식을 열기로 합의했습니다. 하필 축제를 할 즈음 메르스가 유행하는 바람에 조직위는 최소한의 무대와 인원만 갖추고 유튜브 생중계로 행사를 진행하기로 결정했습니다.

행사 당일에 무대를 설치해야 하는데 서울시가 주차를 막아서 짐을 내리지도 못했습니다. 그사이 종교인들이 광장을 차지하고는 혐오 발언을 퍼부으며 방해했죠. 뒤늦게 행사장을 무지개색 풍선으로 꾸미고 무대 설치를 마치니 이번엔 경찰이 찾아와 무대 음향의 데시벨이 허용치를 넘었다며 1차, 2차, 3차 경고문을 날리는 등 난리통을 겪었습니다.

결국 개막식은 예정보다 한 시간 늦어졌습니다. 정신이 하나도 없고, 시작 전부터 마음과 몸은 녹초가 되어갔다고 합니다. 축제와 영화제 관계자들의 행사 홍보와 인사 이후, 퍼레이드 기획단장이던 채윤 님이 발언할 시간이 왔습니다. 그는 끝머리에 "끈질기게 행복하자"고 강조했습니다. 당시 인사말의 요지는 다음과 같습니다.

"예전에는 동성애자, 성소수자를 가시화하면 사람들이 존재를 인정하지도 않았지만 지금은 우리의 지지자들도 우리를 인식했고, 우리를 싫어하는 사람들도 마찬가지입니다. 우리의 존재에 대해서 알게 된 것, 이것만으로도 성과라고 생각합니다. 혐오세력들로 인해 때로는 상처받고 괴롭긴 하지만 지나고 보면 세상은 이런 식으로 변화해왔습니다. 지금 우리가 지닐 수 있는 최고의 무기는 저 혐오 세력들이 제일 싫어하는 일을 하는 겁니다. 바로 우리가 행복하게 지내는 것이죠. 물론 삶이 매 순간 행복할 수는 없고, 때로 힘들고 불행하다는 생각이 들고, 슬프고 괴로운 날도, 고통받는 날도 있겠지만 행복해지기를 포기하지 맙시다. 우리, 끈질기게 행복하게 삽시다."

'물론 힘들고 쉽지 않지만 결국 행복하자, 포기하지 말고 끈질기게 행복해지자.' 아마 이 말이 저처럼 많은 이들에게 용기와 힘이 되어주지 않았을까 싶습니다. 이 역설적인 말은 저들이 가장 바라는 나의 불행을 순순히 내주는 것이 아니라, 그럼에도 우리가 행복해질 수 있다는 사실을 끝까지 믿고, 결국 행복해지겠다는 강한 의지의 표명이기 때문입니다. 이 말을 서로에게 건넨다면 덕담 이상의 의지와 용기를 나누는 것이라는 생각이 들었습니다.

'나중에'라는 말을 듣지 않기 위해

잡지 《Buddy》 창간 이래로 우연히 사회 운동에 발을 디디고, 창단이나 운영에 힘을 보태며 제법 많은 단체들에 참여하는 등 그동안 활동을 계속해온 그가 제 눈에는 대단해 보였습니다. 시위에 나가본 분이라면 실감하겠지만, 변화를 외치는 절규는 우리 사회의 거대한 부조리에 비하면 참 작디작게 느껴질 때가 많잖아요. 무력해지고 지칠 법도 할 것 같아요.

"아니오. 이 모든 일을 한다는 이유로 지치지는 않고요, 열받을 때는 있죠(일동 웃음). '저 사람은 왜 일을 저렇게 하지?' '왜 저렇게 이기적으로 행동하지?' 생각이 드는 사람을 볼 때, 일이 순리대로 흘러가지 않을 때, 나쁜 놈이 더 많은 것을 가져갈 때 열받아요. 그래도 지치지 않으려 해요. 지치면 지는 거니까.

'정의가 이긴다'라는 생각을 버려야 괜찮아져요. 세상은 그렇게 굴러가지 않거든요. '이렇게 올바르게 행동하면 언젠가 인정받을 거야' 같은 생각을 버려야 돼요. '맞게 행동해도 끝까지 인정 못 받을 수도 있다'는 사실도 받아들여야 하고요. 간교한 사람일수록 훨씬 더 많은 것을 얻고 승리하는 세상이니까요. 세상은 알아서 바뀌는 거고 내가 세상을 바꿀 거라 생각하지 않는 것이 중요합니다. 그렇다고 내가 지금 이 일들을 안 할 것인가? 안 하면 무엇을 할 것인가? '나중에'라는 이야기나 듣고 살 것인가? 중요한 지점은 그 꼴은 못 보겠으니까 활동한다는 사실이죠.

적어도 억울한 일은 겪지 않겠다는 마음가짐만 지키면 돼요. 더 얻어가는 상대가 정의롭지 않다는 생각이 들더라도 그 또한 그 사람의 능력이기 때문에 '얻어가세요, 가져가세요' 해야 해요. 하지만 내가 지키고 있는 것을 굳이 뺏어가려고 한다면 중심을 지켜야겠죠. 네 것을 취할 생각은 없지만 내 것을 빼앗기지는 않겠다는 마음이 필요합니다. 그래야 같이 활동하는 사람들의 명예도 권리도 지켜줄 수 있거든요. 저는 딱 거기까지만 구분해요. 그러면 지치지 않아요."

채윤 님의 경우에는 대단한 사명보다는 스스로 벌인 일에 대한 책임감이 여기까지 이끌고 온 힘이 되었다고 말합니다. 그에게는 책임과 양심이 같은 말로 들렸기 때문입니다. 그런데 요즘엔 고민스럽다고 해요. 그 책임 때문에 활동을 너무 오래 붙잡고 있는 것은 아닌가 싶은 마음이 든다고 합니다. 그래서 자신이 없더라도 단체가 존속할 수 있도록 시스템을 구성하는 데 집중하는 중이라고 합니다.

퀴어문화축제도 24주년이 됐습니다. 재단, 센터, 퀴어락* 등 기본적인 체계가 어느 정도 잡힌 지금은 채윤 님이 '덤으로 일하는 기분'이라고 합니다. 이제는 무언가를 더 성취할 것도 아니고, '인간적으로 할 만큼 했다. 지금부터는 조금 더 편안하고 더 즐거운 마음으로 하자!'라고 생각하는 것이지요. 이런 맥락에서 채윤 님은 레즈비언뿐 아니라 다양한 성소수자의 권익을 위해 목소리를 높입니다.

"종종 다른 레즈비언 활동가들로부터 비난을 받기도 해요. '안 그래도 레즈비언 활동가 숫자도 적고, 어찌 보면 레즈비언 활동이 게이 활동보다 훨씬 힘든데 왜 다른 데 가서 일하냐' '레즈비언만을 위해서, 여성들을 위해서 운동을 해야 된다' 등의 비난이요.

제 성적 지향은 레즈비언이지만 제가 초창기부터 활동한 또하나의사랑에서 레즈비언들만 아니라 게이들, 트랜스젠더들, 청소년들, 기혼자들을 다 만났어요. 그래서 다양한 정체성의 사람들과 다 같이 운동하는 게 익숙하고

---

* 누구나 열람이 가능한 공공 아카이브. 국내외 성소수자 관련 도서, 문서, 영상 등의 자료를 보유하고 있다. www.queerarchive.org

즐거워요. 또 게이의 현실은 계속 바닥에 있는데 레즈비언의 인권만 향상되는 일은 불가능하다고 생각해요. 억압과 차별이 일어나는 핵심은 이성애주의이고, 이를 타파하는 게 중요한데 여기에 저항하려면 차별받고 억압받는 사람들끼리 연대해서 싸워야 하는 것 아닐까요? 그러려면 이성애주의 피해자들인 HIV 감염인들이나 미혼모인 분들과도 연대할 수 있고요. 저는 제 운동 방향을 이렇게 잡은 거예요."

이성애자였다면 더 나았을까? 아니요, 절대!

이성애주의를 억압의 핵심으로 보는 채윤 님에게, 이성애자 중심의 세계에서 벗어난 삶이 고단해서 '차라리 이성애자였으면 좋겠다'라고 생각해본 적이 있는지 물어보았습니다. 단호한 답변이 돌아왔습니다.

"아니오. 이런 말을 해도 될지 모르겠지만, 조금도 부럽지 않아요. 언젠가 내가 이성애자라면 어땠을지 생각해본 적은 있어요. 그들도 사회적으로 해야 할 일들이 꼭 짜여 있잖아요. 이성애자에게 바라는 사회적 틀 밖에서 살기가 너무 힘들죠. 가령 지금은 워낙 비혼이 많아졌지만 제가 20~30대 때만 해도 비혼을 고수하거나 동거 커플로만 지내는 것조차 너무 힘들었어요. 동거하다가 아이를

낳으면 결국 출생신고를 위해 혼인신고를 할 수밖에 없고
요. 그러면 시어머니, 시아버지, 시누이가 생기고, 법적으
로나 사회적으로 책임져야 되는 것들, 기대되는 역할이
생겨버리고…. 이성애자로서 사회적으로 규격화된 삶에
속하고 싶지 않아요. 저는 거기 들어가지 않을 명분이 분
명하잖아요. 그런 면에서 제가 동성애자라 좋아요.. 이 사
회 안에서는 이렇게 태어나서 다행이라고 생각하고 감사
해요."

　사회에서 정해진 대로 살다 보니 채윤 님 세대에는 레
즈비언인데도 이성애자 남성과 결혼하거나 뒤늦게 성정
체성을 깨달은 분들도 많다고 했습니다. 비교적 늦은 나
이에 성정체성을 깨달은 사람에게 해주고 싶은 이야기가
있는지 물어보았습니다.

　"생각하기 나름 같아요. 어쩌면 40~60대가 더 깨닫기
에 좋은 나이일 수도 있어. 10대부터 알았다면 훨씬 고
민이 깊잖아요. 20~30대라면 이성애자가 되기 위해 더 노
력해봐야 할 것 같고, 결혼 시기를 놓칠까 봐 걱정도 되고
요. 반면에 혼인 여부에 상관없이 40대를 넘어섰다면 최
소한 부모에 대한 죄책감이나 인생을 마음대로 살아도 될
지 고민할 필요는 없잖아요. 조금 더 자신을 삶의 중심에
놓고 생각할 수 있죠. 결혼했다면 애도 어느 정도 컸을 테

고 부모에게 효도도 할 만큼 했겠죠. 오히려 더 편할 수 있어요. 그러니 언제라도 자기 자신에 대해 알게 됐다면 망설이지 말고 새 인생을 시작하라고 말씀드리고 싶어요.

제가 1990년에 처음 레즈비언 커뮤니티에 들어갔을 때 독신주의 레즈비언들에게 들었던 이야기인데요, 어떤 할머니가 막냇자식까지 결혼시키고 나서 선언하셨다는 거예요. '나는 레즈비언이고, 이제 사랑하는 여자와 살겠다.' 그 선언 이후 남편과 이혼하고 사랑하는 여자와 살러 떠나셨대요. 그 할머니가 너무 멋있어서 '인생을 저렇게 살아야겠다'고 생각했어요. 그 할머니는 주어진 책임을 다하고 당당히 자기 삶을 선택한 거잖아요. 결혼하지 않은 이라면 자기 삶에서 이 할머니 같은 행보를 앞당길 수 있죠. 이를 기억하면 좋겠습니다."

1순위는 무조건 사랑

'끈질기게 행복하자'던 채윤 님에게 "행복이란 무엇일까요?"라는 질문을 건네었습니다.

"지금껏 인터뷰를 해오며 숱하게 받았던 질문인데요, 그에 대한 답은 항상 똑같았어요. 저는 일을 사랑하고 즐기는 사람이지만, 저에게는 사랑하는 사람과 사랑을 지키면서 잘 지내는 것이 가장 큰 행복입니다. 바라건대 지금

사랑하는 사람과 서로 시간차 많이 나지 않게 세상을 떠나고 싶어요. 1순위는 무조건 사랑이에요."

그 말에 제 관계를 돌이켜보니 괜히 마음이 먹먹해집니다. 그 이상을 바랄 수 없겠다는 생각도 들고요. 혼자 남겨질 이의 고통을 생각하면 가슴 한쪽 끝이 저려오는 느낌은 만국 공통인가 봅니다.

만인이 인정하는 '워커홀릭'이 일과 활동을 제치고 사랑을 1순위로 꼽다니 그 진심이 느껴집니다. 채윤 님에게 나이가 들수록 사랑하는 사람을 만나기 힘들어지는 것 같다는 레즈비언 친구들의 고민도 대신 물어보았습니다. 만날 사람은 점점 줄고 이러다가 혼자 나이 들까 봐 두려워하는 친구들이 많거든요.

"왜 나이가 들수록 연애할 기회가 줄어든다고 생각하나요? 그건 이성애적인 사고방식이 아닐까요? 그렇게 생각하지 않는 게 연애에 성공하는 방법이에요. 연애를 성적 매력으로 보니 '젊었을 때' '싱싱할 때' 식의 표현들을 쓰는데요, 사람들은 계속 세상에 가득 차 있어요. 지구상에 유일한 생명체도 아닌데 왜 혼자일까 봐 불안해해요? 물론 방금 헤어졌다면 불안할 수는 있겠죠. 하지만 젊으면 젊은 대로, 나이 들면 나이 든 대로 소통하고 지낼 만한 사람은 반드시 있기 마련이에요.

물론 연애 방식이 조금씩 달라질 수는 있죠. 오히려 젊었을 때 '너를 위해 모든 걸 다 해줄게!' 식으로 모든 에너지를 쏟아내며 연애하신 분들은 나중에는 연애를 별로 안 하고 싶어 하기도 해요. 그에 비해 저는 늙어 죽을 때까지 사랑할 에너지가 남아 있을 것 같아요. 사랑은 한정된 에너지가 아니므로 고갈되지 않을 거예요. 그리고 연애할 때는 특정 사람과 소통하는 것이기 때문에, 연애를 새로 시작하면 새로운 에너지가 생겨요. 나이가 들면 연애를 못 해 외로워질 거라는 걱정은 아예 안 하는 편이 낫습니다."

여성의, 여성에 의한, 여성을 위한 성 말하기

채윤 님이 다양한 분야에서 활동해온 근간에는 '해석'의 힘이 자리 잡고 있었습니다. 가령 소수자로 살아가기가 쉽지 않지만, 우리의 특별함을 '자긍심'으로 해석해 삶의 관점을 바꾸는 것입니다. 퀴어문화축제에서 혐오 세력을 마주하면 마음이 더 힘들어지겠지만, 그들을 뚫고 축제의 장에 도착했을 때 느끼는 환희를 공유하는 것, 그리고 힘을 모아 환희의 공간을 더 확장해나가자고 말하고 그렇게 되리라 믿는 것입니다.

채윤 님은 소수자들에게 같은 현상을 다르게 해석할 능력이 있다고 믿습니다. 평소에 '생각하기 나름'이라는 말을 쓰죠. 관점을 바꿔 새로운 프레임으로 현상을 바라보는 것이 많은 도움이 될 수 있습니다. 또 남다른 해석으로 사람들의 마음을 움직이는 것이 사회 운동의 역할이기도 하고요.

처음 이 장을 열었던 '여성의 성 말하기'로 돌아가보고자 합니다. 채윤 님이 관점을 바꾸어 성소수자로서의 행복에 대해 이야기한 것처럼, 여성의 성 말하기에도 프레임의 전환과 재해석이 필요하다는 생각이 들었습니다.

앞으로의 성 말하기는 여성들 스스로 자신의 성과 욕구, 건강한 삶에 대한 필요를 주체적으로 이야기할 수 있어야 합니다. 이성애 중심주의, 남자 혹은 여자로만 구분되는 성별 이분법적 성역할을 답습하는 것이 아니라, 어떠한 잣대에도 기대지 않고 그저 느끼고 생각하고 필요한 것들을 그대로 이야기할 수 있어야 합니다.

이를 위해서는 그간에 묵혀온 교육과 제도, 문화에 변화가 수반되어야 할 것입니다. 성교육표준안의 개정 혹은 폐지와 더불어 사회적으로 더 많은 성평등 제도와 정책이 시행되어야 하고, 사회 문화에도 전반적인 변화가 필요할 것입니다.

'여자애라면 조신해야지' '문란하게 행동하지 마라' '그렇게 억울하면 남자하든가' 같은 기존의 사고와 관습을 바꾸거나 부수려면 무엇을 해야 할지, 또 다양성을 포섭해 더 많은 이들과 성'평등'을 이야기하기 위해서 무엇이 필요할지 고민하는 것이죠.

언젠가 모두의 관점이 확장되어, 성별 이분법적인 사고의 틀을 깨고 다양한 성별 정체성에 대한 이해가 이 사회에 공유되기를 바랍니다. 이를 바탕으로 개인의 다양한 욕구가 자연스럽게 표현될 수 있는 세상이 될 수 있기를 희망합니다.

'어떠한 개인도 어떠한 관계도 욕구의 양상이 똑같지 않다'는 아주 당연한 생각을 공유한다면 엄청난 이야기들이 쏟아져 나올 것이라 생각합니다. 그럴 수 있도록 이 사회를 함께 통으로 흔들 수 있었으면 좋겠습니다. 여성의, 여성에 의한, 여성을 위한 방식의 성 말하기는 어떤 모습일지, 기존과 다른 해석과 관점을 바탕에 둔 토론의 장이 열릴 수 있길 기대합니다.

✦✦✦✦✦✦✦✦✦✦✦✦✦✦✦✦

내 몸이 원하는 관계를 맺는 법

섹스를 잘 즐기자

섹스는 본능이 아니에요. 누군가는 섹스를 좋아하지만 누군가는 그렇지 않을 수도 있죠. 다행히 커플 사이에 섹스에 대한 생각과 합이 잘 맞는다면, 섹스가 주는 대체 불가능한 즐거움으로 두 사람만의 시간을 보내시기 바라요.

섹스의 빈도가 사랑의 척도는 아니다

우리는 종종 섹스로 사랑을 확인하려 하죠. 관계 횟수가 줄어들면 사랑이 식었다고 판단하는데, 그렇게 생각할 필요는 없습니다. 섹스에 너무 많은 가치를 두지 말았으면 합니다. 연애 기간이 길어지면서 반비례로 관계의 빈도가 줄어드는 것이 이치입니다.

스킨십만으로 관계의 지속 여부를 결정하진 말라

관계가 드물어지면 파트너에 대한 사랑이 끝났다고 판단해 이별하는 경우가 있습니다. 물론 어떤 이유로든 이별할 수는 있으나 흥분과 관계의 빈도로 이별을 결정한다면 후회할 수 있음을 명심하세요.

섹스는 평생 하는 것이다

흔히 나이가 들면 섹스가 어렵다고 생각하죠. 이는 '삽입 섹스'만 섹스라고 오해해서 생긴 편견입니다. 틈날 때마다 사랑한다고 속삭이고, 어깨부터 등까지 온몸으로 쓰다듬어주고, 얼굴의 주름에 사랑스러운 입맞춤을 건네는 행위도 일종의 섹스라고 볼 수 있죠.

◆◆◆◆◆◆◆◆◆◆◆◆◆◆◆◆◆◆

하루하루 들어가는 나이에 맞추어 꾸준히 스킨십을 나누세요. 수많은, 다양한 섹스를 창의적으로 늙어 죽을 때까지 합시다.

내 삶에 섹스의 위치를 잘 잡아두자

섹스가 삶에서 미치는 영향과 무게, 그리고 지속 가능성에 대해 잘 생각해야 합니다. 삶에서 섹스의 위치를 잘 잡아두어야 합니다. 너무 함몰되지 않고 그 중심을 스스로 잘 컨트롤합시다!

혼자 나이 들기 외로운 이에게

나이 들면 연애시장이 좁아진다는 생각에 두려워하죠. 나이와 성적 매력이 반비례한다는 이성애 중심적인 사고를 버린다면 인연을 꼭 만날 수 있을 거예요. 물론 젊을 때만큼 에너지가 넘치진 않겠지만 사랑한다면 애정이 끊임없이 생길 것입니다. 짚신도 짝이 있다! 대화가 통하고 함께 시간을 보내고 싶은 사람이 나타날 테니 겁먹지 말아요.

성정체성을 뒤늦게 깨달은 이에게

상대적으로 어린 시절에 성정체성을 깨달으면 내내 결혼과 출산, 부모에 대한 모종의 죄책감, 사회적 압박으로 많은 고민과 번뇌의 시간을 보내야 하죠. 뒤늦게 깨달은 분들은 그보단 자신을 중심에 놓고 삶과 주변과의 관계에 대해 생각할 수 있다는 점에서 어쩌면 다행일 수도 있습니다. 긍정적으로 생각하시길 바랍니다.

feat. 장서연

공익인권법재단 '공감'에서 10여 년째 무료 변론 활동 중인 인권 변호사. 같은 인권 변호사 출신인 문재인 전 대통령이 대선 토론에서 한 성소수자 혐오 발언에 항의하며 대차게 무지개 깃발을 휘날린 바 있다. 17년 동안 만난 한 애인과 함께 살고 있다.

불완전한 서로가 만나 완전한 사랑을

사랑하는 사람과
오랫동안 행복해지는 법

퀴어들에겐 '당신은 축복받았다'라고 말해주고 싶어요.

본인의 정체성을 깨달았잖아요.

성소수자가 아닌 사람들은

자기 정체성에 대해 고민할 기회가

명백하진 않으니까요.

절대 거저 주어지지 않는 것, 꾸준히 노력해야 얻을 수 있는 것들이 있죠. 저는 대표적으로 두 가지를 꼽습니다. 하나는 세상을 조금이라도 변화시키는 일이고, 다른 하나는 사랑하는 사람의 마음을 얻어 오래 함께하는 일입니다. 물론 내 부모가 건강하게 오래 사시기를 바라고, 돈을 더 많이 벌어 풍족하면 좋겠고, 막냇동생의 취직이 잘 풀렸으면 싶지만 이런 것들은 제 의지 밖의 일이잖아요. 반면에 저 두 가지는 제 진심과 노력으로 어느 정도 가능하지 않을까 조심스럽게 낙관합니다.

많은 레즈비언들이 꼭 '누가 더 오래 만났나' '지금까지 몇 명을 사귀었나'를 두고 경쟁하듯 시합을 하곤 합니다. 서로의 연식을 비교하고는 상대에게 '아기 커플이네' '정으로 만나네' 하며 자기 커플 자랑을 하는 것도 잊지 않죠(팔불출 사랑꾼들).

아직 20대 이하인 여성 퀴어 분들의 경우에는 10년 넘은 장기 연애 커플을 주변에서 마주하기 어렵지 않을까

추측합니다. 성인이 되자마자 만나도 10년을 사귀려면 서른 살이 넘어야 할 테니까요. 반면에 제 주변은 둘러보면 (물론 이제 갓 열흘 넘긴 커플도 있지만) 눈물겨운 사연을 품고 20여 년을 함께한 분들이 제법 많습니다. 레즈비언 커플들은 연애를 오래 하는 경우가 잦더라고요. 사귄 지 얼마 지나지 않아 동거를 시작하는 경우도 신기할 정도로 많고요. 생계를 함께하다 보면 헤어지기 어려워져서가 아닐까 감히 추측해봅니다.

개인적으로 누군가와 가장 오래 사귄 기간이 4년 정도입니다. 그러다 보니 10년을 훌쩍 넘겨 함께한 언니들을 보면 대단하다는 생각밖에 안 들더군요. 한 사람과 매일매일 관계를 맺는 데도 당연히 '노동'이 필요합니다. 연인의 안녕과 건강, 행복에 대해 시간이 날 때마다 고민하고 신경 쓰는 것은 보통의 노력으로 되지 않죠. '그렇게까지 해야 할까' 싶을 정도로 마음을 써야 누군가와 변함없이 관계를 이어갈 확률이 높아진다고 생각합니다. 그러니 제게는 '결혼'이라는 어떤 제도적 장치도 없이 그 긴 시간을 함께한다는 것은 솔직히 아직도 불가능한 일처럼 보입니다.

아마 저처럼 장기 연애의 비법에 대해 궁금해하는 분들이 있을 것입니다. 어떤 사람을 만나야 그토록 오래 사랑할 수 있을지, 또 어떻게 하면 헤어지지 않고 인연을 길게 이어갈지, 그 비법을 들어보기 위해 17년 차 커플의 주인공 한 분을 만나보고자 합니다.

17년이란 긴 시간을 한 파트너와 함께 보내고, 또 그와의 사랑을 지키고자 사회를 보다 평등하게 바꾸는 공익활동에 전념해온 장서연 변호사가 그 주인공입니다. 제가 초반에 이야기했던, 많은 노력이 필요한 두 가지, 사랑하는 사람과 오래 만나는 일과 사회를 바꾸는 일을 모두 해내고 계신 분이죠.

대통령 후보 앞에 당당히 펼쳐 든 무지개

서연 님은 화영 님의 17년째 파트너이자 두 강아지의 반려인입니다. 또 공익인권법재단인 공감에서 변호사로 활동하고 있습니다. 공감에서 근무한 지는 수년이 되었고, 성소수자 인권 향상을 위해서도 왕성하게 활동 중입니다. 성소수자 당사자로서 중요한 순간들마다 곳곳에 서 있었습니다.

서연 님은 한 장의 사진으로 대표됩니다. 아마 2017년 대선을 기억하는 성소수자와 앨라이라면 아는 분들이 많을 거라고 짐작합니다. 당시 대선 토론 중에 '동성애를 반대하느냐'는 홍준표 대선 후보의 질문에 문재인 대선 후보가 "반대하죠"라고 대답했죠. 이 발언에 대해 무지개 깃발을 들고 다가가며 항의 시위를 한 성소수자들이 있었습니다. 그 장면을 찍은 사진 속에 무지개 깃발을 들고 있던 사람이 바로 서연 님입니다. 이후 이 시위에 참여했던 열세 명 전원은 경찰서로 이송되었고 기소 유예 처분을 받았습니다.

서연 님은 사회적으로 성정체성을 오픈한 레즈비언입니다. 성소수자 인권활동뿐 아니라 개인 SNS에도 관련 게시물을 올립니다. 여성 성소수자 궐기대회인 '나는 여성이 아닙니까' 행사 때 대한문 앞에서 '내 취미는 커밍아웃입니다'라는 주제로 파트너 화영 님과 공식 석상에 섰고요, 민주사회를위한변호사모임(이하 민변) 전국 회원들이 모인 정기총회에서 "민변에도 성소수자 당사자 회원이 있다"고 자유발언을 하기도 했습니다.

가족들은 서연 님의 성정체성을 어떻게 알게 되었는지 물어보았습니다.

"하루는 큰 마음 먹고 여동생에게 커밍아웃했어요. 동생은 놀라지도 않고 '어쩐지 언니가 데려오는 사람들은 어딘가 좀 달랐어!'라고 반응하더라고요. 숨긴다고 숨긴 건데 깜짝 놀랐죠. '뭐가 달랐는데?'라고 물으니 '다들 면바지를 입고 있더라?'라고 대답하더라고요.

사실 여동생과 달리 부모님에게는 직접 커밍아웃한 적이 없어요. 저는 페이스북에 자유롭게 글을 올리는 편인데 부모님과 페이스북 친구예요. 그러니 짐작은 하시겠죠. 하지만 서로 제 정체성에 대해 입 밖으로 꺼낸 적은 없습니다.

2017년에 대통령 후보에게 항의 시위를 하다가 붙잡혀 경찰서에 갇혀 있을 때 아버지에게 전화가 왔어요. '지금 어디냐?' 묻는 아버지에게 잔뜩 흥분한 목소리로 경찰서라고 했더니, 아버지께서 저를 진정시키면서 '근데 문재인 후보가 성소수자를 차별하는 것은 아니라던데…'라고 말씀하시는 거예요. 아버지 입에서 '성소수자'라는 단어가 나온 적은 그때가 처음이었어요. 순간 머리를 한 대 맞은 것 같았죠. 그 주제에 대해서만큼은 데면데면했던 아버지가 '성소수자'라는 단어를 이미 알고 자연스럽게 말씀하시는 모습을 보니 기분이 묘했어요. 그 이후에는 아예 터놓고 자연스럽게 이야기를 할 수 있게 되었어요. 얼마 전에는 조카가 제 파트너를 보고 '고모 남편 왔다'라고 말하더라고요."

우리가 이루고자 하면 결국 언젠가는 이뤄진다

서언 님이 공감에서 일을 시작한 이후로 지금까지 사회를 흔들 만한 굵직한 사건들이 많았습니다. 성소수자 변호사로서 두렵거나 힘든 적은 없었는지 질문했습니다.

"두렵다고 생각한 적은 별로 없어요. 그보다는 무언가를 빠르게 결정해야 할 때마다 스트레스를 받는 편이에요. 예를 들면 2017년 당시 문재인 대통령 후보한테 항의하다가 연행됐을 때, 2014년 성소수자 인권을 지키기 위해 서울시청에서 목소리를 높인 무지개 농성을 계속 밀고 나갈지 해산해야 할지 결정해야 했을 때, 2011년 서울시 학생인권조례를 제정하려면 차별 금지 사유에서 '성적 지향'이라는 표현을 빼야 한다는 말을 들었을 때 등 원칙을 고수해야 할지 대의를 따를지 결정이 필요하죠.

이런 순간순간들을 맞닥뜨릴 때마다 참 어렵다고 느껴요. 물론 모든 사안을 나 혼자 결정하는 것도 아니고 다른 활동가들과 같이 논의하지만, 충분히 고심하지 못한 상태에서 급박하게 결정을 내려야 할 때마다 급격하게 스트레스를 받던 경우가 많았어요. 그리고 그 일이 끝난 뒤에 당시에 내린 결정에 대해서 '다른 선택을 했으면 어땠을까?' 계속 회고하게 될 때에도 스트레스를 좀 받는 편이고요."

그럼에도 포기하지 않고 계속 활동하게 만드는 동력이 있을 것 같았습니다. 사회 활동을 하다 보면 자잘한 패배감이 이어지는데 보통 서연 님은 어디에서 성취감을 느끼는지도 물었습니다.

"작더라도 변화를 만들어냈을 때, 승리했을 때 성취감을 느끼죠. 사실 성소수자 운동에서 소송 같은 작은 승리들은 늘 존재하죠. 가장 인상적인 장면을 떠올려보라고 한다면 서울시청 점거 농성 같아요. 2014년이니 어느덧 10년이 다 되어가네요.

서울시민인권헌장을 제정할 당시 박원순 서울시장이 기독교 단체 목사들 앞에서 본인은 '동성애를 지지하지 않는다'고 발언하고 서울시민인권헌장을 만들지 않겠다고 약속한 사실이 기사화됐어요. 성소수자 단체들이 이를 규탄하며 일주일 동안 서울시청을 점거하고 농성을 벌였어요. 사회적으로도 크게 주목받았고, 성소수자의 존재를 집단적으로 드러냈던 사건이어서 기억에 많이 남아요. 저는 이렇게 생각해요. '우리가 이루고자 하는 일들은 결국 언젠가는 다 이뤄진다.' 아이러니한데 동시에 '꼭 이걸 내가 해야 하나'라는 생각도 해요(웃음). 서로 릴레이하듯이 배턴터치도 하고, 그 덕에 견디는 거죠."

서연 님이 '꼭 자기가 해야 할 일인가 싶다'며 웃었지만 그 웃음 안에 얼마나 많은 힘듦이 숨어 있을지 보이는 것만 같았습니다. 사실 그 시간들 덕분에 지금 우리가 사는 이 사회가 전보다 조금 더 나아지지 않았을까 싶어요. 아마 서연 님도 자신의 행동으로 사회가 조금 더 진전된 것 같을 때 가장 큰 성취감을 느끼지 않을까요? 장군같이 앞에 나서서 싸우는 언니들의 모습을 볼 때마다 항상 고맙고 자랑스럽고 멋있고 마음 한편이 뭉클해집니다. 서연 님에게 왜 그토록 싸우고 자신에게 무엇이 그리 중요한지 물었습니다.

"내 뒤의 사람들이 나보다는 덜 힘들길 바라기 때문이라고 답하겠습니다. 내가 고통받을 때를 떠올려보면 그때는 지금보다 더, 어쩌면 아무것도 없을 때잖아요. 성소수자들이 사회적인 차별과 낙인을 내면화하거나 노골적으로 따돌림을 당하던 시기였어요. 정말 자잘한 차별 하나하나가 성소수자들에겐 목숨이 달린 일이었어요. 그때 청소년 자살 사건에서 손해배상 소송을 대리한 적도 있고요. 절박했고, 분노했고, 그러다 보니 30대에는 싸우는 일이 내 삶의 전부였어요. 반면에 지금은 성소수자 정체성이 내 일부가 됐고, 그동안 다양하게 쌓여온 많은 관계 덕분에 그 싸움이 내 안에서 조금은 더 자연스러워졌어요. 투쟁이 삶의 중심인 이들이 볼 때는 어쩌면 지금의 제가 자기중심적이라고 보일 수 있겠지만요."

퀴어는 어디에나 있다

어린 시절에 서연 님은 내성적인 아이였다고 합니다. 공감에 입사하기 전까지만 하더라도 MBTI를 검사하면 ISTP 혹은 ISTJ만 나왔죠. 어릴 때는 싸움과 갈등을 피해 다녔고, 매사에 조용하며, 주변 사람들에 대한 관심보다는 자기 세계 안에 사는 아이였습니다. 부모 말씀을 딱히 거스르는 성향도 아니었고, 의심도 많지 않아 순응적인 아이였다고 회고합니다.

사실 이는 본인의 주장일 뿐 주변인들의 말에 따르면 서연 님은 한 고집하는 사람입니다. 현장에선 대장부인데다가 중요하다고 생각하는 순간에는 절대 자기 주장을 굽히지 않았죠. 살면서 몇 안 되는 순간들이지만 그때만큼은 '한다면 하는 사람'이었습니다.

그의 고집이 빛을 발했던 순간은 검사직을 그만두고 공감에서 인권 변호사로 일하기로 결심했을 때입니다. 부모를 비롯해 주변의 모든 사람이 반대했죠. 대한민국에서 검사라는 직업은 그 자체의 명성뿐 아니라 공권력까지 어머어마합니다. 그러다 보니 주변 사람들의 부정적인 반응은 어쩌면 당연한 것이었습니다. 그래서 공감에 가겠다는 결심은 정말이지 서연 님 혼자 내린 결정이었습니다. 그에게 동의하고 힘을 실어주기엔 누구도 이해가 되지 않는 행보였죠.

"제가 내린 결정에 대해 사람들이 '특이하다'고 생각했던 것 같아요. 동료 검사들도 이해하지 못했고 연수원 동기들도 마찬가지 반응이었고요. 심지어 공감에서조차 '얘는 여기에 왜 오는 걸까?'라고 생각했다고 해요. 왜냐하면 이전의 삶은 활동하고 거리가 멀었으니까요. 학생 운동을 했던 사람도 아니고 인권단체 활동을 했던 경험도 전혀 없으니까요."

주변의 만류 앞에서도 끝끝내 의지를 굽히지 않았던 데는 나름의 이유가 있었습니다. 서연 님 입장에서는 자신의 성정체성을 절대로 포기할 수 없었기 때문입니다. 검사로 살면서 사회에 순응하기 위해 결혼의 문턱까지 갔다가 멈추어 세운 바가 있는 그는 자신의 모습 그대로 살기 위해서, 자유롭게 숨쉬기 위해서는 검사직을 내려놓는 것 외에 다른 방도가 없다고 판단했다고 합니다.

그 전까지는 부모의 말씀을 한 번도 거스른 적이 없었지만 이번만큼은 절대 타협할 수도, 포기할 수도 없었습니다. 많은 것들을 내려놔야 했지만 내가 나로 살 자유, 성소수자로서의 삶만큼은 지키고 싶었습니다. 그만큼 자신의 성정체성에 대해 확신했습니다. 그렇게 서연 님은 검사의 세계에서 빠져나왔습니다.

"퀴어는 당신 옆에서 일하고 있다"는 말처럼, 검사들 중에도 분명 성소수자가 존재할 것입니다.

"5년 전부터 LGBT 법률가 대회를 열었는데 거기에 변호사도 오고, 판사도 참여를 해요. 반면에 검사는 한 명도 나오지 않았어요. 조직 문화의 영향이 큰 것 같아요. 지금은 많이 바뀌었겠지만 제가 초임일 때는 굉장히 남성 중심적이어서 사람들한테 이렇게 이야기했어요. '사법연수원이 고등학교라면 검찰은 군대 같다.' 철저한 상명하복과 남성 중심 사회가 그렇게 느껴지게 했죠. 검사로서 계속 그 세계 안에 있었다면 제가 성소수자로 살아남았을까 싶어요. 아마 주류 사회에 편입되었겠죠. 저는 환경에 굉장히 잘 적응하는 사람인 것 같거든요."

단절된 줄 알았던 우리가 연결되는 순간

서연 님이 자신의 성적 지향에 대해 인지하고 스스로 정체화한 것은 고등학생에서 대학생 시절 즈음이었다고 합니다. 또래 여자인 고등학생 친구들은 다들 남자 연예인이나 남자 선배들을 좋아하는데 서연 님은 선배 언니들이 너무 좋았다고 합니다.

"남녀공학을 나왔는데요. 다른 친구들은 동급생이나 선배 남학생을 좋아하는데 저는 선배 언니들이 좋았어요.

매점에서 그 언니를 우연히 만나면 가슴이 두근두근하고
요. 그때 '나는 남들과 달리 여자를 좋아하는구나' 하고 알
게 됐어요."

여대로 진학한 서연 님은 신입생 오리엔테이션 때부
터 이른바 '치이는' 언니를 발견합니다. 학생회 활동을 하
는 그에게 (짝)사랑에 빠져버렸죠. 그래서 관심에도 없던
학생회에 가입하고 사회부장이던 언니를 따라 사회부원
이 되더니 무슨 집회인지도 모르고 그를 따라다녔다고 합
니다.

서연 님은 대학교 3학년이 되어서야 PC통신 유니텔
에서 '동성애'를 검색해보았다고 합니다. 거기에서 퀴어
동호회를 발견했어요. 이름은 '거치른(거친) 땅에 아름다
운 사람들(이하 거아사)'입니다. 이 동호회, 이름이 물건입
니다. 세상에 동성애자는 나 한 명밖에 없는 것 같던 시절,
맨날 짝사랑만 하던 당시의 서연 님은 거아사 정모에서
처음으로 다른 성소수자들을 만났습니다. 자신과 같은 사
람들을 만났을 때의 기분, 그때 그 느낌이 서연 님의 기억
속에 아직도 생생합니다. 첫 정모의 인상이 어떠했는지
물어보았습니다.

"다른 동성애자들을 처음 보는 거였는데요, '여기에
잘생긴 사람들만 다 모아놨나' 싶을 정도로 남자로 보이는

이들이 되게 훤칠했어요. 그때 한 남자가 다른 남자의 무릎 위에 앉아 있는 모습이 너무 낯설었고요. 그 전까지 접해보지 못한 새로운 세계에 눈을 뜬 저는 맨날 신촌의 한 퀴어 바인 레스보스 쪽을 돌아다녔어요.”

그 이후론 퀴어 모임에 중독되어 이화여자대학교 동호회 ELC(이화 '레즈비언' 클럽이 아닌 '레이디스' 클럽), 조이토마토 등에서 활동했습니다. 대학을 졸업하고 고시 생활을 하며 발길을 끊었지만, 초반에 1~2년은 학교도 등한시하고 신촌 바닥과 소주방들을 제집 드나들 듯 다녔습니다. 서연 님에게 그 시간들은 자신의 성정체성에 자긍심을 가지고 다양한 배경의 수많은 사람들을 만나게 해주었던 소중한 기억입니다.

사실 서연 님은 공감이 어떤 일을 하는 곳인지 자세히 알고 가지는 않았다고 합니다. '나 자신답게 살고 싶다'는 막연한 생각으로 시작한 공감에서의 변호사 일은 서연 님의 삶에 큰 귀감이 되었다고 합니다. 그곳에서 성소수자뿐 아니라 HIV 감염인, 이주민, 난민, 장애인 등 본인이 당한 차별이나 인권 침해 사건에 대해 끝까지 저항하고 싸우는 다양한 사람들을 만날 수 있었습니다. 또 존경하는 활동가들과도 인연을 맺게 되었고요.

서연 님은 인권 변호사로 일하면서 소수자를 위한 다

양한 활동을 해왔습니다. 그 와중에 특히 여성 성소수자여서 힘든 적은 없었는지 물어보았습니다.

"딱히 여성 성소수자여서 힘들었다기보다는 여성이기 때문에 차별받는 것은 있죠. 사실 검찰에 있을 때도 성차별을 대놓고 느꼈고요. 선배들을 보면 아니까. 일단 보직에서 여성 선배 검사들은 일반 사건을 많이 다루고, 남자 선배들은 특수, 공안 검사를 많이 하고요. 기본적으로 남성 중심적인 문화이고요."

서연 님은 대단한 사명감이 있어서 인권 변호사로 활동하는 것이 아니라고 밝혔습니다. 지금은 변호사로 일하며 즐겁고 보람된 순간을 느끼기도 하고, 힘들고 슬픈 시간이 와도 함께 공감하며 나눌 동료들이 있다는 점이 서연 님의 마음을 울렸습니다. 바로 이런 점들이 공감에서 긴 시간 몰두하며 일하게 한 힘이었습니다.

그 어떤 제도 없이도 20여 년 함께한 사이

20대 후반, 검사직을 내려놓고 공감에서 일하던 그 시기에 서연 님은 화영 님을 만납니다(당시에는 그 이래로 십수 년을 함께하리라고 예상하지 못했죠). 처음에 두 사람은 서연 님의 전 여자친구 집들이에서 소개를 받았습니다(네, 생각하시는 그 전 여자친구가 맞습니다). 화영 님을 만나기 전까지 서연 님은 연애 경험이라곤 거아사에서 만났던 한 번, 그 이후 사법고시에 합격한 이후로 한 번으로 총 두 번이 전부였습니다(이 말을 하며 상당히 억울해하던 서연 님의 표정이 문득 떠오릅니다).

"무려 전 여자친구가 '너와 잘 맞을 것 같다'며 소개를 해준다기에 어떤 사람인지 들어나보자 싶었죠. 헌데 저보다 여덟 살 연상인데다가 강아지를 좋아하지 않는다는 거예요. 그래서 만나기 전부터 별로 안 맞겠다고 지레 짐작해버렸어요. 화영 언니가 집들이에 도착하기도 전에 좋아하는 양주를 양껏 마시고 잔뜩 취해 있었죠."

그날 술에 취해 잠든 서연 님의 머리맡에 화영 님이 다가왔고, 자기 자신에 대해 재잘재잘 이야기를 건네었다고 합니다.

"그때 옆에 앉은 화영 언니의 피부가 보드라워 보이고 향이 참 좋았어요."

그렇게 나란히 밤을 지새우고 그날부로 연인으로 발전해 지금까지 함께하게 됐다고 합니다. 여러모로 어려운 조건인데도 찰나의 순간에 사랑에 빠지는 모습을 보면, 사랑은 머리가 아니라 마음이 한다는 말이 맞는 것 같습니다.

2007년 두 사람은 사귄 지 6개월 만에 동거를 시작했습니다. 이후 함께 다닌 이사만 해도 네 번입니다. 그렇게 예순네 번의 계절이 바뀌고 서연 님이 20대부터 40대를 맞이하는 지금까지 20년 가까운 세월을 함께 보냈죠.

두 사람은 긴 시간 함께해오며 서로가 서로에 대해 세상에서 가장 잘 이해하고 있음을 인지하고 있었습니다. 또 두 사람의 관계가 얼마나 소중한지 잘 알았죠. 인생의 큰 고비들을 함께 넘기며 신뢰를 쌓았고, 이제는 서로가 서로에게 없으면 안 될 존재라는 사실을 압니다.

"동성혼이 법제화되지 않아서 그렇지 사실 저희 둘은 이미 가족이에요. 혼자가 아니라 두 사람이라 더 든든하고, 함께 가정을 꾸리고 있으며, 사랑하는 강아지들과 하루하루 즐겁게 살고 있으니 이 이상을 바랄 수 있을까요? 사랑하는 원가족, 긴 시간 모나고 모진 순간들까지 함께해준 파트너, 주변에 생각이 비슷한 좋은 사람들, 또 나 자신 그대로 의미 있게 일할 수 있게 지원해주는 일터 등 이 모든 것들이 제겐 큰 행복이에요. 앞으로 지금의 삶이 유지될 수만 있다면 이야말로 제가 바랄 수 있는 최고의 해피엔딩이죠."

제가 너무나 사랑하는 두 언니가 항상 건강하고 행복하게 지내길 진심으로 바랍니다.

퀴어가 아니라면 느끼지 못했을 기쁨

인터뷰가 끝날 무렵에 재미 삼아 서연 님에게 물어봤습니다.

"서연 님의 연애는 어떤 유형이에요? 사랑 없인 못 살아 vs. 나 혼자서도 잘 살아."

서연 님은 농담처럼 투덜대며 말을 시작했습니다.

"20대 후반에 만난 한 사람을 40대가 된 지금까지 사귀었으니까 내가 어떤 유형인지 잘 몰라요. 근데 아마 혼자서는 못 버티는 사람인 것 같아요. 외로움을 많이 느끼는 사람. 저는 연애 경험도 별로 없고 그 전까지는 연애를 오래 한 적도 사실상 없어요. 반면에 화영 언니는 많은 사람을 만났고 또 오래 연애한 경험도 다수니까 우리가 관계에 온갖 부침을 겪어도 그렇게 대수롭지 않았나 봐요. 그 점이 우리가 오래 만날 수 있었던 비결인 것 같아요.

우리 모토가 '하루하루 즐겁게 살자'이기 때문에 앞으로 10년 후의 모습을 잘 떠올리기는 힘들어요. 아마 그때는 동성혼이 법제화되어 있겠죠. 예식을 하고 싶지는 않지만 어쨌든 법적 지위가 중요하기 때문에 혼인신고는 할 것 같아요. 화영 언니한테 선언했어요. '혼인신고하게 되면 프러포즈해.' 법제화되면 하겠대요(웃음). 이거(손가락 반지) 커플링인데요, 저만 있어요. 커플링의 의미로 혼자 맞췄거든요."

퀴어이기 때문에 결혼이라는 제도에 속할 수 없고, 그러다 보니 법적으로 보장받지 못하는 커플로 십수 년째 살고 있는 서연 님에게 만약 퀴어가 아니었다면 어땠을 것 같은지 물었습니다.

"퀴어가 아니었으면 더 나았을까? 아니, 그렇지 않았을 거예요. 오히려 퀴어여서 다양한 삶을 즐기고 다채로운 사람들을 만날 수 있었어요. 저는 이 편이 훨씬 더 좋아요. 상대방이 퀴어라고 고백하면 만난 지 얼마 안 되어도 유대감이 깊어지곤 해요. 마치 외국 이민자가 같은 한인을 만났을 때 느끼는 반가움처럼, 그 사람과 큰 비밀을 공유한다는 느낌을 받아요. 그 덕에 퀴어가 아니었으면 하지 못했을 다채로운 삶을 누렸어요.

퀴어들에겐 '당신은 축복받았다'라고 말해주고 싶어요. 본인의 정체성을 깨달았잖아요. 꼭 성소수자에 한정되는 것은 아니지만 성소수자가 아닌 사람들은 자기 정체성에 대해 고민할 기회가 명백하진 않으니까요. 물론 이성애자 친구들이 부러웠던 적은 있죠. 결혼식장에 다들 자기를 닮은 미니미를 하나씩 데려올 때요."

불완전한 우리가 만들어낸 완전한 사랑

지금 연애를 하고 계신가요? 만나는 사람이 때로 부족하게 느껴질 수 있고, 이해되지 않을 때도 존재합니다. 맞지 않는 부분이 보이기도 하고요. 답이 나오지 않을 정도라면 오래지 않아 헤어짐을 결심할 수도 있죠. 반면에 서로의 장점과 매력을 잘 이해하고, 깊이 존중하고 있다면 조금 부족하더라도 가능한 오랜 시간 함께하는 삶을 기대해보아야겠죠.

사랑하는 사람이 주는 진심 어린 애정은 정신 건강과 자존감에도 긍정적인 영향을 미칩니다. 세상에 나에게 완벽하게 들어맞는 사람은 없을 거예요. 피를 나눈 원가족하고도 늘 '성격 차이'로 다투는 우리들이니까요. 조금 맞지 않는 부분을 발견하더라도 '그렇게 생각할 수도 있지'라며 이해의 폭을 넓힌다면 함께 장기적으로 관계를 지속할 가능성이 커질 것입니다.

제가 만나본 오랜 기간 연애를 한 커플들은 보통 자연스럽게 양보하고 이해했고, 상대를 타인과 비교하지 않고 그 모습 그대로 존중했습니다. 그리고 갈등이 생길 때 서로 대화하고 푸는 두 사람만의 해소 방법이 있었습니다. 대화는 두 사람의 간극을 좁히고 갈등의 폭을 최소화할 수 있는 최상의 도구입니다.

여기서 하나 말씀드리고 싶은 건, 그 대화의 양상이 항상 온순하고 차분하지 않아도 괜찮을 수 있다는 사실입니다. 차분한 대화로 해결된다면 더할 나위 없겠지만, 상처를 주고받지 않고 문제 해결이 가능하다면 때로는 함께 고래고래 소리를 질러도 괜찮다는 말입니다. 갈등이 생겼을 때 잘 해결할 수 있는 두 사람만의 방식을 마련하는 것이 중요하다고 생각합니다.

사랑은 당연지사이고, 서로를 이해하고 챙기고 품어주고 대화로 풀고자 하는 노력들이 모여 장기 연애의 비법으로 발전하는 게 아닐까 싶습니다. 그렇게 하루이틀 쌓인 시간들이 신뢰를 형성하고 더 긴 미래를 함께할 수 있는 또 다른 비법이 되는 게 아닐까요.

안 그래도 모진 세상이고 답답한 일생입니다. 성소수자에겐 특히 더 상처받을 일도 많고요. 이런 때에 곁에 서로를 진심으로 품어주고 안아주는 짝꿍이 있다면 이만큼 따뜻하고 든든한 관계는 없을 것입니다.

가끔은 '더 나은 사람이 없을까?' 하는 마음에 주변을 두리번거리기도 하죠. 하지만 가장 좋은 사람은 바로 지금 내 옆에 있는 사람입니다. 때로는 순간 서운해져 삐치고 화가 나 서로 다퉈도 함께할 때가 제일 재미있다면, 당신을 웃게 하는 그가 바로 당신에게 가장 좋은 사람입니다. 사랑하는 사람과 행복한 매일을 오래도록 함께 보내시길 바랍니다.

사람이기에 누구나 부족하고 안 맞고 모자란 부분이 있죠. 그러나 진실된 마음으로 나를 사랑하고 아껴주는 그를 절대 포기하지 않겠다는 마음만 지킨다면 그 마음이 관계가 오래가도록 강력하게 이끌어줄 것입니다. 다들 그런 사람과 함께하며 많은 사랑을 주고받을 수 있기를 꼭 바랍니다.

✦✦✦✦✦✦✦✦✦✦✦✦✦✦✦

혼인평등 운동에 동참하는 방법

세상은 변하고 있다

사랑하는 사람과 오랫동안 행복하게 살고 싶다는 바람은 사실 개인의 노력만으로 해결되지 않습니다. 법제도적인 뒷받침이 필요하죠. 퀴어라면 동성혼의 법제화가 대표적일 것입니다. 2023년 현재 전 세계 34개국에서 동성혼이 가능하며, 최근 한국도 급격하게 변화하고 있습니다. 2023년 2월, 서울고등법원은 최초로 동성 배우자의 건강보험 피부양자 자격을 인정하였고, 2023년 5월, 국회에서 동성혼을 가능하도록 한 민법 개정안이 발의되었습니다. 최근 한 갤럽 조사에서는 동성혼을 찬성하는 비율이 40퍼센트에 달했습니다. 성소수자차별반대 무지개행동과 혼인평등연대(전 가족구성권네트워크)는 "모두의 결혼, 사랑이 이길 때까지"라는 슬로건으로 대중적인 동성혼 운동을 본격적으로 시작했습니다.

동성혼 운동을 위해 할 수 있는 것들

첫째, 주변 사람들과 동성혼 이슈에 관한 대화를 시도합니다. 무슨 말을 해야 할지 감이 오지 않는다면 한국의 혼인평등 단체인 모두의결혼에서 발간한 《혼인평등안내서》를 참조해보세요. 설득의 언어를 얻을 수 있을 것입니다.

둘째, 퀴어의 존재를 계속 드러내야 합니다. 현재는 구청에서 접수가 되지 않아도 혼인신고를 하는 동성 커플들도 있고, 퀴어로서 결혼식을 하는 사람도 존재하고, 직장에서 가족 복지제도를 이용하는 사람들도 보입니다. 가능하다면 법제화가 되기 전에도 퀴어임을 드러낼 만한 시도들을 계속하면 좋겠습니다.

❖❖❖❖❖❖❖❖❖❖❖❖❖❖❖❖

셋째, 혼인평등연대(@marriageequalitykr)의 뉴스레터를 구독해보세요. 동성혼 집단 소송과 입법 운동, 커뮤니티 캠페인까지 다양한 활동에 관한 최신 소식과 참여 방법을 안내받을 수 있을 것입니다.

넷째, 앨라이라면 동성혼 법제화에 대한 지지의사를 적극적으로 밝혀주세요. 일상 대화에서는 물론, SNS 계정이나, 휴대하는 책가방이나 노트북 또는 회사 책상에 혼인평등을 지지하는 표식을 한다면 그 공간을 지나가는 성소수자 당사자들은 분명히 알아보고 함께할 수 있는 일을 모색할 것입니다.

feat. 김규진

- -

트위터와 블로그에서 '평범한' 결혼 과정을 세세히 밝히며 유부 퀴어의 대표로 급부상했다. 동성 연인과의 결혼을 계기로 메이저 신문 지면, 지상파 방송 뉴스에 출연했고, 퀴어가 결혼식을 해도 현실에서 큰일은 일어나지 않는다는 것을 몸소 보여준 바 있다. 결혼한 지 4년 차에 기증받은 정자로 임신에 성공, 2023년 9월 출산을 앞두고 이제는 세 사람이 함께 그릴 미래를 꿈꾼다. 지은 책으로 《언니, 나랑 결혼할래요?》가 있다.

결혼도 가정도 내가 행복해지는 곳으로 향할 것

야망 있게
자신이 원하는 대로 사는 법

시간은 제 편이에요.

할머니가 됐을 때는 당연히

저희에게 호의적인 사회일 텐데,

당장의 힘듦 때문에 꺾이면 손해일 거라고 믿어요.

'결혼'은 일반적으로 살면서 거치는 통과의례 중 큰 과업입니다. 개인적으로는 원가족에서 나아가 새로운 나의 가족을 만드는 행위입니다. 결혼하면 둘이 구심점이 되는 새 가정이 생기고 주변 사람들에게도 부부로 인정받게 되죠. 서로에 대한 이해와 생각이 이전과 달라지고 관계의 무게는 더 무거워집니다(이렇게 솔로 생활은 끝나버리는 거죠!).

사회적으로는 자신이 속한 공동체 구성원들로부터 부부 관계를 인정받는 과정입니다. 제도와 법은 이렇게 생겨난 가족 구성원을 인정하고 보호합니다. 특히 한국에서는 법제상 혈연, 입양을 제외하면 새로운 가족을 형성할 거의 유일한 방법이기 때문에 국가 정책상으로도 의미가 큽니다. 무엇보다 결혼은 두 사람의 믿음을 기반으로 앞으로의 일생 동안 상대에게 헌신하겠다는 맹세입니다. 아름답고 또 빛나는 여정의 시작이기도 합니다.

이처럼 결혼에는 개인의 삶을 넘어 가족과 공동체, 국가 차원까지 큰 의미가 담겨 있습니다. 전 세계적으로 그

형태는 달라도 결혼 제도가 없는 나라는 전무하죠. 그러나 모두가 자유롭게 결혼할 수 있는 것은 아닙니다. 최근에야 몇몇 나라에서 허용되었다고 해도 한국에서는 아직 불가능한 사람들이 존재하니까요. 바로 동성 커플의 결혼 이야기입니다.

성소수자인 게 불법도 아닌데 왜 결혼이라는 제도적 장치 속에 들어가지 못하는지 아무리 이해하려 해도 도저히 납득하기 어렵습니다. '국가가 뭔데 내가 사랑하는 사람과의 결혼을 간섭해!' 하는 억하심정에 괜히 비혼이라 선언해보기도 합니다. 그러나 선택지가 있는 상태에서 비혼을 결정하는 것과 아예 결혼 자체에서 배제당하는 것은 엄연히 다른 차원입니다.

또한 결혼해 가족이 됨으로써 따라오는 각종 제도적 보장 장치와 결혼의 법적 효력이 너무나도 크죠. 사소하게는 비행기 마일리지 합산 제도와 통신사 요금제 할인을 받을 수도 있고요, 중차대한 일로는 상속, 주거, 생활비, 각종 보험의 수혜자 지정, 수술 동의, 부양과 임의 후견 등의 절차에서 일일이 확인하고 지정하는 과정을 거치지 않아도 권리를 보장받고 행사할 수 있습니다.

그렇기에 '나도 정직하게 세금 내는 시민인데 왜'라는 마음이 들어 더 괴로워집니다. 사랑하는 사람과 성^性이 같을 뿐인데, 감수해야 할 불평등이 한둘이 아닙니다. 살아가면서 함께 겪어야 할 차별뿐 아니라, 내가 세상에 부재했을 때 홀로 외롭게 권리를 다툴 파트너를 생각하면 더욱 결혼이 간절해집니다.

내가 결혼하겠다는데 웬 사회적 합의!

2019년 타이완은 아시아 국가 중 처음으로 동성혼을 법제화했습니다. 일본도 지자체에 따라 동성 간 결혼이 허용됩니다. 한국에서도 동성 결혼식을 올리고 혼인신고를 시도한 사례가 있습니다. 바로 2013년 결혼식을 올린 김조광수와 김승환 부부, 2019년에 결혼한 김규진(닉네임 '규지니어스') 부부 같은 분들입니다.

이들은 결혼식을 올렸지만 부부로서 법적으로 인정받지는 못했습니다. 많은 사람들의 오해와 달리, 한국에서 혼인은 신고제이고, 법률상 동성 간 혼인을 금지하는 조항은 없기에 절대 불법이 아닙니다. 그러나 법원에서는 결혼이란 남녀 간의 결합을 전제로 한다고 해석하여 동성 부부의 혼인신고를 반려하고 있습니다. 흔히 다음 조항을 하나의 예로 듭니다.

"민법 제815조(혼인의 무효). 혼인은 다음 각 호의 어느 하나의 경우에는 무효로 한다. 1항. 당사자 간에 혼인의 합의가 없는 때."

민법 등 관련 법이 성 구별적 용어(남편이나 아내 등)를 사용하는 것은 혼인이 남녀 간의 결합을 전제로 하기 때문이며, 지금까지 대법원 판례와 헌법재판소도 마찬가지로 정의해왔다면서, 동성 부부의 혼인은 민법에서 말하는 '혼인의 합의'라 인정할 수 없다는 것이죠. 성인 둘이 자의로 결혼식까지 올렸어도 법적으로 존중할 수 없다는 의미입니다. 또 국민 정서상 이성 간에 이뤄지는 것이 혼인이라는 이유를 대기도 합니다.

정치권에서는 이른바 '사회적 합의'를 운운합니다. 2020년 한국여성정책연구원에서 발표한 자료에서도, 국가인권위원회의 차별 실태 조사를 봐도 '성소수자임을 근거로 차별하면 안 된다'는 차별금지법에 대한 전 국민적 차원의 동의가 90퍼센트에 이르는데, 선거 때만 반짝 언급될 뿐 아직도 뒷짐 지고 나 몰라라 하죠. 그 모습을 보면 솔직히 부아가 치밉니다. 그럼에도 시민단체들의 연대 활동인 혼인평등연대, 포기하지 않고 계속해서 제도의 문을 두드리는 동성 부부, 그리고 평등을 지지하는 시민들이 함께하기에 변화는 오리라 기대합니다.

생각해보면 당장 법적으로 인정받지 못하는 상황에서 결혼한다는 것은 응당 부부로서, 가족으로서 해야 할 의무만 더해질 뿐 나의 자유를 일부 포기하는 행위죠. 그럼에도 왜 결혼이 하고 싶었는지 의문이 들었습니다. 어떻게 '이 사람이다!'라는 생각이 들었는지, 프러포즈는 누가 어떻게 했고, 결혼 준비 과정에서 어려움은 없었는지 궁금했습니다. 남의 연애사가 제일 재미있어서이기도 하지만, 나중에 결혼을 선택할지도 모르잖아요. 이 인터뷰가 그때 좋은 참고 자료가 될 것 같습니다.

"제가 소중해서 결혼을 선택했어요"

규진 님은 2019년 11월 결혼식을 올렸고 곧 자녀를 출산할 예정인 신혼+유부+임산부+레즈비언입니다. 트위터 규지니어스(@kyugenius) 계정과 블로그 '한국에서 오픈 퀴어로 살기'를 운영하면서 퀴어로서의 삶과 동성 결혼 경험담을 공유하고 있죠. 실제로 블로그에는 규진 님 개인사부터 동성 결혼에 도움이 되는 자료들이 즐비하답니다. 저도 그곳에서 많은 정보를 얻을 수 있었습니다.

개인적으로는 규진 님을 트위터에서 동성 연인과의 결혼을 준비하는 분으로 처음 알았습니다. 당시 제 트위터 계정은 비공개로 퀴어 친구들하고만 서로 구독 중이었는데, 트위터 세계는 넓어도 한국 퀴어판은 좁아서인지 알고리즘에 의해 연결되었습니다. 타임라인을 읽던 중 지인이 리트윗한 게시물에서 닉네임이 '규지니어스'인 그를 마주했죠.

'규지니어스라니? 본인이 천재라는 의미인가?'

규진 님을 팔로우한 후 그간 작성한 트윗들을 읽어보았습니다. 읽으면 읽을수록 묘하게 '이분을 꼭 한 번 만나봐야 할 것 같다'는 기분이 들었고, 2019년, 그와 인터뷰를 시도했습니다.

규지니어스 님의 본명은 김규진, 예상대로 규+지니어스의 조합이었습니다. 다 큰 성인이 본인을 천재라고 명시하다니 놀라웠죠. 스스로를 일반적인 회사원이라고 소개하지만 이 사람, 보통내기가 아니겠다는 직감이 들었습니다.

"천재라는 별명은 중학교 때부터 썼어요. 제가 천재라고 하니까 애들이 깔깔거렸는데요, 조금만 똑똑하게 굴어도 '규진이는 정말 천재인가 봐'라고 하더라고요. 일종의 자기 브랜딩이죠. 그리고 사춘기 때 '으악, 나는 외계인이다!'라며 돌아다녔는데 그런 저를 당시의 교사와 학교가 존중해주었어요. 그러한 문화적 여건 덕분에 생긴 대로 잘 자라지 않았나 싶습니다."

규진 님은 자아가 참 단단한 사람이었습니다. 중요한 결정을 앞두고 자기를 가장 첫 번째 기준으로 삼습니다.

그는 삶에서 큰 결정들을 내릴 때 '내가 바라는 삶인지, 내가 나로서 온전한지, 좋아하고 사랑하는 것들을 누릴 수 있는지'를 가장 중심에 놓는다고 합니다. 결혼이라는 큰 결정을 성사시킬 때도 이러한 힘으로 스스로를 잘 지켰을 것 같습니다.

"사실 어릴 때는 (아마도 남자와 하는 줄 알고) 결혼을 하지 않겠다고 선언했어요. 제가 동성애자인 사실을 자각하고부터 결혼을 하나의 선택지로 둘 수 있게 되었죠. 중고등학교 때부터 쭉 그 생각은 확고했어요. 결혼한다는 것은 자신만의 편을 만드는 일이기도 하죠. 제가 선택한 사람과 가족이 되고 함께 성장할 수 있다는 점도 매력적이었어요. 그리고 보수적인 편이라 결혼에 대한 환상도 있었던 것 같고요. 결혼의 현실적인 측면도 물론 알고 있었지만 그럼에도 나름의 환상이 있어서 결혼하고 싶어 했죠."

인생의 첫째를 '나'로 설정한다는 것

규진 님에게는 성정체성을 받아들이는 것이 생각보다 어렵지 않았습니다. 내적 고민이 생기기 전에 외적 인풋^{input}이 먼저 일어났죠. 외국에서 보낸 중학교 1학년 시절에 학내에서 자신이 레즈비언이라는 소문이 돌고 있다는 사실을 알았습니다. 규진 님은 당황하고 놀라기보다는 '앗! 내가 레즈비언인가?'라고 고민하기 시작했죠. 어린 나이였음에도 본인이 레즈비언이란 사실을 부정할 수 없었나 봅니다. 친구들에게 "어. 나 레즈비언 맞는 것 같아" 하고 인정한 게 정체화 과정의 전부였다고 합니다. 여자친구를 만나보았더니 자신이 빼도 박도 못할 레즈비언이라는 사실만 확실해졌죠.

이러한 강한 확신과 행동력은 부모에게 커밍아웃할 때에도 도움이 되었다고 합니다. 평소에 중요한 일이 닥쳤을 때 전략적으로 계획을 세우고 접근하는 규진 님답게 할머니 제사로 온 가족이 모인 틈에 커밍아웃을 했던 것이죠.

외국에 거주하는 부모를 자주 만나지 못하기에 시간적 제약이 있었던 것도 사실이지만, 온 친척이 모인 틈에 순식간에 선언해버리면 큰 소란 없이 넘어가겠다는 계산도 있었습니다. 예상 질문에 대한 답도 미리 준비해두었다고 합니다. "동성애자라고 어떻게 확신해? 여자친구라도 사귀어봤어?"라고 물어보면 "생각만 한 게 아니라 실제로 연애도 해봤다"라고 경험담을 이야기하기로 계획했죠.

"제 커밍아웃 과정이 어딘가 이상한 것 같다며 웃거나 전략적이라며 대단하다고 하는 분들이 계세요. 그런데 저의 행동들은 모두 모범적이랍니다. 예를 들면 저는 새벽 두 시까지 학원에 살다시피 하며 열심히 공부해서 이른바 명문대에 갔고 제게 맞는 회사를 열심히 다니고 있어요. 삶의 흐름을 보면 굉장히 평범한 노선을 타고 있죠. 변혁적인 일을 하고 싶다기보다는 오히려 사회에 잘 섞여 어울리는 것을 좋아해요. 저의 '전략적 가시화'에 이유가 있다면 '여러 사람들이 나를 알았으면 좋겠고, 나를 알면 싫어하지 않을 것이다'라는 정도예요. 대단히 앞서가거나 특이해 보여도 한 발짝 떨어져 바라본 저는 막상 중간 정도의 스탠스를 취하는 사람이에요."

규진 님의 부모가 성소수자로서의 그의 모습을 온전히 다 받아주신 것은 아닙니다. 그런 부모에게 서운할 수도 있는데, 규진 님은 생각보다 담담합니다. 이러한 태도는 아마도 자신과 주변에 대한 규진 님만의 사고방식 덕분이겠다는 생각이 듭니다.

"부모님을 만날 때마다, 기-승-전-'니가 게이여서 그래'라는 말이 오가요. 살이 찌든 뭐든 사사건건 정체성이 장애물인 것처럼 이야기하시죠. 그 외에 힘든 점은 없었어요. 이는 '나 자신이 가장 중요하다'는 제 가치관 덕분이에요. 사람을 '저'와 '그 외'로 나눈다면 가족은 후자에 포함되죠. 가족인 엄마도 나와 생각이 다를 수 있지, 엄마가 나를 싫어하면 나도 엄마를 싫어하면 그만이지라고 생각하면서 살았어요. '포기'가 아니라 '선택'이라는 방식으로 요. 그렇기에 오히려 잘 버틸 수 있었던 것 같아요.

포기를 극단적으로 힘들고 부정적인 것으로 생각하지 않으려 노력합니다. 퀴어라서 다른 사람보다 더 힘들 수 있는데 그냥 인생은 원래 좀 힘들잖아요. 제가 레즈비언이라는 이유로 우울해한다고 해서 나아지는 것은 없다고 생각해요. 그냥 현실적인 상황 속에서 나와 내 친구들이 어떻게 하면 더 편하게 살 수 있는지를 고민하는 편이에요.

상대와 만난 지 일주일 안에 또는 만나자마자 커밍아웃하는 것도 그 방편이죠. 상대와 내가 너무 친밀해진 상태에서 미움을 받으면 그 상처가 깊잖아요. 그래서 초기에 '나는 게이인데 이런 내가 싫다면 잘 가'라는 느낌으로 커밍아웃해버려요. 쓸데없는 데 에너지를 낭비하는 것이 편하지 않아서, 거짓말을 쌓지 않는 것도 목표였어요. 원체 거짓말을 못하는 성향이니 아예 하지 않아도 되는 환경을 만드는 거죠. 예를 들어 회사도 '여기는 안 되겠는데' 생각이 들면 바로 다른 환경으로 옮겼어요. 그렇게 네 차례 인턴 생활을 하던 중에 지금 회사의 환경이 호의적이라 판단해서 입사했죠. 그러다 보니 주변에 합리적인 문화와 퀴어프렌들리한 사람들밖에 남지 않았어요. 가끔 댓글 등에서 날것의 반응을 보면 '아차차!' 하고 깜짝 놀라요. 이미 동성혼이 법제화되고 〈윤희에게〉는 천만 영화인 줄 알았네(웃음)?"

행복이란 노력으로 얻어내야 하는 것

"결혼은 야망이다."

규진 님의 이야기 중 가장 인상 깊었던 말입니다.

그가 회사 연수로 영국에 방문했을 때였습니다. 공항에 도착하자마자 비친 벽면 광고가 눈에 들어왔습니다. 노인과 손자가 즐거운 시간을 보내는 모습, 고양이와 아기가 노는 모습 같은 행복한 장면들이 연이어 등장하더니 마지막에 레즈비언 커플의 모습이 나온 뒤 "이것이 사람의 야망이다This is the story of human ambition"라는 문구가 등장했습니다. 어쩌면 그냥 지나칠 수 있던 광고였지만, 규진 님에게는 큰 자극이 되었다고 합니다. 그 순간 규진 님 머리에 결혼에 대한 새로운 생각이 떠올랐기 때문입니다.

"'보통 결혼이 당연히 주어지는 행복인 줄 알지만 사실은 내가 노력해서 이루어야 하는 야망이구나'라는 생각이 스쳤어요. 일반적으로 사회적 지위나 금전적인 목표를 야망으로 보는데요, 사실 삶과 일상에서 행복해지는 것도 굉장히 어려운 목표잖아요. 어쩌면 돈을 많이 버는 것보다 행복한 삶이 더 어려운 것 같아요. 그래서 결혼이란 야망이라고, 행복 또한 거저 오지 않기에 더 많은 노력이 필요하겠다고 생각했지요."

이렇게 규진 님은 노력해서 가장 보통의 사람들처럼, 가장 보통의 결혼식을 해내겠다고 다짐했죠.

한국에서도 결혼식을 올리는 동성 커플들이 늘고 있습니다. 제 주변에도 점점 많아지고 있어요. 예식이야 누구나 올릴 수 있으니 그 자세한 과정은 인터넷 서핑으로도 충분히 파악할 수 있을 것 같습니다. 그보다도 저는 결혼할 사람을 만나면 머리에 종이 댕 울린다던데, 도대체 '이 사람이다!' 하는 생각이 어떻게 드는지 궁금했습니다.

규진 님은 지금의 와이프를 퀴어 여성 전용 온라인 사이트에서 만났습니다. 새로운 관계에 대한 욕구가 크진 않았지만 외로운 것은 싫고 연애는 하고 싶었다고 해요. 그래서 어느 날 그 사이트에 자신의 소개와 함께 애인을 찾는다는 글을 올렸습니다. 어린 시절 외국에서 자란 자신과 비슷한 경험이 있었으면 좋겠고, 가족으로부터 독립적이길 바라고, 또 자신처럼 직업이 있으면 한다는 내용을 적고 "나와 유사한 조건의 20대를 찾는다"는 제목을 붙였습니다. 글을 올린 지 1초 만에 누가 "이거 난데? 나와 만날래?"라고 댓글을 달았다고 해요. 하지만 아쉽게도 상대의 나이는 30대였습니다.

그때까지만 해도 규진 님은 자신이 연하를 좋아한다고 굳게 믿고 있었기에 '일단 한번 만나나 보자'라고 생각하며 자리에 나갔죠. 그런데 의외로 자신과 잘 맞았다고 합니다. 보통은 누구를 만나든 '이 부분은 내가 참아야지' 하는 구석이 한두 개쯤 보이는데 그와는 시간을 두고 면밀히 살펴도 그런 점을 도통 찾지 못했습니다. 그만큼 기막히게 잘 맞는 사람이었고, '이 사람과 결혼할 것 같다'고 확신했죠. 이후 규진 님의 유일한 고민은 '이 사람과 정말 결혼해도 될까?'가 아니라 '애인이 내 프러포즈를 받아줄까?'였다고 합니다.

그렇게 프러포즈는 규진 님이 했습니다. 외국계 회사에서 마케팅 업무를 맡고 있는 실력을 발휘해 신제품 론칭 프로젝트를 발표하듯 프러포즈를 준비했습니다. 이 프러포즈를 잘 성공시킬 자신이 있었습니다. 애인이 남긴 힌트를 면밀히 검토했죠. '너무 계획 없는 프러포즈는 싫다'고 했던 애인의 이야기를 떠올려 '계획이 무엇인지 보여주겠다!'는 일념으로 준비했습니다.

앞으로 함께 살아갈 인생 계획과 결혼했을 때 예상되는 어려움, 얻을 수 있는 이익 등을 분석해 피피티에 담고, (주변 여성 세 분의 확인까지 받은) 애인의 취향을 저격한 고

가의 선물을 준비했습니다. 일생에 한 번뿐인 순간인데 이 정도는 준비해야죠, 암요. 그리고 야경이 보이는 아주 로맨틱한 장소에서 프러포즈를 합니다. 결과는 '대성공'이 었죠.

두 사람은 2019년 봄, 뉴욕에서 혼인신고를 했습니다. 그해 여름부터 함께 살기 시작했고, 늦가을인 11월에 한국에서 예식을 올렸죠. 혼인신고, 동거, 결혼식 등 각 이벤트를 전후로 마음가짐이 많이 달라졌다고 해요. 그중에 가장 많이 달라진 것은 '혼인신고'였습니다. 각자의 남동생들이 뉴욕까지 날아와 증인이 되어주었습니다. 서로의 가족이 모여 서류에 사인을 한 뒤 반지까지 교환하니 괜히 눈물이 나고 감회가 새로웠다고 합니다. 진실로 공동체가 되었다는 마음이 들었고 앞으로 서로의 삶을 함께한다는 사실이 실감났습니다.

한국에 돌아와 거주지와 경제적인 부분을 합치니 공통분모가 더 커졌습니다. 공동체로서 함께 논의할 부분이 많아졌고, '내 집 마련'이라는 공동 목표도 생겼습니다. 퇴근 후 둘만의 보금자리에 모여 서로를 기다리고, 기대는 부분들이 많아졌다는 것도 동거의 장점이었죠.

본격적으로 결혼식을 준비하는 데는 두 달이 걸렸습니다. 체력적인 부분이 가장 힘들었다고 합니다. 결혼식을 앞두고 살을 빼고 싶어 일주일에 네 번씩 받은 헬스 피티 수업도 힘들었는데, 회사에서 중요한 프로젝트를 맡는 바람에 일도 많았고, 세간의 주목을 받는 결혼식이다 보니 어떤 날은 하루에 두세 개의 인터뷰를 소화해야 했습니다. 물리적으로 '체력이 달린다'는 느낌이 무엇인지 처음 알게 됐죠. 그래도 웨딩플레너를 맡아준, 성소수자 동아리 선배의 친구 분이 '이쪽' 문화와 맥락에 대한 이해도도 높고 일처리를 척척 해주셔서 보다 편하게 결혼식을 준비할 수 있었습니다.

결혼을 준비하면서 인상 깊었던 것은 주변의 반응이었습니다. 규진 님 연인에게는 게이 친구들이 많습니다. 그 친구들이 두 사람에게 자꾸 "고맙다"고 했습니다. "결혼은 우리가 하는데 왜?"라고 물으니, 자기들은 "평생 연애가 끝이라고 봤고, 결혼이라는 선택지를 한 번도 생각해본 적이 없는데 그 외에 다른 것을 보여줘서 고맙다"는 답이 돌아왔다고 해요. 이런 말들이 규진 님에게 감동과 용기를 주고, 주변에 결혼 과정을 공유해야겠다고 다짐하는 계기가 되어주었습니다.

결혼하니 뭐가 제일 좋은지, 부러움 섞인 궁금함을 담아 물었습니다.

"제게는 어밴든abandon 이슈, 그러니까 항상 버려질지도 모른다는 두려움이 있어요. 저는 연애에서 한 번도 차본 적이 없어요. 항상 상대에게 차였죠. 물론 지금도 버려질 수 있다는 생각은 해요. 제가 이상하게 군다면 이혼당할 수도 있겠죠. 그래도 조금 덜 두려워하게 되었고, 확실하게 장기적인 목표를 세울 수 있게 되었어요. 공동체에 속했다는 느낌이 확실히 강해요."

언젠가 사랑하는 사람과 결혼하고 싶다면

결혼 전에 규진 님이 막연하게 '언젠가 결혼을 하고 싶다'고 생각했다면 실제 결혼식을 치르고 난 다음에는 식이 주는 구체적인 의미를 깨달았습니다. 좋아하는 사람들로부터 두 사람의 미래를 축복받는다는 게 얼마나 큰 즐거움인지 알게 되었다고 합니다. 비록 양가 부모는 함께하지 못했지만, 결혼식장에 일면식 없는 사람들은 하나도 없었습니다.

그렇게 많은 축복 속에 결혼식까지 올리고 나니 두 사람의 관계와 결혼이 전과 다르게 다가왔다고 합니다. 또 공동체로부터 관계를 공적으로 인정받는다는 점, 두 사람의 관계에 대해 사회적인 합의를 받아냈다는 점에서 성취감을 느끼기도 했습니다. 아무래도 한국적인 마인드에서는 결혼'식'이 '결혼'이니, 결혼식을 올리고 나서야 정말 과업을 수행한 듯한 느낌도 들었고요. 이젠 어디에 가서도 "우리가 결혼했다"고 당당히 말할 수 있게 된 것이죠.

결혼식 이후에도 두 사람의 혼인 관계는 제도적으로 인정받지 못합니다. 혼인신고서를 동사무소에 제출하지도 않았죠.

하나 분명히 짚어둘 점은, 두 사람이 갖은 상처나 어려움을 극복하고 결혼식을 올린 것이 아니라는 사실입니다. 그냥 두 사람의 마음이 맞아 식을 올렸습니다. 결혼하더라도 두 사람이 보장받지 못할 제도적 내용들은 프로포즈 기획서에도 익히 다루었습니다.

물론 때때로 박탈감을 느끼기도 합니다. 대단한 사건이 있어서라기보다는 일상에서 예고 없이 찾아오는 자잘한 좌절들이죠. 예컨대 신혼여행에서 돌아올 때 세관 세입신고서에 동반 가족 0명이라고 써야 할 때, 마일리지 합산이 안 되는 점(네, 여기에 꽤 집착해요. 비즈니스석 타고 싶단 말이죠) 같은 것들입니다.

다만 그보다 규진 님에게는 와이프와 삶을 함께하는 것, 퇴근할 와이프를 기다리는 것, 가족으로서 서로와 함께 꿈을 이뤄내는 것이 더 중요합니다. 크고 작은 좌절이 불쑥 들이닥쳐도 그것들을 대수롭지 않게 만드는 더 큰 행복들이 있기 때문에 규진 님은 만족합니다.

"회사에서 배운 점은, 어떻게든 일은 끝난다는 거예요. 광고가 잘못 나가고 가격이 틀려도 어떻게든 수습은 된다는 사실을 경험했고, 힘든 상황이 닥쳤을 때 대처하는 힘을 길렀어요. 삶에서도 결혼을 기획할 때도 '하고자 하는 일은 감당 가능한 범위 안에서 벌어진다. 안 될 게 없다' 싶었어요. 어려움이 있다는 사실은 점점 나아질 거란 이야기잖아요. 지금 20대들은 동성혼을 찬성하는 쪽이 더 많더라고요. 시간은 제 편이에요. 할머니가 됐을 때는 당연히 저희에게 호의적인 사회일 텐데, 당장의 힘듦 때문에 꺾이면 손해일 거라고 믿어요."

식을 올리기까지 여러 번 벽을 마주했지만 두 사람은 멋지게 넘겨냈습니다. 저 또한 두 분의 결혼이 뿌듯한데 두 분을 사랑하는 주변 분들은 얼마나 벅찼을까요.

언젠가 사랑하는 사람과 결혼하고 싶다는 사람들에게 규진 님은 이렇게 말합니다.

"결혼을 너무 깊게 보지 않았으면 좋겠어요. 찬찬히 고민해보는 것도 중요하지만 너무 몰입해서 생각하지 않았으면 싶어요. 왜냐하면 결혼은 누구에게나 어려운 일이거든요. 이성애자들도 결혼했다가 이혼하거나 파혼하기도 하고요. 그렇게 어려운 결혼을 하고 싶은 사람이 생겼다면 그 외의 것들은 부수적이에요. 당장 제도나 법이 뒷받침되리라고 생각하진 않지만 포기하기보다는 그래도 길은 있다고요. 둘이 잘 살고 행복한 쪽을 선택하는 게 좋지 않을까요? 그리고 웨딩플래너가 필요하시면 규진에게 연락을 주세요!"

결혼할 권리, 인간의 기본권

사랑하는 이가 생겨도 '결혼할 수 있을까?' 혹은 '이런 마음을 가져도 괜찮을까?' 싶은 생각이 들 수 있습니다. 아직 우리에겐 먼 미래처럼 느껴지니까요. 괜히 희망을 가졌다가 실망할까 봐 기대조차 하지 않거나 애초에 인생 계획에 결혼이 없을 수도 있죠. 보험과 주택, 대출과 연금, 심지어 주식과 로또까지. 이리저리 혼자 살아낼 궁리를 한 적도 있을 거예요.

그러다가도 살면서 온갖 제도적 보장에서 배제될 때 심술이 나고 분통이 터집니다. 현실에서 작고 큰 위험들을 마주할 때마다, 또 시간이 흐를수록 혼자 남겨질 상대 생각에 불안해지기도 합니다.

'결혼할 수 있는 권리'는 모두에게 필요합니다. 자신의 몸과 마음, 사랑하는 사람의 건강과 함께할 행복, 사회적인 권리 보장까지 다양한 차원에서요. 아마 어떤 연구도 이 사회의 성소수자들이 결혼 제도가 보장되면서 얻을 삶의 행복과 만족도를 완벽히 측정하지 못하겠죠. 하지만 동성혼이 법제화된다면 다들 두 팔 벌려 환영할 것입니다. 평등한 사회로 한 발짝 더 나아감에 감동의 물결로 가슴이 벅차오르고요.

동성혼 법제화를 이뤄내자는 주장이 혹여 '정상' 범주의 카테고리에 자신을 집어넣는 듯해 거부감이 들 수도 있습니다. 또 결혼이 '이성애 정상 가족' 프레임, '가부장제의 상징'처럼 느껴질지도 모릅니다. 아무도 그 감정을 틀렸다고 할 순 없을 거예요.

제가 드리고 싶은 말씀은 다른 게 아닙니다. 결혼 제도를 비판적으로 바라보되, 누군가에게는 기회조차 주어지지 않은 불평등한 기존의 틀을 깨야 한다는 의미입니다. 동성 커플의 결혼은 기존의 결혼 제도에 큰 파장을 일으키고 이로써 기존 결혼의 의미를 확장하고 재해석할 가능성을 키우지 않을까요? 나아가 결혼 제도가 답습해온 문화를 바꿔가는 시발점이 될 수도 있겠죠. 그래서 동성혼이 가능해진다는 사실은 여러모로 한국 사회의 질적 변화를 일으키는 큰 획입니다.

거듭 이야기하지만 이 권리가 그저 시간이 흐른다고 해서 내 손에 그냥 쥐어지는 것은 아닙니다. 규진 님이 '야망'이라고 부른 만큼 많은 노력과 힘이 필요하죠.

제가 2016년 총학생회장으로 활동하던 당시, 학생들과 충분한 논의 없이 추가로 캠퍼스를 세우려는 대학 본부에 문제를 제기하며 학생회가 본부 행정관을 점거한 적이 있습니다. 그때를 돌이켜보면 결국 변화를 만들었던 것은 훌륭한 지도부 한두 명이 아니었습니다. 행정관 앞에서 열렸던 학생 총회에 모인 2000여 명 학생의 의지와 행동 덕분이었습니다.

　부패한 정권에 반기를 들어 온 국민이 광화문으로 나와 촛불을 들었을 때도 마찬가지였습니다. 변화의 물꼬를 튼 것은 끝까지 관심을 가지고 비판의 눈초리를 거두지 않았던, 삼삼오오 거리로 나온 수많은 보통 사람들이었다고 생각합니다. 광장에 모인 '사람의 힘'은 소름이 돋을 정도로 압도적이고, 권위를 가지며 강합니다. 집회에서 수천, 수만 명이 모인 모습을 볼 때면 '이 많은 사람들의 염원인데 무엇인들 이뤄내지 못할까' 하는 생각에 가슴이 먹먹해지고 벅차올라 눈물이 흐르곤 합니다.

　동성혼 법제화를 비롯한 성소수자 인권 의제들도 같은 맥락이라고 생각합니다. 현장에서 고군분투하는 활동가들, 함께 연대해주는 인권 시민단체들이 있지만, 결국 변화를 만드는 것은 성소수자 인권 이슈에 끊임없이 관심을 가지고 서명 운동, 후원, 기자회견, 집회에 참여하는 일상의 성소수자 시민들, 그리고 앨라이들이지요.

그 기저에는 존엄을 갖춘 시민으로서 차별과 혐오에 저항해 평등한 사회를 직접 만들어나가겠다는, 당연히 쥐어지지 않는 그 야망을 꼭 이루겠다는 강한 의지가 존재한다고 생각합니다. 저도 그러하고요.

이런 우리가 만냐 변화를 만들어내자는 이야기를 꼭 남기고 싶었습니다. 내 삶의 평화를 가로막는 모든 차별과 혐오에 대해서요. '야망'이라 부르지만 조만간 '현실'이 될 동성혼에 대해서요.

결혼에 대한 모두의 야망을 응원합니다. 함께 '불가능'이란 견고한 벽에 금을 내봅시다.

✦✦✦✦✦✦✦✦✦✦✦✦✦✦✦✦

퀴어로서 결혼하기 전에 준비해야 할 것들

결혼에 대한 생각과 정의를 일치시키는 시간

한국에서 아직 동성 간 법적 혼인이 수리되지 않는 만큼, '결혼'에 대한 양측의 정의가 다를 수 있습니다. 한 사람은 같이 살면 결혼 이라고 생각하지만 다른 한 명은 주변인들을 모두 불러 결혼식까지 치러야 진짜 결혼이 성립된다고 생각할 수 있겠지요. 상대도 나와 같은 마음이리라 짐작하지 말고 꼭 터놓고 소통해야 합니다.

혼인신고서 등록

국내에서 법적 효력은 없지만, 해외에서 인정된 혼인신고서에도 다양한 용처가 있습니다. 미국의 혼인신고서는 미국 및 동성 결혼이 합법인 국가에서 모두 효력이 발생합니다. 예컨대 프랑스에 주재원 비자로 거주시, 가족관계증명서에 배우자가 없어도 미국 혼인 증빙으로 가족비자가 발급 가능합니다. 또 미국 이민시 부부 관계 증빙 서류가 될 수 있어요. 국내에서도 배우자 환갑 경조금 신청 때 혼인신고서와 반려자의 가족관계증명서를 같이 제출할 수 있습니다.

소통을 대행해줄 플래너 섭외

"이성애자의 돈이나 퀴어의 돈이나 다 같은 돈" "웨딩드레스가 두 벌이라 오히려 환영한다" 등 퀴어 웨딩을 향한 자본주의적 농담이 많이 돌아다니죠. 하지만 모든 업체에서 퀴어 웨딩을 환영하지는 않습니다. 직접 거절을 당하면 마음을 다칠 수 있으니 소통을 대신해줄 플래너를 섭외하는 것을 추천합니다.

feat. 춘식

몸담은 업계에서 가능한 멀리 보고 높이 올라가겠다는 30대 쯔로직장러
이자 일을 사랑하는 이 시대의 야망녀. 레즈비언으로 정체화하며 인생이
한번 휘청거리기도 했지만, 자신이 어떤 사람인지에 대해 질문하고 이해
하며 길을 찾아가고 있는 중이다.

나아지기 위해 실패를 거듭하자

정체성이 가능성을
가로막지 않도록 하는 법

레즈비언이라고 해서 특별할 것은 없어요.

저도 계속 초조하고 불안한 마음이 들기도 해요.

모두가 그래요. 사람이니까요.

그저 성장통이라고 여기고 정체성과 결부시켜서

생각하지 않았으면 좋겠어요.

'무슨 일을 해서 먹고살지' '지금 가고 있는 길이 맞는 것일까?' '더 늦기 전에 진로와 커리어를 분명히 세워야 할 텐데' 같은 고민들은 아마 우리네 평생의 숙제일 것입니다. 취업과 이직을 준비하는 20~30대에 가장 많이 하는 고민이겠죠. 여기에 성소수자라면 정체성에 대한 고민까지 더해지고요.

성소수자로서 정체화하고 살아오며 '삶이 참 어렵고 잔혹하다'고 느꼈던 순간이 있습니다. 대학에 들어가 학생회 활동을 한답시고 보낸 시간이 약 4년, 졸업까지 햇수로 8년이 걸렸습니다. 왕성한(?) 학과 대내외 활동으로 졸업을 뭉그적댄 것도 있지만 성정체성으로 인해 진로를 명확하게 정하지 못했던 것도 한몫을 했습니다. 아직 사회의 차별적인 시선과 잣대가 일터에 존재할 테고, 이미 오픈한 이상 성정체성이 걸림돌이 될 것만 같은 두려움이 내면에 있었습니다.

주변 친구들은 벌써 다 취직하고 결혼을 준비하는 모

습을 보면서 부럽기도 하고, 혼자만 길을 못 찾고 있다는 생각에 두려웠으며, 기다려주지 않는 시간으로부터 압박도 받았죠. 모종의 열등감이 섞인 복잡한 감정의 소용돌이에 휩싸이기도 했습니다. 주변 친구들과 지인들은 졸업-취직-결혼-출산 등 주어진 과업을 순서대로 해내는데 (요즘은 이조차 쉽지 않아 보입니다만) 내 인생은 왠지 처음부터 꼬여버린 것만 같을 때였습니다. 암흑 속에서 세상과 싸우며 한 발씩 간신히 나아가야 할 것만 같고 나만 뒤처지고 멈춰버린 것 같아 두려웠죠.

정상가족 이데올로기 밖의 사람이라면 조금은 다른 생애주기에 따라 조금은 다른 환경에서 조금은 다른 계획을 세우며 살아가게 됩니다. 그사이 틈틈이 스스로를 정체화하고 긍정하고 자신과 주변을 설득하는 노력도 기울여야 하죠. 대단할 것 없는 '성소수자'라는 이유로 해내야 할 것이 더 많아 보입니다. 속상하지만 누구나 그렇듯 이 모든 것을 잘 해내고 남부럽지 않게 삶을 일궈가고 싶은 욕심도 납니다. 모든 과정을 순탄히 넘긴 끝에 이 사회에서 온전한 1인분의 몫을 해내고 싶어집니다.

대학교 총학생회장으로 출마하면서 저의 성적 지향을 커밍아웃했습니다. 이후 수십 번도 들었던, "커밍아웃을 후회하지 않느냐"는 질문에 저는 매번 "후회하지 않는

다"고 답했습니다. 아무리 생각해도 제 성미에 못 이겨 언젠가 결국 커밍아웃했으리라는 것을 알기 때문입니다. 그럼에도 '이제는 돌이킬 수 없다'는 생각에 먹먹하고 걱정스러웠던 것도 사실입니다. 포털 사이트에 몇 가지 키워드만 조합해 검색해봐도 저의 커밍아웃과 성정체성에 대한 내용이 나옵니다. 이젠 이 기록들을 숨기는 것은 제 능력 밖입니다. 마음만 먹는다면 가장 사적이자 공적이고, 강점이자 때로 약점일 만한 제 정체성에 대해 누구나 알 수 있죠. 때로는 커밍아웃했다는 이유로 덮어두고 넘어가고 싶은 순간에도, "쟤 레즈비언이래"라는 말과 함께 따라오는 평판에 토를 달기 어렵겠다는 생각도 들었습니다.

진로와 취직 준비 과정, 그리고 일터에 다니는 순간에도 '성정체성'이란 필터가 알게 모르게 작동합니다. 진로 문제로 고민이 많아지던 밤이면 괜히 스스로가 미워지기도 하고, 그러다 바뀌지 않는 사회에 악다구니를 부리고 싶기도 했습니다.

그럼에도 정처 없이 여기저기 부딪히던 20대는 제 정체성을 받아들이고 긍정할 수 있게 해준 순간들의 모음이었고, 또 제 자신에 대해 알아가는 시간이었습니다. 내가 뭘 좋아하고, 어떤 성격과 성향이고, 무엇을 하기 싫어하고, 무엇에 정신 못 차리고 빠져드는지, 어떤 일들이 내게 맞고, 어떤 시간에 효율이 늘어나며, 어떻게 회복을 하고, 어떤 자리에서 누구와 어울릴 때 능동적이고 또 편안해하는지를 포함한 시시콜콜한 것들까지요.

다만 커밍아웃 이후 혼란스럽고 지지부진했던 시간을 조금만 더 아껴서 스스로를 이해하고, 자신을 긍정하고, 미래를 설계하고, 진로에 대한 훈련을 받았다면 더 좋으리라는 생각은 여전합니다. 걱정과 주저함에 몸과 마음이 지치고, 실패와 위험에 더 관대한 20대에 더 많이 도전해보지 못하고 속절없이 시간만 보냈던 것 같거든요.

혼란을 겪으면서도 앞으로 나아가기

춘식 님은 30대 후반을 바라보는 회사원입니다. 지금은 생명공학 관련 전공을 살려 모 외국계 기업에서 커리어를 쌓아나가고, 또 서로의 삶을 지지해주는 애인과 돈독한 관계를 맺어나가는 등 비교적 안정적인 단계이지만, 이 모든 것들이 한순간에 거저 쥐어지지는 않았습니다. 그 또한 혼란을 겪으며 자신에게 맞는 모습을 찾아내기 위해 노력했고, 서로를 진심으로 사랑하는 사람과의 관계를 위해 더 좋은 사람이 되려 애썼으며, 국내파로서 해외파 회사 동료들과의 경쟁에 지지 않고 자신의 자리에서 인정받기 위해 여전히 고군분투하며 매일을 보내고 있습니다.

후회는 조금 남을지언정 미련은 없는, 돌이켜보면 치열하고 힘들었던 지난 시간을 보냈기에 '다시 20대로 돌아갈래?'라고 누가 묻는다면, 본인은 절대 돌아가지 않겠다고 말합니다. 그래서인지 지금 막 청소년기나 20대를 보내고 있는 동생들을 보면 그들이 겪고 있을 모진 시간에 마음이 미어진다고 합니다. 그럼에도 '자신의 정체성을 인정하기' '커리어를 쌓기' '사랑하는 사람과 함께하기' 세 가지 중에 어떤 것도 절대 포기하지 말라고 전합니다.

나를 온전히 받아들이는 데 걸린 시간

춘식 님은 학창 시절까진 '학생이 무슨 연애'라는 20세기적 마인드로 누군가를 만날 마음도 없었고, 남자든 여자든 끌린다거나 좋아한다고 생각해본 적도 없었다고 합니다. 그러다가 수능이 끝나고 대학 입학을 목전에 둔 겨울, 남몰래 컴퓨터 포털 사이트에 '레즈비언' '게이' 등 동성애와 관련된 키워드 몇 자를 검색해봅니다.

한두 번 살펴보다가 시들해질 줄 알았는데, 관심은 점점 커졌고 '그런 사람들'을 만나보고 싶다는 궁금증이 일었습니다. 동시에 불안이 교차했습니다. 또래 친구들과 잘 어울리는 것이 중요한 청소년기였으니 남들과 다른 자신을 주변 친구들이 이상하게 생각하지 않을지, 그러다가

외톨이가 되어버리지는 않을지 하는 걱정이었습니다. '그런 사람'을 만나고 나아가 '그런 사람'이 되는 것은 아무래도 자신에게도, 친구들에게도 아직은 낯설었습니다.

춘식 님은 나름 대로 원인을 찾으려 갖은 애를 써보기도 했습니다. 도서관에서 온갖 책도 읽고, 강의도 찾아보고, 지나온 삶을 뒤적여 고민해봤지만 딱히 이유를 찾지는 못했습니다. 그래도 무섭고 두려운 마음에 그 이상한 끌림을 부정하기로 다짐하고 대학 졸업까지 묵혀두고 지냈다고 합니다.

어느 날, 강남역을 지나가다가 저 멀리 보이는 훤칠하고 잘생긴 사람에게 본인도 모르게 눈이 갔습니다. '그래, 역시 난 남자를 좋아해'라고 단정하며 그 옆을 지나가다가 그가 여성이라는 사실을 알게 된 찰나, '저 언니가 나를 예뻐해줬으면 좋겠다' 하는 생각이 스쳐 지나갔습니다.

"그 기분이 아직도 기억나요. 심장이 입으로 튀어나올 것 같던 그 순간에 멈춰 섰죠. '인정을 해야겠구나, 이것이 호르몬이고 케미chemistry이고 끌림이구나.' 그때 제 정체성을 받아들였어요."

정체성을 인정하고 삶의 일부로 받아들인 후, 주변에 휘둘리지 않고 보다 단단하고 독립적인 자아로서 이를 긍정할 수 있을 때까진 꽤 많은 시간과 경험이 필요했습니다. 외로움이 무서웠던 춘식 님은 옆에 있어줄 누군가를 항상 바랐습니다. 몇 번의 연애를 거쳤지만 일방적인 희생 끝에 남는 것은 이별과 상처뿐이었습니다. 우울감에 시달리기도 했고, 스트레스로 폭식도 했으며, 헤어진 순간 불안함에 끊임없이 주변을 두리번거렸죠.

그러다가 '언젠간 복이 온다'는 말처럼 실패한 지난 연애를 딛고 한 사람을 만났습니다. 그는 춘식 님과 너무나 잘 맞는 사람이었다고 합니다. 서로의 성향과 삶, 배경을 존중하고, 배려하고자 노력하며, 서로에게 가장 좋은 모습으로, 가장 좋은 것들을 줄 수 있도록 고민하는 관계로 나아가고 있습니다. 함께 성장하는 미래도 꿈꾸는 중입니다. 싸울 때도 있지만 서로에 대해 이해하고 맞추어 나가는 과정이라 믿는다고 합니다.

춘식 님은 더는 불안하지 않습니다. 꼭 맞는 사람을 만났을 때 비로소 자신이 누구보다 소중하다는 사실을 몸소 느꼈고, 자기를 사랑하는 방법, 혼자서도 잘 지내는 방법을 깨닫게 된 것입니다. 지금의 애인을 만나면서 오히려 자신과 정체성을 긍정하고, 진정한 의미의 '홀로서기'를 하고 있습니다.

"만약에 지금 애인과 헤어진다고 해도 예전처럼 나를 희생시키면서까지 누군가를 만나지는 않을 것 같아요. 이

제 혼자여도 괜찮아졌고, 그냥 운동하고 친구들을 만나며 지내지 옛날처럼 외로움에 사무쳐 있을 것 같지는 않거든요. 그러기에는 지금의 내가 너무 훌륭하고, 삶이 행복해서 이 순간을 망치고 싶지 않습니다. 이 사실을 서른다섯에 깨달았으니까, 아직 시간이 많죠."

스스로야 정체성을 인정했지만 타인, 특히 부모에게는 차마 입 밖으로 쉽게 말을 꺼내지지 못했습니다. 삶에서 중요한 부분 중에 하나인 자신의 정체성, 연애 등과 관련된 모든 내용을 소거하고 대화하려다 보니 부모와도 관계가 점점 소원해졌습니다. 남자친구를 만나라든지 결혼하라는 잔소리를 하신 적은 없지만, 함께 텔레비전을 보다가 나온 여행지 소개에 자신도 모르게 "나 저기 가봤어"라고 말하게 될까 봐, 그때 "누구와 갔는데?"라는 질문에 뭐라고 둘러대야 할지 몰라서, 그런 상황과 자리가 불편해 본가에 가면 방 안에만 있게 되었고, 대화는 점점 줄어들었죠.

2021년 겨울쯤, 춘식 님이 분가해서 살다가 다시 어머니와 함께하던 시기가 있었다고 합니다. 앞으로 어떻게 지낼지 두런두런 이야기를 나누던 찰나에, 춘식 님은 그저 어머니가 좀 더 편하게 지냈으면 하는 생각에 계약 기간 끝나면 이사를 계획 중이라는 의사를 건넸습니다. 이에 어머니는 "좋지, 엄마는 네 정체성을 아니까"라고 답하셨습니다. '정체성을 알다니?' 그야말로 무방비 상태에서 역으로 커밍아웃을 당한 춘식 님은 놀라고 당황한 기색을 숨길 수가 없었다고 합니다.

알고 보니 춘식 님이 첫 여자친구를 친구랍시고 집에 데리고 온 10년 전에 어머니는 이미 눈치를 챘다고 합니다. 그 후로 지금까지 남몰래 춘식 님을 이해하고 인정하기 위해 공부하고 또 노력해왔다는 사실을 알게 되었습니다. 춘식 님에게도 자신의 정체성을 이해하고 받아들이는 데 시간이 걸렸던 것처럼, 어머니에게도 그만큼의 시간이 필요했던 것입니다. 어머니 입장에서 혼란과 감정의 롤러코스터가 요동을 치고, 일말의 희망을 놓지 못한 시간까지 다 지나간 이제는 이것이 누구의 잘못도 아니고, 여전히 춘식 님은 춘식 님 그 자체라는 사실을 어머니도 이해하고 그 곁에 서기로 결정한 것이지요.

그 이후 춘식 님은 더할 나위 없이 행복한 나날들을 보내고 있습니다. 덕분에 마음이 더욱 안정되었죠. 부모와 시시콜콜한 수다를 주고받다가 실수로 여자친구에 대해 말하게 될까 봐, 서툰 거짓말을 해야 할 상황이 올까 봐 피했던 시간들로 인해 소원해진 부모와의 관계는 이 사건 이후로 단번에 해소되었습니다.

처음에는 정말로 괜찮은 건지 반신반의하는 마음도 있었다고 합니다. 그러나 지금의 여자친구를 소개시켜드렸을 때 어머니가 보여준 편안한 반응에 마음을 놓을 수 있었으며, 덕분에 두 사람의 신뢰 관계는 더욱 돈독해졌습니다. 그 후론 여자친구와 있었던 일들을 조잘조잘 이야기할 수 있게 되었고, 이제는 어머니와 보내는 시간이 상당히 즐거워졌다고 합니다. 아마 어머니도 무뚝뚝했던 첫째 딸이 이렇게 수다스럽고 다정했나 싶어 놀랐을 것입니다. 어머니는 이제 춘식 님의 가장 든든한 힘이자 자원이 되었습니다.

자신에게 맞는 일을 찾아나선다는 것

춘식 님이 삶에 만족할 수 있는 이유 중 하나는 자신에게 맞는 일을 찾아 직업적으로 안정적이라는 사실 덕분입니다.

인생이 원하는 대로, 계획대로만 풀리지는 않습니다. 원래 의사가 꿈이었는데 의대에 진학하지 못했고, 비슷한 계열인 생명공학을 전공으로 선택했습니다. 그 뒤로 대학원에 진학해 박사가 되고, 연구가 자신의 업이라고 생각했습니다. 그러나 대학원 생활을 일부 경험하면서 본인이 생각보다 공부를 싫어하며(!), 연구와 논문 발표 등 사람들과 나누는 긍정적인 커뮤니케이션을 선호한다는 사실을 깨달았습니다.

"대학원 생활 중에 학원 강사 아르바이트로 학생들을 가르쳤는데, 이 일에서 인정받는 게 연구로 얻은 결과보다 성취감이 더 크더군요. 좋아하는 일을 직업으로 선택해 잘 살려봐야겠다는 생각에 박사 과정 진학을 접어두고, 사람을 만나 소통하고 연구 내용을 발표하는 지금의 일을 시작하게 되었어요."

생명공학 전공이 지금에서는 의료 관련 기업에서 커리어를 시작한 바탕이 되었습니다. 일하면서 얻는 성취와 인정이 본인에게 동기부여가 된다는, 스스로에 대한 이해를 바탕으로 진로 방향을 잡고 그에 적합한 커리어를 쌓아나갈 수 있었습니다.

'자신에게 맞는 일을 찾고 커리어를 쌓아간다'는 것은 돈을 많이 벌며, 대단하고 멋진 일을 해야 한다는 의미가 아닙니다. 물론 스스로를 먹이고 입힐 정도의 돈은 필요하지만, 그보다 중요한 것은 자신만의 '가치관'과 '목표', '계획'이 명확해야 한다는 것입니다. 이를 위해선 자신의 목소리도 들어야 하고, 때로는 제3자처럼 자신을 객관화해서 면밀히 관찰할 필요도 있습니다. 그 과정과 결과에 따른 자신의 감정과 태도, 더불어 무엇이 자신에게 '보상'이 되는지에 대해서도 잘 이해해야 합니다. 이를 수행할 수 있도록 돕는 개인의 경험은 무척이나 중요해 보입니다.

"꼭 20대 때 거쳐야 하는 경험이 있는 것 같아요. 일이나 커리어를 쌓는 경험이 아니어도 괜찮아요. 교환학생이나 여행도 좋고, 1~2년 방탕하게 놀아보는 것도 나쁘지 않고요. 실패를 해보는 것, 친구들과 다투고 화해하는 등 다양한 체험들을 겪어야 해요. 그런 경험 없이 30대가 되면 주변에 생기는 불화를 해결하지 못하는 어른이 될 수 있습니다. 20대는 다양한 경험을 쌓으면서 일에 대한 자신만의 가치관과 목표, 계획을 세우는 시기라고 생각해요."

카페에서 일을 할 때, 누군가에게는 프리랜서 아르바이트일 뿐이겠지만 10년 뒤에 자신만의 카페를 차리겠다고 결심한 사람에게는 업계의 노하우를 배워나가는 과정입니다. 후자에 속하는 사람은 지금의 일이 고되더라도 만족과 행복을 느낄 수 있습니다. 어떤 일이든 개인의 가치관과 목표, 계획에 따라 다르게 다가오는 것입니다. 사람마다 가치관과 만족하는 지점이 다르기 때문에 자신의 적성에 맞는 일, 가치에 배반되지 않으며 계속 해나갈 수 있는 일을 찾아 커리어를 쌓아나가는 경험을 20~30대에 해야 한다고 춘식 님은 이야기합니다.

"레즈비언이라고 해서 특별할 것은 없어요. 성정체성을 인정하고 가족과 친구와 좋은 관계를 맺는 것은 여전히 중요한 문제이지만, 그것과 커리어는 별개입니다. 경제 활동은 사회 구성원으로서 생존에 중요한 문제이기 때문에 (성정체성과) 독립적으로 생각하고 자신의 커리어를 쌓는 데 집중하며 20~30대를 보냈으면 해요."

혼란스럽고, 고민할 것도 많은 삶이지만 그의 '일이 가장 중요하다'는 말은 새겨들어야 합니다. 나의 가치에 배반하지 않고 나 하나 정도는 먹일 수 있는 업을 계속 해나가야 스스로를 지킬 힘과 안정적인 주변 관계, 그 외 하고 싶은 일들도 쌓을 수 있다는 의미라고 생각합니다. 그렇게 생각해보니 춘식 님의 '맞는 일을 찾는 것이 가장 우선이고 절대로 커리어를 포기해서는 안 된다'는 메시지가 좀 더 와닿았습니다.

"20대 초반에 같이 어울리던 친구가 있었어요. 나중에 그 친구도 레즈비언임을 알게 됐어요. 그는 정체성에 대해 많이 고민하던 친구였어요. 반면에 저는 그보다는 미래에 대한 고민과 불안이 더 컸던 것 같아요. 자연스럽게 서로 다른 고민으로 20대 중후반의 시간을 보냈죠. 30대가 되었을 때 그 친구가 한번은 이렇게 말하더라고요. '언제나 (커리어를 위해) 무엇인가를 열심히 했던 네가 부럽다'고요."

고통은 누구나 겪는 성장통일 뿐

그의 목소리에 자신감이 넘치는 것은 그 또한 방황하던 시절이 있었고, 원하는 대로 되지 않았지만 바꿀 수 있는 것에 하나씩 집중하며 쉼 없이 노력했기 때문입니다. 커리어든 개인적인 문제이든 부단히 발전해나가려고 힘써왔죠.

"대학교 1학년 1학기에는 지각이 잦았어요. 한번은 할머니가 돌아가셨다는 거짓말로 상황을 모면했죠. 이후 이른바 '현타'가 왔어요. 돌이켜보니 과제 등 기한이 늦어졌을 때, 실수하거나 제 잘못으로 약속을 취소해야 할 때 등 솔직해야 하는 상황에 스트레스를 받아 회피하려는 성향이 나오더군요. 그래서 1학년 2학기에는 그해의 유일무이한 목표를 세웠어요. 지각해도 학교에 가기. 이것만 해내도 그 학기는 성공이라고 생각했죠."

성향을 근본적으로 바꾸는 일은 누구에게나 쉽지 않지만 하루이틀 실패했다고 해서 포기하지 않았습니다. 그렇게 매년 본인의 부족한 점을 메우기 위해 노력했다고 합니다. 2학년 1학기에는 '기한에 늦어도 과제를 제출하기', 2학기에는 '(딴짓을 할지라도) 무조건 도서관에 여덟 시까지 앉아 있기'를 목표로 세웠습니다. 이 노력들 끝에 더 나은 자신이 되었을 뿐 아니라 교환학생, 봉사활동 등으로 시간을 더 효율적으로 보내고 다양한 대외활동을 쌓아나갈 수 있었습니다. 그리고 지금도 매년 목표를 세우고 도전하고 있습니다. 요즘은 '해야 하는 일을 피하지 말고 일단 의자에 앉기'를 연습하고 있습니다.

"요즘은 (일을) 10분의 2밖에 못 했어도 일단 시작한 것으로 만족하고 있어요. 스트레스받지 않으려고요. 잘될 때도 있고 안 될 때도 있지만 계속 발전해가고 있거든요. 20대 레즈비언 친구들의 눈에 서는 취직도 하고 안정적이고 어떻게 보면 멋진 언니로 보일 수도 있겠죠. 그런데 저도 계속 초조하고 불안한 마음이 들기도 해요. 모두가 그래요. 사람이니까요. 그저 성장통이라고 여기고 정체성과 결부시켜서 생각하지 않았으면 좋겠어요."

일을 하다 보면 여러 이유에서 퇴직을 고민하는 순간이 찾아옵니다. 적성과 성향에 지나치게 맞지 않거나 기본적인 권리가 보장되지 않아서가 아닌, 그저 적응이 어렵고 일이 힘들어 그만두려는 이에게 춘식 님은 '6개월만 더'를 제안합니다.

"옛날에는 상대의 결정을 존중해 놓아주었는데, 지금은 '안 돼, 6개월만 버티고 가요'라고 이야기해요. 6개월을 두세 번 반복하면 2~3년이잖아요. 그러고 나서도 이 일이 안 맞는다면 그다음 일을 찾아보고, 어떻게 준비할지 공부하고 계획을 세워서 들어가라고요. 아무리 좋아하는 일을 업으로 삼는다 해도 처음 1년은 힘들어요."

저는 매일 아침 일어나 아홉 시 정시에 출근하는 것이 그렇게 힘들었습니다. 신체 리듬이 저 멀리 서역에 맞추어 있는지 새벽에 가장 효율이 높은 사람인데, 동 트기 전 새벽녘에 기상해 두 시간 가까이를 출근에 할애하는 것이 가장 곤욕스러웠습니다.

사실 정신없이 일하다 보면 근무시간은 어찌어찌 갑니다. 오전을 보내면 얼마 뒤에 점심때가 오고, 조금은 나른한 오후 시간을 보내다가 서너 시경부터 야근을 피하기 위한 바쁜 움직임이 이어지죠. 오늘 처리할 업무를 마무리하지 못하면 비장한 마음으로 야근을 맞이합니다. 퇴근 길에 사람들에 치여 집에 도착하면 노곤한 몸이 더는 기능하지 못하고, 내일의 출근을 위해 다시 잠에 들었다가 또 다음 날을 맞이하는 쳇바퀴 일상이 되풀이되었습니다. 처음에는 이 일과조차 버거웠는데, 이뿐 아니라 업무 또한 능력껏 '잘' 해내야 했습니다.

"회사만 들어가면 잘될 줄 알았죠. 야근도 있고, 눈치도 봐야 하고, 기한도 지켜야 하고, 미팅하려면 일정도 미리 짜야 하고, 항상 미리미리 준비해놔야 하고, 그런 회사 일로 매일 반복되는 일상이 지겹고 힘들다는 사실을 왜 아무도 나한테 알려주지 않았지? 이건 누군가 해줘야 하는 이야기예요. 삶에 진지하고 싶어요. 나한테 맞고 내가 하고 싶은 일이라면 시험이 어렵고 경쟁률이 치열하더라도 해내고 싶어요. 잘 버티고 그 일을 해내면 그게 저의 커리어가 되는 거니까요."

일은 생존을 위해서, 나아가 희망하는 삶을 성취하고 영위하기 위해서 피할 수 없는 과제입니다. 그러나 남의 돈을 타는 일이 이리 어렵다는 사실을 저도 일을 시작하면서 새삼 깨달았습니다. 시간과 노력, 체력, 건강을 돈으로 바꾸는 것처럼 느껴지기도 했습니다. 그러다가 시간이 흐르면서 일에 적응하다보니 감과 실력이 늘었고, 성공적으로 잘 해냈을 때 오는 성취감은 이루 말할 수 없었죠.

다만 한 가지 일을 오래하기 위해서는 가치관과 적성에 맞는 일을 찾는 것이 우선입니다. 자신을 이해하는 것이 선제되어야 하고, 이는 일하면서도 항상 고민해야 하는 지점입니다. 가치관과 뜻에 따라 방향을 설정하고, 고민 끝에 그에 맞는 일을 찾고, 계획에 따라 노력하는 시간들을 차곡차곡 쌓다보면 언젠가 하나의 그림으로 완성된 나만의 '삶'이 보이지 않을까요? 저도 아직 그 위에 서 있는 중이고, 때로 여전히 헤매기도 하지만 이 끝에 언젠가 맞이할 순항을 반갑게 기다려보려고 합니다.

좋은 사람이 되면 좋은 사람이 온다

나이가 들수록 좋은 사람을 만날 수 있을지 자신이 없어지는 이들에게 춘식 님 커플은 '당연히 가능하다'고 이야기합니다.

"보통 30대~40대는 한창 일할 나이잖아요. 회사로 치면 대리급, 과장급이니까 제일 바쁠 때죠. 20대 때는 친구들과 자주 어울리고 술도 많이 마셨는데 열심히 일하다 보면 아무래도 시간도 체력도 안 되고 재미도 덜하고요. 그렇지만 제 친구들도, 주변에서도 다들 나름대로 연애하고 잘살고 있어요. 눈에 보이지 않는다고 해서 없는 것은 아니니까. (누군가를 만나지 못할 것 같다는) 두려움은 느끼지 않아도 돼요."

다만 아무것도 하지 않고 그저 숨만 쉬고 있다면 연애의 가능성은 0에 수렴할 것입니다. 자신에게 맞는 좋은 사람을 만나 연애를 시작하고 싶다면 몇 가지 노력을 곁들일 필요가 있습니다. 첫 번째로, 조급해지지 않는 것이 가장 중요합니다.

춘식 님은 처음 성정체성을 깨닫고 '레즈비언'으로 정체화하는 순간, 근간이 흔들리고 자신을 지탱하던 모든 것들이 무너질 것만 같았다고 합니다. 앞으로 만날 사람들도, 그리는 미래도 기존의 세계관과 달라질 테니 세상이 전복되는 느낌이 아니었을까 짐작합니다. 불안감에 한시도 쉬지 않고 연애를 했다고 합니다. 애정 결핍이라기보단, 혼자는 안전하지 못하다는 인식에 더 가까웠습니다. 당장 만날 수 있는 사람이라면 가리지 않았죠. 그 조급함이 독이 될 수도 있다는 사실은 시간이 흐른 뒤에야 깨달았습니다.

"조급하니까 계속 (데이팅 어플에) 들어가봤죠. 만났다가 안 맞으면 깨끗하게 다른 사람을 찾는 이들이라면 괜찮을지도 모르겠어요. 문제는 자괴감을 느끼잖아요. 왜 안 맞지? 왜 나를 안 좋아하지? 내가 별로인가? 이런 질문들에 빠져 불안이 심해지고, 안정감을 잃죠. 혼자라는 사실을 못 견디겠으니까, 조금만 나를 좋아해주면 덥석 연애하는 큰 실수를 저지르고요. 그런 연애는 진짜 안 하는 게 나아요."

나이가 들수록 '이러다 영영 아무도 만나지 못하는 것은 아닐까' 하는 마음에 좀처럼 여유를 품을 여지가 줄어듭니다. 하지만 조급해지지 않아야 진실로 자신에게 맞는 좋은 사람을 만날 수 있습니다. 길게 볼 인연을 찾을수록 시간과 마음의 여유가 필요합니다.

두 번째로, 연애에 회의감이 들 때는 스스로를 돌아보는 시간이 필요합니다. 다른 사람을 찾아 헤매기보다는 잠시 쉬어가면서 자신에게 집중하는 편이 낫습니다.

"연이은 연애 실패로 지친 사람들은 그 원인을 스스로한테 찾죠. 자신이 힘들어하는 점들을 탐색하는 시간을 가졌으면 좋겠어요. 나는 어떤 사람과 절대 만나지 않아야 하는지 한계점을 분명히 알아야 돼요."

내용과 결과에 후회와 미련이 남는 연애를 끝낸 후라면 지나온 길과 자신의 모습을 다시 돌아보는 과정이 필요합니다. 어떻게든 지난 시간을 덮어보려고 바로 새로운 연애를 시작한다면 같은 실수와 실패를 되풀이할 수 있습니다. 나는 괜찮은 사람이었는지, 정신과 몸이 건강한지, 이번 연애에서 못 했던 점과 다음 연애에서 바라는 점은 무엇인지, 어떤 사람을 만나야 하는지 질문함으로써 좀 더 자신에게 집중하는 시간을 가져야 한다는 것입니다. 실패든 과오든 되짚어보는 시간은 지난하고 쓰리겠지만 앞날을 개선하기 위해 필요한 과정입니다. 이 시간은 누구보다도 나를 위한, 내게 맞는 더 좋은 사람과 질적으로 더 나은 관계를 맺기 위한 초석이 될 것입니다.

세 번째로, 일방적인 관계가 아닌 서로의 요구와 필요에 맞는 연애를 해야 한다는 것입니다.

선은 두 개 이상의 점을 양 끝으로 연결하면서 생깁니다. 관계 또한 양 끝 점에 해당하는 두 사람이 이어지면서 형성됩니다. 그러나 관계가 형성되었다고 끝이 아니라 끊임없는 상호작용으로 단단히 연결되어야 합니다. 이 관계를 통해 서로의 삶이 의미 있고 건강하고 풍요로워져야 지속 가능할 것입니다. 일방적인 관계는 불균형을 만들고 어느 순간 힘을 잃기 마련입니다. 연애도 마찬가지겠죠. 연애에 정답은 없지만, 서로 필요에 따른 관계여야 합니다. 한 사람만 희생하고 노력하는 관계, 혹은 상대에게 필요한 것이 아닌 내가 주고 싶은 것들만 주는 관계는 언젠가 힘을 잃게 됩니다. 서로에게 소원해진다는 느낌이 든다면, 때로 관계에 대해서 혹은 자신을 객관적으로 돌아볼 필요가 있습니다.

"내가 좋아하는 마음만 '사랑'은 아니거든요. 많은 이들이 착각하더라고요. '이 사람이 불편하지 않나?' '이 사람은 무엇을 좋아할까?' '어떤 데이트를 할 때 행복해하지?' '이 사람도 나와 같이 행복하려면 뭘 해야 될까?'를 고민하는 게 사랑이라고 생각해요. 상대와 잘 지내기 위한 노력과 배려들이 필요하죠. 신경과 에너지를 쓰는 스트레스가 아니라 기껍고 즐거워야 연애라고 생각해요. '나는 원래 이래, 날 때부터 이런 사람이야'라는 태도로는 건강한 연애를 하기 어려워요. 상대를 위해 노력하지 않는 관계라면 건강하지 않을 가능성이 높죠."

마지막으로 '자만추(자연스러운 만남 추구)'를 외치며 회사 생활만 해서는 이성애도, 동성애도 되지도 않을 소리입니다. 운동, 독서 등 각종 취미 중에 자신에게 맞는 다양한 소모임, 커뮤니티 등에 참여하다 보면 자연스럽게 관심사가 맞는 인연이 찾아오지 않을까요? 최소한 모집단이 커질 것입니다.

춘식 님의 지금 애인도 독서 모임에서 이어진 인연입니다. 책을 한 달에 한 권이라도 읽어야겠다는 생각에 여성 성소수자 전용 온라인 사이트에서 발견한 독서 모임에 가입을 신청했습니다. 그렇게 나갔던 모임에서 만난 분과 지금의 연인 관계까지 발전했죠.

조급함을 뒤로하고, 스스로를 객관화하여 부족한 모습은 털어내고, 상대와 소통하고 함께할 준비가 되었을 때 좋은 사람이 찾아온다는 것이 춘식 님의 지론입니다. 누군가에게 의존하기보다 오롯이 자신으로 설 수 있을 때 좋은 사람을 알아볼 안목도 생기는 법이고요. 이 모든 준비 과정의 끝에 좋은 인연을 만날 작은 노력을 덧댄다면 가능성은 충분합니다.

정상이 아닌 바닥을 보며 한 걸음씩 내딛기

"최근에 등산 동호회에 가입했어요. 산을 한 걸음 한 걸음

주어진 세계를 의심할 것

❖

퀴어문화축제(퀴어축제)가 열린 광장에 다다를수록 기존 질서는 깨지고 주변은 난잡해졌다. 그때 지나가던 젊은 커플의 대화가 귀에 들어왔다. "시끄럽게 뭐야. 이 아름다운 서울에서." 그가 생각하는 아름다움은 무엇이었을까. 모르긴 몰라도 이 광장 안에서 꿈꾸는 아름다움과는 전혀 다른 결이었을 것이다. 축제의 난잡함이 '아름다운 서울'을 시끄럽게 했다면 그 아름다움이 무엇을 가려서 만들어졌을지 의심해야 한다. 퀴어축제가 생긴 이유는 1년 중 364일이 비퀴어의 날이기 때문이니까. 퀴어축제는 고립되었다고 느끼는 이에게 내미는 연대의 외침이다. 여기에 너의 존재를 환영하는 이가 함께한다며 무지개깃발을 들고, 얼굴에 형형색색 페인팅을 하고, 두 발로 서울을 가로지르는 것이다. 이때의 아름다움은 곧 다채로움이다. 사회와 국가가 정해준 잣대에 너를 욱여넣지 말라고, 네 모습 그대로 살아도 괜찮다고 북돋는 다정함이다. 《키스하는 언니들》은 그 연대의 손길이 구체화된 결과물이다. 후배 퀴어 김보미가 선배 퀴어들을 만나 "어떻게 살아야 행복할 수 있을까요?" 라고 묻는다. 인터뷰이들은 "누구나 겪는 어려움이니 스스로를 탓하지 말라"고 다독이고, "혼자 있지 마세요. 저를 찾아오세요"라며 손을 맞잡는다. 성정체성에 대한 고민부터 커밍아웃, 섹스, 결혼, 돌봄, 일과 커리어, 노후와 죽음까지. 그들의 이야기는 퀴어와 비퀴어를 구분하지 않고 삶을 영위하는 모두에게 흐른다.

《키스하는 언니들》 김보미 지음   디플롯

올라가잖아요. 언제 도착할지 모르지만 목표를 생각하면서 바닥만 보고 올라가다 보면 어느새 정상에 다다르더라고요. 중간중간 내리막길도 등장하고 평지도 나오고요. 거기서 약간의 위안을 얻어요. 내 인생도 이러겠지. 힘든 일도 이렇게 꾸역꾸역 하루하루 하다 보면 언젠가 끝나겠지. 실제로도 그렇더라고요. 한 발 한 발 살다 보면 언젠가는 (정체화와 연애, 커리어) 세 개를 다 거머쥔 스스로를 찾지 않을까. 너무 조급하진 않았으면 좋겠어요. 저도 이제야 조금 찾은 것 같거든요."

춘식 님에겐 '지금을 유지하는 것'이 삶에서 가장 중요합니다. 사랑하는 좋은 파트너를 만났고, 자신의 능력을 인정받으며 일하고 있으며, 몸과 마음이 건강한 이 순간을 말이지요. 이것이 가지기 쉽지 않음을 잘 알기에 지금의 모습과 관계를 잘 유지해나가기 위해 끊임없이 노력하고 싶습니다. 서로를 사랑하는 마음을 지켜가며, 일과 취미 생활을 잘 이어나가는 것이 그가 생각하는 해피엔딩이니까요. 외로움과 누군가의 한 마디에 휩쓸리지 않고, 자신을 더 사랑하고, 꿈과 야망을 실현해나가며, 받은 사랑을 돌려줄 수 있는 사람이 되기 위해서입니다.

'프로야망녀'답게 춘식 님은 일을 더 잘하는 사람이 되고 싶다고 합니다. 그 성과를 자신이 가장 희망하는 방식인 승진으로 인정받아, 본인의 능력으로 가능한 높은 위치에 오르는 10년 뒤의 모습을 꿈꿉니다. 안정을 넘어 업무적으로 계속해서 성장하길 희망합니다. 이를 위해 오늘도 전문 지식을 쌓는 훈련을 멈추지 않습니다. 더 깊이 있고, 당당하고, 멋진 커리어우먼으로 성장할 춘식 님의 미래가 기대됩니다.

성정체성은 여전히 여러 맥락에서 삶과 일터에 얽혀 있습니다. 구직과 노동 현장에서 불합리하게 작용하기도 합니다. 이 때문에 혹자에게는 자신이 진정 가고 싶은 길이 선택지 밖에 있곤 합니다. 그러나 이는 개인의 문제가 아니며 한국 사회에 남아 있는 차별의 현장이고, 함께 목소리를 내고 행동하며 바꿔나가야 하는 구조적인 문제입니다. 이 문제들이 해결되어야 비로소 누구나 커리어를 쌓아나가며 삶을 원하는 방식으로 가꾸어나갈 환경이 될 것입니다.

그럼에도 자신을 지킬 힘을 만들고 오롯이 서기 위해 적절한 직업을 찾고 차근차근 계획을 세워나가며 목표하는 커리어를 성취해야 한다는 춘식 님의 이야기는 여전히 유효합니다. 세상이 요지경이라고 해서 더 나은 삶을 위한 꿈을 포기하기엔 우린 너무 소중하고 특별한 존재들이니까요.

현실의 벽에 부딪힐 땐, 포기하고 나앉기보다 대안을 찾고 가능한 꿈에 근접한 선택지들로 삶을 채워나갈 용기와 혜안이 우리 안에서 빛을 발하길 바라봅니다. 삶에 정답은 없으니 그저 옳다고 생각하는 방향으로 나아가면 충분하지 않을까 싶습니다. 어떻게든 잘 살아내어 일과 커리어, 안정적인 주변 관계와 원하는 파트너 관계 형성까지, 원하고 갈망하는 것들을 이뤄낼 수 있기를 진심으로 바라고 또 응원하겠습니다.

✦✦✦✦✦✦✦✦✦✦✦✦✦✦✦✦✦

좋은 커리어를 쌓는 법

경제적 기반을 구축할 것

주변 상황에 휘둘리지 않고 정체성에 맞게 살아가며 스스로를 지키고 사랑하는 사람과 안정적인 관계를 유지하기 위해선 경제적 기반이 형성되어야 합니다. 임금 노동은 경제적 기반을 마련하는 가장 기본적인 형태입니다. 이 외에도 본인의 성향과 재능, 상황에 맞게 커리어를 계획해야 합니다.

나에 대한 이해가 먼저다

성향과 가치관, 흥미 등 본인이 어떤 사람인지 알아야 합니다. 연령대마다 겪어야 하는 경험들이 다릅니다. 각각의 경험은 자신을 성장시키는 동력입니다. 각 경험에 대한 자신의 반응을 면밀히 살펴보면 보다 객관적으로 자신을 이해하는 데 도움이 됩니다.

정체성과 커리어를 별개로 볼 것

정체성은 자신의 특성 중 하나일 뿐입니다. 정체성 때문에 본인의 가능성을 닫아두지 마세요. 하고 싶은 일이 있다면 방법을 찾아 해나가면 됩니다.

삶의 큰 그림을 그리기

앞으로 어떻게 살고 싶은지 삶의 방향을 그려보아야 합니다. 이를 바탕으로 자신만의 목표와 실행할 계획을 세운다면 적절한 직업과 커리어를 탐색하는 데 도움이 될 것입니다.

나를 성장시킬, 함께 성장할 사람

친구나 애인 등 나를 성장시킬 사람, 함께 성장할 사람을 곁에 두어야 합니다. 미래를 전망하고 함께 성장하는 데 도움을 주고받을 수 있는 관계를 형성해야 합니다.

우선순위를 세우기

일이 동시다발적으로 발생할 때 우선순위를 잘 정해야 합니다. 해야 할 또는 하고 싶은 일들을 중요성Importancy과 시급성Urgency을 중심으로 지면에 4사분면에 넣어봅시다. 1. 중요하고 급한 일, 2. 중요하지만 급하지 않은 일, 3. 중요하진 않지만 급한 일, 4. 중요하지도 급하지 않은 일로 나누어 정리하다 보면 그 업무들뿐 아니라 삶에서 무엇이 중요하고 또 무엇을 먼저 해나가야 하는지 손에 잡힐 것입니다.

하다 보면 된다

지금 당장은 최종 커리어와 목표가 멀어 보일 수 있습니다. 그러나 꾸준히 작은 목표를 이뤄나가다 보면 바라던 목적지에 다다를 수 있을 것입니다.

feat. 연희

본캐는 전 세계 클라이언트를 상대로 하고 있는 스타트업의 CEO, 부캐는 19금 웹소설 작가. 퀴어로서 우리나라에 사는 게 갑갑해서 호시탐탐 해외로 빠져나가려 골몰한 적이 있다. 연수니, 여행이니, 해외 인턴이니 온 갖 명목으로 외국을 드나들다가 대기업 해외 마케팅 팀에 입사해서 한국 탈출의 목표를 실제로 이루기도 했다. 지금은 한국에서 사업을 시작했고 꽤 순항 중이다.

떠나도 좋고, 떠나지 않아도 괜찮고

나만의 행복 매뉴얼을
세우는 법

'마음을 다잡지 못하면

어디를 가도 그냥 도피처일 뿐

내가 있을 곳은 없다'는 사실을 깨달았어요.

그제야 안정을 찾은 거죠.

삶이 버겁고 견디기 힘든 순간이 엄습할 때 '한국을 벗어나고 싶다'는 생각을 한번쯤 해보셨을 것입니다. 특히 성소수자들은 이성애자라면 겪지 않을 스트레스에 노출되죠. 학교나 일터에서 암암리에 혹은 대놓고 드러내는 차별과 혐오의 순간들을 마주하곤 합니다. 저도 사기업에서 잠시 일할 때 "나는 동성애자들을 이해할 수 없어" "동성혼은 사회적 합의가 필요하잖아" "퀴어문화축제를 왜 여는 거야?" 같은 말들을 어렵지 않게 들었습니다.

　퀴어라면 "남자친구 없어요?" 하고 툭 던지는 질문에 곤란해본 적도, 옆자리 동료가 별 의미 없이 하는 말들이 비수로 날아와 꽂힌 적도 있을 것입니다. 머리가 짧다는 이유로 "혹시 너 그런 거(보통 '레즈비언'을 의미) 아니야?"라는 질문을 받고 속으로 움츠러들거나, 결혼한다고 웃으며 청첩장을 돌리곤 휴가를 떠난 동료의 빈자리를 보면서 헛헛함을 감추지 못한 경험도 있을지 모르겠습니다. 사랑하는 사람과 만나도 흔한 커플링 한번 쉬이 끼기 어렵고,

파트너가 퇴근 시간에 일터로 마중 나오는 게 괜스레 부담스러우면서도 미안했던 경험은 또 어떻고요.

그럴 때마다 불현듯, 당장 가능한지는 차치해두더라도, '여기를 떠나 해외에서 살면 어떨까? 한반도를 뜨면 정말 좋을까?' 하는 생각이 머리를 스칩니다. 성소수자 친화적인, 성적 지향이나 성별 정체성에 신경조차 쓰지 않는 기업에서 일하는 모습부터 이상적으로 생각했던 파트너와의 결혼까지, 상상만으로도 기대에 부풀면서도 막상 겁이 나 '어떻게 가능하겠어'라며 다시 일상으로 돌아옵니다.

쉬이 풀리지 않는 이런 좌절과 기대, 가능성들을 안내해줄 분을 만나봤습니다. 연희 님은 미국에서 유년기를 보내고 한국에서 고등학교와 대학교를 나왔습니다. 치열한 입시경쟁 끝에 이른바 명문대학에 입학했지만 대학 생활부터 연애 관계까지 한국에서의 경험은 그에게 숨이 막힐 뿐이었죠. '이 나라와 나는 맞지 않는다'라는 생각에 호시탐탐 해외로 떠나기를 여러 차례 반복했다고 합니다.

그렇게 8년이라는 긴 시간을 한국과 해외를 드나들며 방황하다가 한국에 자리를 튼 지 이제 5년 반. 무엇이 그를 다시 이곳에 자리 잡게 했을까요? 또 성소수자로서의 해외 생활은 어땠을까요?

그 어떤 부당함도 불편함도 받고 싶지 않아서

연희 님은 30대 사장입니다. 그 전까지는 한국 사람이라면 "오. 그 회사 직원이라니"라고 감탄할 만한 대기업의 해외지사 마케팅 팀에서 일했습니다. 내로라하는 회사에 사표를 내는 일이 쉽지만은 않았다고 합니다. '누구나 한 번쯤 입사를 꿈꾸는 그 기업 직원'이라는 이름값, 꼬박꼬박 나오는 월급 등 객관적인 조건은 물론이고, 한국을 뜰 기회만 노리던 그에게 대기업 해외지사 마케팅 팀 입사는 꿈을 이룬 것이나 마찬가지였습니다. 입사하자마자 해외로 나갔고, 아마도 계속 해외에서 일할 수 있을 터였습니다.

입사 초기에는 회사 생활에 꽤 만족하기도 했습니다. 회사에 대한 자부심으로 가득했고 열심히 일하면 온전히 능력을 인정받을 수 있을 것만 같았다고 합니다. 그러나 연차가 쌓일수록 그전에는 보지 못했던 조직 내부의 굳은 악습들이 눈에 들어오기 시작했습니다. 첫 발령지인 라오스에서 일할 때 일입니다.

"하루는 마케팅 전략 회의를 오랜 시간 진행했지만 결론이 나지 않았어요. 다들 내일 회의에서 결정하자고 의견이 모아졌고, 저는 그다음 날까지 이런저런 구상 끝에 회의를 준비했죠. 그런데 다음 날 가보니 이미 결정이 났다는 거예요. 이제 회의를 끝내고 남자들끼리 룸살롱에 가서 술을 마시다가 정한 거죠. (과정도 문제였지만) 들어보니 현지 사람들이 좋아하는 콘셉트도 아니고, 일정상으로도 실현이 불가능했어요. 이의를 제기했지만 '이미 결정됐으니 토 달지 마!'라는 답변을 받았습니다. 이런 식으로 이루어지는 의사결정이 비일비재했어요. 수도 없이 문제 제기했는데 바뀌지 않더라고요."

여성이라는 이유로 중요한 결정에서 배제되는 일이 반복되고, 인사고과 평가 때도 "결혼하면 회사를 떠날 텐데 왜 임금을 높여주고 승진을 시켜줘야 하냐"는 노골적인 말도 들었다고 합니다. 회사에 부장급 이상 여자 임원은 단 한 명이었는데, 그 또한 '명예남성'이었죠. 연희 님은 갑갑함을 느꼈다고 합니다.

"밸런타인데이 때였어요. 부장이 저를 부르더니 소리를 치면서 욕을 하더라고요. 그날 평생 먹을 욕을 다 먹은 것 같았어요. 내용인 즉 '넌 여자가 돼가지고 초콜릿도 하나 안 챙겼어? 부사장님이 얼마나 서운해하시는지 알아? 나는 유부녀라지만 너는 미혼이면서 그거 하나 안 챙기고 쫄래쫄래 퇴근 짐이나 싸고 있어?'였어요. 욕먹은 것보다 더 충격받은 점은 따로 있었어요. '이 부장도 나처럼 미혼 여자로서 부당한 대우를 받고 있다고 생각할 때가 있었을 텐데, 다 잊고 남자 주류 사회로 편입한 건가? 그 결과가 이건가? 이게 내 미래인가?' 그날 정말 여자로서 사회생활하기 더럽게 힘들다고 느꼈어요."

회사 로비에 마중 나온 여자친구를 마주한 순간 반갑기보다는 다른 직원들이 볼까 싶어 내보내기에 급급했던 자신을 보고 스스로 얼마나 위축되어 있는지 깨달았다고 합니다. 회사에서의 모습이 마음에 들지 않았고, 그곳에서의 미래를 그릴 수 없었죠. 남은 선택지는 단 두 개였습니다. 이 조직 문화에 편승하든가, 회사를 떠나든가.

연희 님은 후자의 길을 선택했습니다. 다만 남들과 조금 달랐던 점은, 이미 직장 문화의 끝을 봤다고 판단해 괜찮은 스카우트 제안을 거절하고 창업을 선택한 것이죠.

평소 미국 드라마 등 해외 콘텐츠를 즐겨 보던 그는 번역에 항상 눈이 갔다고 합니다. 불완전하고 엉망인 번역을 보며 '콘텐츠 전용 번역 소프트웨어를 개발해서 삽입하면 더 나을 텐데' '내가 더 잘할 수 있을 것 같은데'라는 생각이 들곤 했죠.

어느 날 이 아이디어를 지인한테 이야기했다고 해요. 지인은 구글 번역 기술의 기반이 된 엔진을 10년 동안 빌려줄 터이니 소프트웨어를 개발해보라고 제안했습니다. 위험부담은 있지만 도전해볼 만한 기회였습니다. 마음을 굳힌 연희 님은 사표를 내고 사업을 구체화한 뒤 한국으로 돌아왔습니다. 2018년 1월의 일입니다. 대단한 결단력이죠. 그런데 정작 연희 님은 자기 회사를 차린 후 첫 1년간 매일 울고 싶은 날들뿐이었다고 합니다.

"처음에는 꿈과 희망에 부풀어서 창업을 하잖아요. 잘될 것도 같고, 근거 없는 자신감도 넘치고요. 그런데 점점 어마어마한 자금난에 시달리게 됐어요. 혼자 쓰는 돈과 회사에서 나가는 돈은 차원이 다르더라고요. 원래 사치하는 편은 아니라서 개인 생활비가 한 달에 100만 원도 안 들었어요. 반면에 회사에서는 최소 고정비만 300만 원이 나가더라고요. 거기에다가 일하려면 미팅도 해야 하고, 거래처도 만나야 하고, 기기도 필요하고요. 들어오는 돈은 없는데 써야 할 돈은 계속 늘었어요. 감당이 안 되더라고요. 지금껏 모은 돈 다 쏟아부었고 맨몸에 남은 것은 전세 보증금밖에 없는데 그마저 깨버리고 나니 심리적 압박과 불안이 컸어요. '20대 때 이 악물고 열심히 일해서 모은 돈인데 이마저 안 되면 어떡하지?' 좋은 직장인데 관두지 말라고 말리는 부모님에게 호언장담했으니 도와달라는 말도 못 하겠고요. 마음 같아선 거리로 나가 전단지라도 뿌리고 싶었어요. 제가 하는 일이 개인 고객이 아닌 회사를 상대하는 B2B 사업이라 거래처가 뚫릴 때까지 계속 두들기고 버티는 수밖에 없었죠."

일도 소득도 없는 무서운 시간을 견디고 나니 서서히 풀렸다고 합니다. 1년쯤 지나니 하나둘 거래처가 늘기 시작했고 첫 2~3년은 눈코 뜰 새 없이 바빴다고 합니다. 사흘 내리 잠도 못 자고 일하는 날들이 즐비했지만, 연희 님은 힘들다는 말도 지난날에 비하면 배부른 투정이라고 말합니다. 불안한 마음이 들 때면 그는 지금까지 해온 프로젝트들을 정리한 포트폴리오 앨범을 꺼내 업데이트합니다.

"하루에도 몇 번씩 오르내리는 감정에 어떻게 대응해야 할지 모르던 사업 초반에는 술이나 영화로 스트레스를 풀었습니다. 요즘에는 저만의 매뉴얼이 생긴 것 같아요. 힘들고 불안하고 괴로울 때마다 제 포트폴리오를 넘기면서 '이걸 봐, 그동안 얼마나 많은 일을 해냈냐. 여전히 제자리걸음 같겠지만 사실은 다 쌓아올리는 과정이다. 아이고, 연희야. 잘했다'라고 스스로를 다독이는 편이에요. 포트폴리오를 아예 양장 앨범으로 제작했죠. 남들이 주는 위로보다 스스로에게서 받는 위로에 더 큰 힘을 얻어요."

포트폴리오에 펼쳐지는 한 줄 한 줄에 얼마나 많은 고생이 담겼는지 자신이 제일 잘 알기에, 더디지만 멈추지 않고 조금씩 앞으로 나가고 있다고, 괜찮다고 스스로를 위로하고 다시 힘을 내는 연희 님입니다.

"회사 다닐 때는 휴가도 두 번씩 갔는데(웃음). 여전히 휴가는 잘 못 가지만 그때보다 지금이 훨씬 만족스러운 점은 잘하든 못하든 다 제 거라는 사실이에요. 거기서 오는 만족감이 정말 커요. 예전이라면 일에서 성과를 내는 것보다 부장 뒤꽁무니 따라다니면서 골프백 드는 게 훨씬 도움이 됐을 거예요. 이제는 그런 게 없잖아요. 그냥 정직하게 결과를 받아들이면 된다는 사실이 만족스러워요."

연희 님은 부당함이나 마음의 불편함 없이 돈 버는 게 더 좋습니다. 입금 문자가 울릴 때의 행복은 어디에도 비할 수 없습니다. 자신과 자신이 일궈낸 회사를 믿어준 고객사에 대한 고마움은 직장인일 때는 절대 느끼지 못했던 감정입니다. 그래서 지금 그의 좌우명은 '고객의 성공이 나의 성공'이라고 합니다.

단 하나 아쉬운 점은 너무 바빠서 연애를 못 한다는 사실이죠. 사업 초반에 연애를 시작했지만 생사가 걸린 와중에 도저히 애인에게 쏟을 시간이 나지 않았고, 결국 오래가지 못했다고 합니다. 서운해하는 상대방에게 이해를 바라는 자신이 이기적임을 연희 님도 잘 알기에 사업이 안정기에 접어들기를 고대하고 있습니다.

마음을 다잡지 못하면 어디든 도피처일 뿐

연희 님이 동성을 좋아하는 마음을 처음 깨달은 것은 열세 살 때였습니다. 여섯 살에 가족이 함께 미국으로 이주해 11년간 생활했고, 그곳에서 지내던 중에 처음 정체성을 인지했죠. 혼란스러웠던 청소년기의 성정체화 과정은 적기에 좋은 책을 만난 덕분에 잘 넘겼습니다.

"중학교에 올라가면서 처음으로 서로 사귀는 여자애들에 관해 들었어요. 그전에는 레즈비언이라는 단어도 몰랐거든요. 그 이야기를 들은 이후, 잠이 많은 제가 며칠간 잠도 설치고 혼란스러웠어요. 왠지 나도 그들과 같은 부류일 것 같아서요. 나만 혼란스러운 게 아닐 것 같아서 가장 친한 친구한테 슬쩍 물어봤어요. '너도 레즈비언일까 싶어 걱정스럽지 않아?' 친구가 황당하다는 듯이 '별 걱정을 다 한다. 그런 걱정을 왜 해?'라는 반응을 보이더라고요. 그때 생각했죠. '아! 나 레즈비언이구나.' 그러던 중에 가족과 함께 다니던 한인 교회 도서관에서 우연히《10대들의 쪽지》라는 책을 발견했어요. 책에서 저와 똑같은 고민을 하는 또래 여자아이의 사연을 읽게 됐어요. 그 책에는 이렇게 대답이 적혀 있었어요.

'사춘기 때 성정체성에 대한 고민은 안개 속을 헤매는 것과 같습니다. 그 속을 걷다 보면 안개가 걷히면서 진정한 자기 자신이 보일 것입니다.'

그 문장을 보는 순간 마음이 놓였습니다. 미리 긱징하

지 말자고, 그러려니 하자고 마음을 먹었죠. 그 책을 만나지 못했다면 너무 힘들었을 거예요."

미국 사회에서 연희 님은 성정체성보다 사회적 위치가 더 힘들었다고 고백합니다. 당시에 아시아인으로서 백인의 차별과 혐오에 둘러싸인 자신이 피라미드 가장 아래라고 느껴졌다고 합니다. 그뿐 아니라 한인들과의 관계도 연희 님을 힘들게 했습니다. 같은 한인끼리 서로 도움을 주고받으며 잘 지내면 좋으련만 현실은 더 냉엄했습니다.

어릴 적부터 단짝으로 늘 같이 놀던 한인 친구가 중학교에 입학하더니 하루아침에 눈길조차 주지 않았습니다. 몰라보게 성숙하고 예뻐진 그 친구는 인기가 많아지면서 백인 친구들과 어울리기 시작했고, 그 친구 입장에서는 같은 한인에 공부만 하는 연희 님이 딱히 도움이 되지 않았기 때문입니다. 한창 또래문화와 자기 집단에 예민할 시기였기에 연희 님의 마음에는 백인들에 대한 열등감, 주류 사회에 편입되지 못한다는 콤플렉스가 자리 잡았다고 합니다. 이후 기나긴 시간 동안 주류 사회에 편입하고자 시도하다가 실패하기를 반복했고, 마음속 콤플렉스는 작아지기는커녕 계속 커져만 갔다고 합니다.

한국으로 돌아온 연희 님은 남들처럼 명망 있는 대학교 진학을 목표로 공부만 했다고 합니다. 한국이라면 대학에서 연애도 하고 자유에 날개를 더할 수 있을 것 같았죠. 그러나 자장면을 사준다는 꼬임에 넘어가 가입한 대학교 내 첫 동아리는 남성 비율이 아주 높은 이른바 '마초 문화 끝판 왕'이었고, 고대하던 연애도 상처만 남겼습니다.

"당시에는 사회적으로 결혼이 당연시되는 분위기였거든요. 교제한 여자친구들 가운데 두 명이 이렇게 이야기했어요. '어차피 우리는 (각자) 결혼하면 헤어져야 하잖아.' 나는 진심을 다해 사랑하는 중인데, 상대가 '우리는 안 될 사이'라고 규정하고 있다고 생각하면 자꾸 힘이 빠졌어요. 내가 어떤 사회에서 살아갈지 찾는 과정에서 방황을 많이 했어요. 그래서 한국을 벗어나야겠다고 생각했죠. 실제로도 자꾸 나갔어요. 해외 연수도 가고, 해외 인턴 생활도 하고, 여행도 다녔죠. 미국에도 한국에도 정을 못 붙인 거예요. '내가 있을 곳은 여기가 아니야'라는 생각들이 늘 들던 20대 때가 인생에서 가장 힘들었습니다. 그런데 30대에 들어와서 '어디를 가도 그냥 도피처일 뿐 마음을 다잡지 못하면 내가 있을 곳은 없다'는 사실을 깨달았어요. 그제야 안정을 찾은 거죠."

내가 있을 곳은 내가 만들어야 한다는 사실을 하루아침에 깨닫지는 않았습니다. 그에게 '내 회사를 차리겠다'고 마음먹게 해주었던 첫 회사에시의 힘든 경험들이 아주 쓸모없지는 않았습니다.

"사실 (라오스가 아니라) 아프리카로 발령받고 싶었어요. 아주 멀리 떠나고 싶었거든요(웃음). 라오스에서 5년 일했는데요, 그곳에서 제 내면에 오래 자리 잡고 있던 콤플렉스를 해결하는 실마리를 찾았어요. 미국에서는 백인들과 동등하게 대우받지 못하는, 계급 피라미드의 하위층이던 제가 라오스에서는 상류층에 속하는 거예요. (실제로 계층이나 계급이 있다는 의미가 아니라 허영심이죠.) 라오스에서는 백인이나 저나 다 똑같은 돈 많은 외국인이었어요. 막상 그 꼭대기에도 별거 없더라고요. 뭐라도 되는 줄 알았는데 사람 사는 것 다 똑같고. 더 속물 같은 면도 있고요. 그때 깨달았어요. 내가 좇던 계급 피라미드는 허상이었고, 모든 것은 마음가짐에 달렸다는 사실을 말이죠."

그제야 자신을 줄곧 위축시켰던 계급 피라미드가 허상이고 상대적인 것임을 마음으로 받아들일 수 있었다고 합니다. 그 후로는 무언가를 좇기보다도 그 힘과 노력을 자기 자신과 스스로의 행복을 돌보는 데 쓰기로 다짐했다고 합니다. 그 후로는 어디서든 괜찮은 삶을 꾸릴 수 있겠다는 결심이 섰고, 다시 한국에 발을 디딘 2018년 1월, 연희 님 인생의 2막이 시작됐습니다.

연희 님은 한국과 외국의 연애에서 다른 점으로 두

가지를 꼽습니다. 한국과 달리 혼자 살아 연애가 좀 더 자유로웠다는 점과 비교적 건설적인 만남이 가능했다는 점입니다.

외국인 애인을 만날 때는 자신을 드러내는 데 거리낌 없었고, 결혼이나 시민결합市民結合, civil union* 등 뒷받침되는 제도적 보장들 덕에 향후 함께할 인생을 논할 수 있었습니다. 같이 살 집을 구하고, 사람 아이나 반려 동물을 입양하는 미래도 이야기할 수 있었고요. 반면에 한국에서는 함께할 안정된 미래가 그려지지 않았습니다. 연애 끝에 '무엇을 위해 이 사람과 계속 만나나' 하는 허무의 벽이 매번 그 앞에 가로서 있었다고 합니다.

지금도 가족이나 회사, 주변에 정체성을 알리지 못하고, SNS에 애인을 태그해 올리는 '럽스타그램'도 못 하는 등 답답하고 포기해야 하는 것들이 한두 가지가 아닙니다. 그럼에도 지금은 숨 막히기만 했던 과거와 분명 다릅니다. 바로 지난한 방황 끝에 불안을 온전히 내 힘으로 뚫고 나오는 경험을 했다는 것, 자신과 애인의 행복을 가장 중요시하는 단단한 삶의 원칙을 세웠다는 것입니다.

---

* 가족 제도의 일종으로, 혼인 관계에 준한다. 배우자로서의 권리와 상속, 세제, 보험, 의료, 입양, 양육 등의 법적 이익이 일부 혹은 전부 보장된다.

"거의 대부분의 시간을 소수자로 살았어요. 20대에는 '나를 사랑하라'는 진리를 이론으로만 알고 있었고, 30대에 들어서야 그 문장을 실제 선택의 기준으로 삼았죠. 이제부터는 모든 것들을 내 중심으로 가야겠다. 일이든 사람을 만날 때든 '이렇게 하면 더 멋있어 보이겠지' '이렇게 하면 누구누구가 좋아하겠지' 하며 남들 눈치 보지 말고 스스로에게 물어보자. 내가 먼저다! 이를 깨달은 제 스스로를 높게 평가하고 있어요."

다시금 사랑하는 이와 함께한다면 무엇보다도 둘을 위해 살아가겠다는 확신도 생겼다고 합니다. 그 일환으로 부동산이나 펀드, 예적금 등 자신과 미래의 우리를 지킬 돈에 대한 공부와 투자도 게을리하지 않고 있다고 합니다. 이제는 장애물이 나타나도 넘어설 자신이 있습니다.

"10년 뒤의 제 모습이요? 애인이 있겠죠. 그때까지 솔로로 살면 안 돼요! 좋아하는 사람과 같이 한강이 보이는 방 세 개짜리 집에서 고양이 두 마리를 키우면서 살고 싶어요. 방 네 개는 욕심인 것 같아요(웃음). 주말 아침에 같이 커피를 마시면서 '아, 오늘은 나 일해야 돼' '우리 팀장 너무 짜증나' 같은 대화들을 나누고 소소하게 일상을 공유하고 싶어요. 20대에 스스로를 너무 힘들게 했거든요. 40대에는 저를 편안하게 해주고 싶어요."

제발 나를 롤모델로 삼지 마!

한국에서 태어나고 자라 해외 생활이 전무한 누군가에게는 연희 님의 사례가 어쩌면 다른 세상 이야기 같을 수 있겠습니다. 떠날 엄두가 나지 않는 이들에게는 소설처럼 들리기도 하겠죠. 연희 님은 자신이 객관적으로 굉장히 멋진 삶을 살아온 사람처럼 보인다는 사실을 압니다.

"누군가의 눈에는 제가 '대학도 잘 갔고, 하고 싶은 일들을 다 하고 돌아다니다가 이제 자기 사업하는 애'로 보이는 것을 알아요. 그런데 보기 좋게 편집된 결과들을 벗겨냈을 때 실제의 저는 사는 게 너무나도 어려웠어요. 한국이 답답하고 숨이 막혀서 열심히 도망 다닌 역사인데, 남들이 보기에는 '와. 쟤는 영어에 일본어도 유창하고 대기업에 취업도 했네. 너무 멋있다'로 정리되잖아요. 그게 부끄러워요. 거기다 대고 '아니, 난 한국이 싫고, 마음대로 연애할 수 있는 곳을 찾아다닌 거야'라고 말하기도 민망하고요. 남들의 평가를 들을 때마다 늘 제가 백조 같다는 생각을 해요. 수면 위에서는 우아해 보이지만 물 밑에서는 허우적대잖아요. 그들의 말에 솔직하게 대답하지 못하는 것도 미안하고요. 누가 '나도 연희처럼 외국을 돌아다니면서 공부하고 싶어'라고 할 때마다 저는 내적으로 '제발 나를 롤모델로 삼지 마!'라고 소리쳐요."

연희 님의 이야기를 들으며 확실히 알 수 있었던 것 한 가지는 해외 생활이 상상했던 것만큼 이상적이지는 않다는 사실이었습니다. 성소수자 친화적인 나라라고 해서 차별적 요소가 모두 해소되지도 않고, 우리가 예상하지 못했던 변수들과 고충을 마주할 수 있다는 것이죠.

결국 그가 한국으로 돌아온 까닭은 오랜 시간 자기 내면에 있던 콤플렉스를 마주하고 이를 해소했기 때문일 것입니다. 그리고 그 순간 그의 방황은 힘을 잃었습니다. 그는 지금 한국에 살지만, 이젠 어디서 생활해도 꽤나 만족스러운 삶을 만들어갈 수 있을 것입니다.

떠나도 괜찮고, 떠나지 않아도 괜찮다

'떠남'을 고민하는 이유는 콤플렉스나 마음가짐의 문제일 수도 있고, 가족이나 주변과의 꼬이고 얽힌 관계 탓일 수도 있고, 악질 상사나 눈치 없는 직장 동료 때문일 수도 있습니다. 한국에서 마주해야 하는 차별과 혐오와 폭력을 견딜 수 없어서일 수도, 제도적 장치의 부재 때문일 수도 있죠. 지금의 어려움이 무엇에서 비롯됐는지는 아마 스스로 가장 잘 알리라 생각합니다. 회사를 옮기고 싶고, 관계와 상황들이 녹록치 않아 외면하고 싶은 마음이 든다면, 그리고 지금 환경과 조건이 허락한다면 저는 한 번쯤 꿈꾸던

곳에서 새롭게 생활해보는 것도 나쁘지 않다고 생각합니다. 연희 님이 장소를 옮기고, 옮기고, 또 옮기면서 그만의 해결책을 찾은 것처럼 말이죠.

다만 덧붙이고 싶은 말은, 결국 그의 문제를 해결했던 열쇠는 몇 번의 이동이 아니라는 점입니다. 국가와 주거지, 회사 등 여러 장소의 이동은 그가 자신의 문제를 마주하고 스스로 깨우치기 위한 과정이었습니다. 문제를 받아들이고 마주하는 과정이 꼭 필요하다고 생각합니다. 그 시간이 매우 고단하고 힘들더라도, 떠나고 싶은 마음 앞에 스스로에게 '왜?'라는 질문을 던져보았으면 합니다. 이게 가장 좋은 방식일지 혹시 다른 대안은 없는지 고민해보면 좋겠습니다. 그렇게 마주한 결론이라면 선택하는 것도 나쁘지 않을 것입니다.

이를 누군가는 '도망'이라고 말할 수도 있겠죠. 그러나 세상 모든 문제를 정면으로 부딪치며 해결할 수 없고, 때론 자기 합리화나 도망이 자신을 보호하는 가장 좋은 방법일 때도 있습니다. 아무렴 익숙함을 뒤로하고 새로움에 대한 두려움을 무릅쓰는 건데 누구도 쉽게 말할 수 없죠.

한 가지 잊지 말아야 할 점은, 아니다 싶을 땐 언제고 돌아와도 괜찮다는 것입니다. 아니면 또 새로운 곳으로 전환하는 방법도 있죠. 8년의 방황 끝에 다시 한국으로 돌아와 새로운 일과 새로운 인연을 향해 손 뻗고 나아가는 이도 있으니까요. 한국 사회가 어떻게 변하면 더 행복해질 수 있을지 연희 님에게 물었습니다.

"그냥 좀 다른 사람이라 해도 이상하게 보는 시선이 없으면 좋겠어요. 미국에 살 때 같은 아파트 17층에 레즈비언 커플이 거주했어요. 껴안고 있는 품새가 자매일 리 없는데 이를 본 엄마는 아예 그럼 개념이 없으시니 '자매끼리 저렇게 잘 지내야 한다'고 하시더라고요. 저희 삼남매는 다 알아챘는데 말이죠. 손가락질까지는 아니더라도 '특이하다' '이상하다' 생각하며 지켜봤던 것 같은데, 지금 생각하면 안 좋은 태도잖아요. 나와 달라도 자연스럽게 넘어가는 분위기면 좋겠어요. 그들이 괴물, 프리크freak가 아니라 그냥 '그런 사람이구나' 하고 넘어가는 분위기요. 그런 사회였다면 앞서 만난 여자친구들도 다르게 생각할 수 있었을 텐데. 개인의 문제가 아니라, 사회적인 압박으로 인해 방어적인 태세를 취한 거였으니까요."

자신이 있을 곳을 찾아 헤매는 이들의 발걸음을 응원합니다. 그 끝에 반드시 닿을 해피엔딩을 믿습니다.

◆◆◆◆◆◆◆◆◆◆◆◆◆◆◆

불안함을 다잡는 방법

육체와 정신은 연결되어 있다

운동은 오히려 신체보다 정신건강 증진에 더욱 효과적입니다. 육체와 정신은 연결되어 있기 때문입니다. 마음이 우울할 땐 몸을 움직이세요. 개인적으로는 달리기를 매우 좋아하여 주말마다 네다섯 시간씩 뛰는 편입니다. 꼭 달리기를 할 필요는 없습니다. 자신에게 맞는 운동을 찾아 꾸준히 즐기는 것을 추천합니다.

소소한 행복을 쌓아가기

나는 무조건 나에게 1순위입니다. 외모에 신경을 쓰는 것은 나를 사랑하며 만족감을 찾는 가장 쉬운 방법입니다. 많은 돈을 들여 피부과에 가서 시술을 받으라는 의미가 아닙니다. 아침에 내 취향에 맞는 화장을 하고, 마음에 드는 옷을 입고, 좋아하는 향수를 뿌리고, 퇴근 후 입욕제를 푼 따뜻한 물에 목욕을 하는, 소소한 행복을 많이 느끼라는 의미입니다. 이 별것 아닌 행위들이 매일 치열한 사회생활에서 나를 지켜주는, 든든한 갑옷이 되어줄 것입니다.

경제력은 가장 강력한 보호막

사랑과 로망을 포기하지는 않지만 현실인식도 중요합니다. 경제력은 가장 강력한 보호막입니다. 저는 가끔 이유 없이 불안해질 때마다 등기권리증을 보며 '허허. 그래도 어디서 객사할 일은 없겠구나'라고 생각하면 마음이 평온해집니다.

feat. 황소

레즈비언은 어디에나 있음을 몸소 증명하는 10여 년 차 공무원. 무엇을 상상하든 그 이상으로 딱딱하고 경직된 공직 세계에서 어떻게든 벽장 라이프를 즐기면서 사는 중이다. 주어진 환경 속에서 최대한의 만족을 뽑아낼 방법을 찾아 오늘도 생각을 굴리고 있다.

보수적인 사회에 맞선 의연한 저항

벽장의 크기를
가능한 넓히는 법

꼭 (성정체성을) 오픈하지 않아도 괜찮습니다.

적당히 감춰두고, 적당히 즐기면서 살 수 있어요.

자신을 드러내는 것이 두렵다면

성정체성을 오픈하지 않고

감당할 수 있는 선에서 누리고 사시기 바라요.

생계를 유지하려면 노동은 필수 불가결합니다. 그렇게 번 돈으로 주거 비용을 지불하고 생필품을 구매하며 여윳돈으로 문화생활을 누리기도 하죠. 물론 불로소득도 있겠지만, 일반적으로 노동을 피할 수 있는 사람은 그리 많지 않을 것입니다.

주 40시간(~52시간) 풀타임으로 일하는 경우 집보다 직장에서 동료들과 보내는 시간이 더 깁니다. 그래서 어떤 곳에서 어떤 사람들과 어떤 일을 하는지는 개인에게 큰 영향력을 미치죠. 때로는 일의 성격보다 회사 구조와 분위기, 관계 등 직장 내 환경이 한 사람에게 더 크게 작용하기도 합니다. 이 요소들 때문에 이직을 고민하거나 실제로 회사를 옮기는 경우도 많습니다.

성소수자 노동자로서의 삶이 직장 환경과 어울릴 수 있을까요? 직장은 공적인 공간이고, 성적 지향은 사적인 영역이니 잘 구분하면 될까요? 생각과 달리 성적 지향과 성별 성체성은 예고도 없이 일터까지 비집고 들어와 마음을 뒤흔들곤 합니다.

예컨대 이력서에 혼인 여부를 체크해야 한다거나, 면접 과정에서 결혼 (예정) 여부를 묻기도 합니다. 회식 자리에서 불쑥 연애에 대한 질문이 날아오고, 월요일만 되면 주말에 뭐했는지 스몰토크가 오가고요. 당사자는 별 의미도 없이 던진 질문이지만 나 혼자 당황하고 뭐라고 답해야 하나 괜히 심각해집니다. 또 아웃팅*에 대한 우려도 들고요. 특히 일터가 여성과 성소수자에게 차별적인 분위기라면 온전한 자기 모습으로 사는 게 불가능하다는 좌절과 괴리감에 우울해집니다.

성소수자로서의 사회생활에 대한 이야기를 들어보고 싶던 중에 공무원으로 일하고 있는 분을 만나보기로 했습니다. 조직 구조와 문화가 가장 폐쇄적이고 보수적인 직종 중에 하나가 공무원이니까요.

저는 대학을 졸업하자마자 인권단체에서 활동하고, 대학원을 다니느라 풀타임으로 회사에서 일해본 경험이 많지 않습니다. 그래서 경험해보지 않은 일에 대해 말하기 조심스러운 면이 있습니다. 가까운 가족 중에 하나가 공무원이어서 간접적으로 경험해본 바는 있어요. 또 통상

---

*　　　성소수자의 성적 지향이나 성별 정체성을 본인의 동의 없이 밝히는 행위.

적으로 풍기는 이미지에서 공무원으로 일하는 성소수자들의 삶이 상상되기도 합니다. '참 막막한 면들이 있겠다'는 느낌이 들지요. 공무원 되기가 하늘에 별 따기만큼 어렵다는데, 일을 시작한 이상 다른 회사들처럼 쉽게 그만둘 수도 없을 테고요.

물론 공무원도 조직과 부서, 업무에 따라 조직 문화가 천차만별이고 개개인별로 직장에 대한 생각이 다를 수 있습니다. 공무원으로 일하는 성소수자의 직업 환경에 평균을 내려는 것이 아니기에, 하나의 실제 사례를 만난다는 개념으로 읽어주시면 감사하겠습니다.

경직된 회사에서 살아남으려면

30대 중반인 황소 님은 지방의 한 공무원입니다. 공무원으로 일한 지는 10여 년 되었다고 해요. 조금은 느리고 게으른 면도 있고 성격이 무던하며 긍정적인 반면에 화가 나면 불같아서 황소라고 불리곤 합니다.

책《90년생이 온다》에 따르면 요즘 많은 청년들이 선망하는 직업이 공무원이라고 합니다. 고용 불안으로부터 안정적이고, 연금으로 노후가 어느 정도 보장되며, 장기적으로 봤을 때 수입도 상당하다는 이유에서죠. 황소 님 역시 그런 동기로 공무원을 직업으로 삼았던 것일까요?

"처음에는 집안 형편 때문에 선택했어요. 학창 시절에 아버지의 사업 실패와 부모의 이혼이 잇따르면서 가세가 급격히 기울었어요. 문제집을 살 돈도 없고, 대학 등록금을 내기도 어려운 형편이었죠. 서울의 사립대학교에 입학할 성적은 되었지만 집에 부담을 줄 순 없었어요. 그래서 가까운 지역 국립대학교에 입학했고, 장학금을 받으려 수업도 맨 앞자리에서만 듣고, 급기야 조기졸업까지 달성했어요. 공부하랴 생활비를 버느랴 바빠서 졸업 때까지 과방과 동아리방의 존재도 모를 정도였으니 말 다했죠.

'어떻게든 일찍 대학을 졸업하고 20대 후반에는 돈을 버는 직장인이 되고 싶다'는 생각 하나뿐이었어요. 어떤 공무원인지조차 크게 중요하게 생각하지 않았고, 그저 빨리 합격할 수 있을 만한 시험으로 도전했어요. 부모에게 더는 손 벌리지 않는 사람이 되도록요. 선망하는 꿈은 없었어요."

그렇게 입성한 공무원은 목표로 하던 안정적 수입과 독립생활을 보장해주었고, 덕분에 직업 만족도도 높은 편이었다고 합니다. 하지만 성소수자 공무원으로 살기 위해서는 생각보다 많은 부분을 내려놓아야 했습니다. 또 창의력이 풍부해야 했습니다.

공무원 특성상 2~3년마다 한 기관 내에서 팀이나 부

서가 바뀌고, 동일 계열 내에서 전근도 가능합니다. 계열마다 중앙 기관이 있고 지역 단위 기관, 지자체 센터 등에 따라 근무지를 옮깁니다. 황소 님은 현재 거주 지역의 중앙 기관에서 일하고 있습니다. 함께 일하는 동료들과 함께 보낸 시간도 5~6년 되었다고 해요. 대부분은 전근할 생각이 없기에 앞으로 10년도 금방 채울 것 같다고 합니다.

그중에서도 주어진 성별이 같고 또래라 친하게 지내는 동료끼리는 평소 일과와 가족들 건강 상태, 친한 친구의 이름까지 다 꿰고 있습니다. 어떤 친구를 왜 만나는지, 어디서 뭘 먹을지까지 묻는 사이입니다.

"제 하루를 묘사해볼게요. 아침에 출근해 동료들과 한 사무실에서 일하고 점심시간이 되면 함께 모여 각자 싸온 도시락을 먹어요. 오후에 일을 하다가 동료가 사온 간식을 나눠 먹고 퇴근 후에는 같이 운동을 하거나 장을 보고 도시락 반찬이 겹치지 않도록 내일 싸올 메뉴를 공유하죠. 요즘 대세인 드라마라도 하는 날에는 서로 메시지를 주고받다가 잠을 청하고요. 눈 뜨면 다시 출근해 동료를 만나는 게 일상이에요. 야근도 같이하고, 사내 친목 술자리 모임도 잦고, 주말엔 맛집 투어에 등산도 같이해요. 게다가 다들 기관 근처에 살고 있어 여자친구와 동네 데이트는 꿈도 못 꾸죠. 주말과 여가 시간에도 단체 메신

저로 서로 뭐하는지 실시간으로 공유하고 묻기도 해서 가끔은 지쳐요."

이야기를 들을수록 '퇴근이 없는 삶' 같다는 생각이 들었습니다. 한곳에서 퇴사자도 없이 10년 가까이 함께 근무하고, 생활 밀착도가 높은 만큼 사생활도 거의 존재하지 않습니다. 공과 사가 구분되지 않다 보니 애인과 시간을 보낼 때는 정말 갖은 창의력을 다 동원해야 한다고 합니다.

"남들도 인정할 만한 '스토리'가 있어야 해요. 한 친구만 너무 자주 우리 집에 오고 그 친구하고만 놀면 의심받잖아요. '생활비를 아끼느라 같이 살고 있다'는 식의 스토리가 필요하죠. 그러다가 헤어지기라도 하면 '걔가 이직을 하게 되어 이사갔다'는 식의 다른 스토리를 지어야 하고요. 믿을 만한 밑밥도 계속 깔아야 하고, 나름의 밸런스를 맞추려고 약간의 거짓말도 해야 하는 점이 불편하고 힘들긴 해요. 동료들이 이야기 앞뒤가 안 맞는다고 느끼거나 눈치를 챘는데 암묵적으로 말을 안 할 수도 있죠. 그래도 그게 편해요. 말 꺼내기가 무서워요."

보수적이고 폐쇄적인 조직 문화 속에서 성소수자 혐오 발언이 공공연히 용인되기에 더욱더 철저히 자신을 숨겨야 합니다. 한번은 친하게 지내는 무리 중 일부가 퀴어

문화축제 등 성소수자에 관한 이슈로 기사가 날 때마다 '정상이 아니다' '더럽다' '징그럽다'며 혐오 발언을 한 적이 있습니다. 그러나 이에 대해 강하게 반박하는 사람도 없고, 한두 명쯤 '나는 괜찮은데 왜?'라고 반문하지만 어색해질 분위기가 두려워 진지한 대화로 이어지진 않습니다. 그럴 때마다 당사자인 황소 님은 괜히 잘못 얻어걸릴까 두려워 더더욱 입을 꾹 다물고 있죠. 이렇게 경직된 관계 속에서 아웃팅의 위협은 더 커집니다.

"다른 데도 비슷하겠지만 직장 내 팀장들이 남자이고 과장도 남자입니다. 공무원이 경력 사회라 하지만 같은 5년차여도 남자 팀장들이 같이 술 먹고 담배 피울 수 있는 남자를 선호해요. 저도 얼마 전까지 흡연자였으니까 남자들과 똑같이 팀장과 담배를 태울 수 있거든요. 그런데 여기서는 '여자가 담배를 피운다'고 하면 난리가 나요. '그럴 수도 있지'가 아니고 '그런 것은 없어'로 못 박아놓죠. 여자가 담배 피우는 것은 눈앞에 없고, 없어야 되고, 없는 거예요. 그들이 생각했을 때 (이게 여자와 남자의 차이는 아닌데) 제가 술을 잘 먹는다든가 앞에 나서는 등 다른 여자들보다는 남자들과 비슷한 면이 있다 보니까 좀 더 챙겨주고 예뻐요. 그런데도 '저와 동기 남자애 중에 결국 그를 선택하겠지' 하는 생각이 들어요. 이런 사회인네다가 호모포비아도 진짜 많죠. 나이 많은 아저씨뿐 아니라 저와 비슷한 나이, 결혼한 아기 엄마들도 '징그럽다'고 말하곤 합니다. 나를 숨길 수밖에 없죠. 하지만 저는 나답게 사는 걸 포기하는 게 아니고 그냥 오픈을 포기한 거예요."

지금까지 이야기만 들으면 '성소수자는 공무원 절대 못 하겠다'고 생각될 수도 있습니다. 어쩌면 지금 공무원으로 일하고 계시는 성소수자 분들의 공포감과 두려움만 더 키웠을지도 모르겠네요.

하지만 황소 님은 생각만큼 불행하거나 생활이 불가능하다고 말하지 않습니다. 주어진 조건 안에서 삶의 질을 높이고 행복을 찾을 수 있는 여러 방안들을 모색하기 때문입니다. 그가 찾은 퀴어로서 나름의 행복을 찾는 방법을 정리해보고자 합니다.

퀴어로서의 행복을 찾는 네 가지 비법

황소 님이 레즈비언으로 정체화한 것은 고등학교 때입니다. 자신이 동성에게 성애적 감정을 느낀다는 사실은 중학교 때 인지했고, 줄곧 동성 후배들로부터 팬레터도 받곤 했죠. 그러다가 고등학교 때 첫 연애를 했습니다.

"고등학교 동호회 연합에서 만난 친구였는데 자꾸 연락하고 싶고, 보고 싶더라고요. 실제로 도저히 못 참겠어서 보러 가기도 했어요. 손이 작고 귀여운 친구였어요. 저는 자기주장이 분명하고 똑 부러진 사람을 좋아하는 것 같아요."

1학년 때부터 3년간 한 사람과 연애를 하며 자신이 여자를 좋아한다는 사실, 그리고 남자에게 전혀 관심이 없다는 사실도 깨달았습니다. 단 한 번의 의심도 고민도 없었던 정체화 이래, 쭉 여자친구만 사귀었다고 합니다. 소문으로만 들었던 일명 '골드스타'죠.

제 경우에는 레즈비언으로 정체화한 지 몇 년 지나지 않아 바로 오픈 퀴어로서 커밍아웃했습니다. 그래서 '벽장 안의 삶'에 대해 말씀드리기 조심스럽습니다. 그저 자신의 정체성을 외부에 드러내지 못하고 세상 밖으로 나오기 어렵다는 정도로만 짐작하고 있었죠.

황소 님은 본인이 벽장에 있다고 말합니다. 그런데 이분 벽장은 한 칸짜리 좁은 공간이 아닌 최소 99칸 대저택입니다. 그는 여성 성소수자로서 할 수 있는 (최소한 제가 아는) 모든 것들을 다 해본 벽장이었습니다.

퀴어로서 행복하게 살려면 첫째, 벽장의 크기를 가능한 넓게 키워야 합니다. 황소 님은 이를 위해 온라인 S클럽부터 M사이트, R사이트 등 모든 온라인 커뮤니티에서 활동했더라고요.

"댓글을 달거나 왕성하게 글을 생산하거나 모임을 주선하지는 않았습니다. 주로 게시물을 훑어보고 가끔 채팅을 하는 정도였어요. 수능 시험이 끝났을 때 처음으로 오프라인 모임에 참여해봤어요. 상경한 후에는 여성 성소수자 주점과 클럽, 번개에도 나가보았죠. 다 자의는 아니었고 주변에서 하도 같이 가자고 권해서 따라가봤습니다. 그렇게 나간 모임에서 만난 분과 사귄 적도 있어요."

황소 님은 스스로 커밍아웃을 한 적이 한 번도 없습니다. 눈치껏 퀴어이겠거니 생각한 친구가 다른 사람을 소개시켜준다거나, 지인과 서로 의심스러운 눈빛을 교환하다가 눈치를 채거나, 누군가의 애인으로 소개되어 자연스럽게 노출되거나, 주변에서 먼저 물어봐서 대답을 하는 경우 등이었죠.

"제 입으로 딱 어떤 용어("레… 레즈비언이요")를 규정해 내뱉어본 적은 없어요. 동호회에서 알게 된 한 친구가 '저는 여자친구가 있는데요, 언니는 비밀 없어요?'라고 물었을 때 당황해서 얼굴이 새빨개진 기억이 생생해요. 가장 친했던 친구에게조차 결국 말을 못 했거든요. 그 애가 '뭐라고?' 하면서 놀랄 유형도 아닌데, 스스로 말하고 싶다 생각했던 그날 그 순간조차 말이 나오지 않았어요. 그래도 그 친구는 제 성정체성을 알고 있었을 거라고 생각해요. 말하지 않아도 아는, 그런 자연스러운 분위기가 좋아요. 아끼는 사람들이 제가 말을 꺼내지 않아도 알아차렸으면 좋겠어요."

이쯤 이야기를 듣다 보니 '벽장이란 무엇인가?' '그는 벽장 속에 있는 게 맞는가?'에 대한 논의가 필요할 것 같았습니다. 황소 님은 분명 스스로 오픈하기를 포기했지만 레즈비언으로서의 삶을 포기한 적은 없었습니다. 이렇게 보면 벽장에 있더라도 온라인 활동 등 다양하게 참여할 수 있겠다는 생각이 들었습니다.

퀴어로서 행복하게 살려면 두 번째, 나와 비슷한 이들이 모인 직장 모임에 나가보라고 권합니다. 황소 님은 아직 조심스러워 가입하거나 활동해본 적도 없고 규모도 알지 못하지만 지인으로부터 공무원 퀴어 모임 가입을 권유받은 적이 있다고 합니다.

"소식통에 따르면 '공무원 모임'이 있대요. 서로 많이 조심스러우니까 증명서로 확실히 신분을 증명하고요. 참여자는 본인과 파트너까지로 한정하고, 파트너에 대해서도 신원 확인을 진행한다고 해요. 그러니 신분 노출에 대한 걱정은 크게 하지 않아도 될 것 같아요."

꼭 공무원이 아닐지라도 회사 혹은 같은 계열 직종에 모임이 있을 것입니다. 직업이 같다면 직업 환경에 대한 고민을 나누며 공감대를 형성할 수 있고, 승진 등의 정보를 공유하는 등 도움을 주고받을 수 있겠다는 생각이 들었습니다. 동료들을 만나 동질감을 형성하고 싶다면 한번 찾아봐도 괜찮을 것 같습니다.

퀴어로서 행복하게 살려면 세 번째, 여성 성소수자 회원이 있는 사회인 동호회에 나가보기 바랍니다. 황소 님은 현재 퀴어인 풋살 동호회에서 활동하고 있습니다. 평소 운동을 좋아하고 땀을 흘리면서 몸을 움직일 때의 즐거움과 해방감이 크기 때문입니다. 운동 끝에 동호회원들과 함께하는 식사나 뒤풀이도 빼놓을 수 없는 즐거움입니다.

"무엇보다 다른 퀴어 친구들을 만날 수 있다는 점이 가장 큰 장점이죠. 풋살 동호회라고 하면 직장 동료들에게 따로 기나긴 설명을 할 필요도 없고요. 성소수자 회원들에게 연애 고민도 허심탄회하게 털어놓을 수 있어요. 이 모임이 저에겐 일상으로부터의 탈출구예요. 매일 같은 일을 반복하다가도 문득 휴일에 몸을 움직이고 사람들을 만날 생각을 하면 설레고 행복해져요."

퀴어로서 행복하게 사는 마지막 네 번째 방법은, 바로 '연애하기'입니다. 황소 님은 '언제 가장 행복한가'라는 물음에 '집에서 애인과 맛있는 음식 먹으며 텔레비전을 볼 때'라고 대답했습니다. 아마 대단한 무언가를 이루기보다는 사랑하는 사람과 소소한 일상을 함께하는 삶, 그것이 가져다주는 기쁨에 대해 이야기하고 싶었던 것 같습니다. 주변에 크게 자랑 한 번 못 하고, 밖에서 편하게 데이트하기도 쉽지 않지만 마음이 맞는 사람과 애정을 나누고 함께 좋아하는 것들을 찾아 시간을 보내는 것만큼 큰 행복도 없는 것 같습니다.

"저는 애인과 동거하는 게 좋아요. 집에서 계속 같이 있는 것도, 함께 잠드는 것도 즐거워요. 결혼도 하고 싶어요. 안정적이고 장기적인 관계를 선호해서요. 레즈비언들의 동거율이 높다고 하잖아요. 같은 성별의 동거는 '친구와 산다'고 여겨 용인하기가 쉬운 듯해요. 남녀에게는 동거와 결혼이라는 제도가 구별되다 보니까 동거에 대한 부담감이 더 큰데, 같은 성별은 결혼에 대한 제도적 부담이 없다 보니 사랑에 빠지면 비교적 빠르게 동거하는 쪽으로 넘어가는 면도 있고요."

행복은 일상에서 채워나가는 것

세상이 바뀌어 누구나 어떤 직종에서 어떤 일을 하든지 성소수자라는 이유로 차별받지 않는다면 더할 나위 없겠습니다. 모두가 그런 세상을 꿈꿀 거라고 믿어요. 그렇다고 지금 현실의 막막함에 우울해할 일은 아닌 것 같아요. 앞으로 조금씩 한국 사회와 직장 문화를 바꿔나가면 되는 일이죠. 우리가 일에 많은 시간을 할애하고, 일터가 삶에 주는 영향이 크긴 하지만 성소수자 친화적이지 못한 일터에서 일한다고 해서 지금의 삶을 대단히 불행하다고 여길 필요는 없습니다. 황소 님의 말처럼 "삶의 행복은 일상에서 채워 나가는 것"이니까요.

성소수자로서 삶의 질을 높일 방법은 얼마든지 있습니다. 가장 나다운 모습으로 편하게 즐길 여성 성소수자를 위한 공간들이 분명 존재합니다. 온라인과 오프라인 커뮤니티에 참여해 새로운 사람들을 만나고, 여성 성소수자 주점과 클럽에서 편안한 마음으로 즐거운 시간을 보내기도 하고요. 각종 동호회에서 자기계발과 취미 생활을 하며 성소수자 친구를 사귈 수도 있고요, 애인과 함께 일상의 즐거움을 누려도 됩니다. 또 같은 혹은 유사 직종에서 일하고 있는 퀴어 동료들과 공감대를 형성할 수도 있지요. 만약 그러한 모임이 주변에 없다면 용기를 내어 첫 모임을 만들어 운영해볼 수도 있습니다.

공무원으로 일하며 이래저래 꽉 막힌 근무 환경에 답답함을 느낄 때도 있지만 황소 님은 지금 삶에 만족합니다. 안정적인 일을 하고 있고 직장은 그저 돈을 벌기 위한 수단이며, 진짜 행복은 삶의 다른 여러 구석에도 존재하니까요. 직장 문화가 본인의 성정체성을 아직 수용하진 못하지만, 직장을 생계 수단 그 이상도 이하도 아닌 딱 그 정도로 생각하고 만족하고자 합니다.

"제 성정체성을 오픈하지 않는다고 해서 불행하다고 생각한 적은 없습니다. 사실 안정적인 직장에서 일할 수 있고, 힘들긴 하지만 어쨌든 급수가 올라갈 테고, 나중에는 어느 정도 하고 싶은 대로 하면서 눈치 보지 않아도 되고, 개인 생활에도 여유가 좀 생기겠죠. 앞서 이야기한 회사 내 밀착된 주변 관계는 몇 년만 지나도 흩어지게 될 거예요. 그때는 새로운 동료들이 생길 테고요. 달라질 여지가 분명 있어요.

꼭 오픈하지 않아도 괜찮습니다. 적당히 감춰두고, 적당히 즐기면서 살 수 있어요. 다만 저희 엄마는 제가 나이 들어서 혼자 힘들어할까 봐, 외로울까 봐 걱정하세요. 엄마 눈에 외로운 사람으로 비춰지는 게 나은지, 아니면 내게 여자친구가 있고 잘살고 있다고 말하는 게 나은지 항상 저울질하는 마음이 있어요. 후자가 엄마의 마음을 아프게 할까 싶어서요. 지금의 연인도 내 가족의 일원으로 인정받고 싶어 하지만 입이 떨어질지 모르겠고 설명할 방법도 잘 모르겠어요. 사실 이 주제가 아니더라도 나에 대해 이야기를 하는 게 낯간지럽고 떨려요. 나중에 나이가 들면 파트너를 서로 공식적으로 보호해줘야 하는 일도 생기겠죠. 그 때문에 '언젠가는 나도 정체성을 꺼낼 수 있으면 좋겠다'라고 마음을 먹어가는 중이에요."

황소 님의 이야기를 듣다 보니 '생각하기 나름'이란 표현이 뇌리에 깊이 새겨졌습니다. 더 나은 삶을 위해 변화를 꿈꾸어야겠지만 당장 이뤄지지 않는다고 해서 굴 파고 들어가 앉아만 있을 순 없는 노릇이지요. 황소 님은 이제 막 자신의 성정체성을 깨달은 이에게도 너무 걱정하지 않아도 된다는 말을 담담히 전합니다.

"이미 정체화를 했다면 앞으로 그렇게 살아가면 돼요. 성소수자로서 자신을 드러내는 것이 두렵다면 성정체성을 오픈하지 않고 자신이 감당할 수 있는 선에서 누리고 사시기 바라요."

주변을 둘러보면 세상에 삶의 만족을 채울 방법은 생각보다 많습니다. 이 글을 읽는 많은 분들이 자신 주변에 행복할 수 있는 길들을 꼭 찾아 만들어갔으면 좋겠습니다. 결국 모든 것은 생각하기 나름이라며, 걱정보다 일상에서 즐거움과 기쁨을 찾아내 행복을 만드는 황소 님처럼 말이죠.

✦✦✦✦✦✦✦✦✦✦✦✦✦✦✦

퀴어로서 행복하게 사는 법

벽장의 크기를 최대한 넓힌다

가장 중요한 것은 언제나 '나 자신'입니다. 준비가 되어 있지 않은 상태에서, 생계의 위협이 있는 상황에서 굳이 정체성을 밝힐 필요는 없습니다. 벽장 안에서의 삶도 충분히 존중되어야 합니다. 다만 그 안의 크기를 최대한 넉넉하게 가꾸어보시기 바랍니다.

나와 비슷한 직장 모임을 찾아 나선다

유사한 고민을 하고 있는 이들을 많이 만나보시기 바랍니다. 특히 같은 직종에 있는 이들의 모임에 간다면 공감대를 공유하고 유익한 정보를 주고받는 좋은 장이 되어줄 것입니다. 아직 모임이 없다면 스스로 사람을 모을 수 있겠죠.

여성 성소수자 동호회를 찾아 나선다

남들의 눈치를 보지 않고 모임을 열 방법은 많습니다. 퀴어 동호회에서 활동한다면 취미 생활도 즐기면서 성소수자 친구들과 친목도 다지고, 각종 고민들을 나누는 화목한 장이 되어줄 것입니다.

연애를, 사랑을 포기하지 않는다

소소한 일상을 채워주는 반려자를 곁에 두라고 권하고 싶습니다. 마음이 맞는 사람과 애정을 나누고 함께 좋아하는 것들을 공유하는 시간만큼 행복한 순간도 없으니까요.

feat. 김은영

소맥과 버터문어가 강점인 휍과 모 클럽을 운영하던 워커홀릭 사장. 12년
간 홍대의 높은 임대료를 버티며 레즈비언들의 전용 공간을 꾸려왔다.
그곳에서 여자들의 만남, 고백, 난장판 등 볼 꼴과 못 볼 꼴 전부 겪었다.
여성들이 숨 쉴 수 있는 공간을 누구보다 사랑한다.

오늘은 가면을 벗고 함께 춤을 추자

온전한 나로 존재할 수 있는
공동체를 찾는 법

어떤 성별의 애인을 만나든 당신의 삶은

드라마틱하게 변하지 않는다고 말해주고 싶어요.

여자라고 문제가 되고 남자라고 문제가 없는 것은 아니니

겁내지 말고 살면 돼요.

많이 고민한다고 해결될 문제도 아니고요.

자신과 비슷한 사람들이 모인 공간은 단순히 사람을 만나고 술을 마시는 장소를 넘어서는, '주소지' 이상의 의미가 있습니다. 하루를 잘 살아갈 힘을 선물하고, 내 모습을 온전히 지켜나가기 위한 기운도 주니까요. 이처럼 지리적 위치, 그 공간에 있는 사람, 그곳을 채우는 이야기, 사회 및 문화적 가치 등 다양한 맥락 아래 공간은 존재합니다. 누구에게나 이런 장소가 한 곳쯤 필요합니다.

　　이번에는 성소수자, 특히 벽장 안에 있는 여성 성소수자들에게 위로와 지지, 용기의 마음을 담아 편지를 써내려가는 듯 한 장소에 대한 이야기해보려고 합니다. 한국 사회에서 대부분의 공간은 성소수자들에게 숨 쉴 틈을 주지 않습니다. 엄연히 일상 속에 존재하고 있는 성소수자를, 본인들 눈에 보이지 않는다고 해서 너무나 쉽게 없는 사람으로 취급해버립니다. 그래서 대부분 가면을 쓰고 '보통 사람' 행세를 하지요. 때때로 사는 데 불편함이 없다면, 그저 숨을 참는 데 꽤 익숙해져버린 까닭일지도 모릅니다.

남들의 시선 뒤로 숨기 위해 가면을 쓴 이들에게 열린 공간이 있습니다. 그곳에 가면 잊고 살았던 자유와 해방감을 깨닫게 됩니다. 비로소 온전한 나로 존재하는 시간들이 마음 건강에 얼마나 큰 영향을 미치는지 경험할 수 있죠. 성소수자라면 퀴어 동아리 모임, 온라인 동호회, 술집, 클럽에 처음 방문했을 때의 감격을 잊지 못할 것입니다. 저 또한 그때의 황홀감과 벅찬 기분을 평생 기억하고 있는 사람입니다.

현재 서울에 여성 성소수자를 위한 퀴어 가게는 열 개 내외로, 그 수를 정확히 헤아리긴 어렵습니다. 보통 합정과 홍대 부근에 몰려 있으며, 규모나 공간의 특징도 각각이고, 바, 클럽, 레스토랑 등 업종도 다양해지는 중입니다. 새로운 가게들도 계속 생겨나고, 퀴어 프렌들리한 가게들도 늘고 있고요. 마음 편히 갈 만한 곳들이 많아지는 추세라는 것은 분명 신나는 일이죠. 어느 가게에서든 여러분이 기대하는 편안함을 느끼실 거라 생각이 듭니다.

내가 나일 수 있는 소중한 공간

이번에 소개해드릴 곳은 홍대 목 좋은 곳에 있습니다. 소맥과 버터문어가 일품이죠. 이곳은 제가 중요한 순간들을 보낸 장소입니다. 좋아하는 친구를 불러내 고백했다가 부끄러워하느라 대답도 못 들었던 기억이 있고, 친구들과 함께 울고 웃으며 작고 소중한 추억들을 많이 쌓았습니다. 입구에서 줄 서서 기다리다가 결국 문턱에서 발길을 돌렸던 기억도 있고요. 마치 정해진 코스처럼 이곳에서 모였다가 맞은편 대형 가게로 번개를 하러 갔던 적도 있습니다.

퀴어 친구들과 이 공간에 갈 때면 항상 짜릿한 기분이 들곤 했습니다. 학창 시절 친구들과는 결이 다른, 퀴어 친구들끼리 통하는 이야기가 있으니까요. 우리만을 위해 존재하는 공간에서 가장 우리다운 모습으로, 편안하고 또 느슨한 상태로 솔직한 내면의 이야기를 허심탄회하게 나눌 것 같은 기대감이 존재했습니다.

이런 특별한 장소가 홍대에 자리를 잡은 지 무려 12년은 되었다고 합니다. 가게의 주인인 김은영 님에게 어떻게 퀴어 가게를 운영하게 되었는지 물었습니다.

"제가 성격이 워낙 자유분방하고 구속되는 걸 싫어해요. 20대 때 회사를 4년 동안 다녔는데요, 어딘가 소속되어 있는 조직 생활이 힘들었어요. 퇴사하고 해외 워킹홀리데이에 갔다가, 해외에서 일도 해보고 돌아와서 서른에 제 가게를 열었습니다. 거대한 꿈은 없으니까, 큰 회사는 아니더라도 내 가게를 하면 편하겠다는 생각으로 시작하게 됐죠. 이런 생각은 중고등학교 내부터 막연하게나마 늘 했던 것 같아요.”

30세 여성이 일반 가게도 아닌 퀴어 펍을 운영하는 게 분명 쉽지 않았을 텐데, 은영 님의 삶의 목표와 태도가 궁금해졌습니다.

“어렸을 때부터 목표가 원대하거나 이상적이진 않았던 것 같아요. 과학자 같은 꿈을 꿔본 적은 없어요. 어릴 때 집안 사정이 좋지 않았기 때문인지 몰라도 손에 잡힐 만한 자잘한 것들을 꿈꿨죠. 지금과 달리 어렸을 땐 물욕이 좀 있었어요. 예를 들어 ‘스물다섯 살에는 불가리 시계를 살 거야’ ‘특정 차를 꼭 살 거야’ ‘내 가게를 차릴 거야’ 같은 구체적인 목표를 세웠어요. 그 지점에서 보면 저는 솔직히 하고 싶은 것들을 다 해보고 살았어요(웃음).”

처음에는 모든 사람들에게 열려 있는, 퀴어 프렌들리한 공간을 추구했습니다. 그러나 1년쯤 지나 퀴어 손님들의 비율이 늘어나면서 비퀴어 손님들과 갈등이 생겼습니다.

“부딪히는 부분들이 생기더라고요. 퀴어 손님들을 비퀴어 손님들이 대놓고 쳐다본다거나 하는 것들이요. 한번은 단골인 비퀴어 손님이 저에게 ‘요즘 여기 머리 짧은 친구들이 많이 보이는데 저 사람은 여자예요, 남자예요?’라고 묻더라고요. 그땐 ‘홍대잖아요. 개성 있는 친구들이 많죠’라고 둘러댔는데요, 어느 순간 ‘이건 아니다’ 싶은 생각이 들더라고요."

은영 님은 퀴어 손님들이 보다 편히 즐길 수 있도록 퀴어 전용 가게로 재정체화하기로 결정을 내립니다. 덕분에 지금은 대표적인 여성 성소수자 가게 중 하나로 손꼽힙니다.

"처음에는 야외에서 간단하게 통조림 캔을 안주 삼아 술을 마시는 콘셉트의 바로 만들고 싶었어요. 캔 만드는 기계도 구비해놨죠. 통조림도 진열해서 캔 공장 이미지로 만드려고 했어요(웃음). 최초의 아이디어는 그럴듯했는데 가게를 인테리어하는 과정에서 지인들이 하나같이, '우리나라 사람들은 통조림 싫어해. 너 망할 것 같아!'라고 하는 거예요. 그래서 급히 전향해 안주를 만들게 되었어요. 요리를 못 하는데 안주를 개발하느라 힘들었어요."

공장 같은 분위기에 통조림 캔들이 즐비해 있는 인테리어에는 이런 탄생 비화가 있습니다. 지인들의 혹평 덕에 나온 메뉴들이 버터문어와 버터소스를 기반으로 만든 통새우볼, 치즈떡으로 만든 떡볶이입니다. 이것들은 사실 은영 님이 좋아해서 만들어진 메뉴들이라고 합니다.

이곳의 시그니처 메뉴로 소맥도 빼놓을 수 없습니다.

"콘셉트가 캔 공장이었잖아요. 캔으로 맥주와 소맥을 서빙하려고 했거든요. 요즘에 캔에 커피를 담아주는 콘셉

트를 저는 보다 빨리 생각했던 거죠. 그런데 아이디어로
만 끝나고 하나도 활용을 못 했어요. 소맥을 약통에 담아
서빙해 콘셉트는 유지하고 있지만요.

의외라고 생각하실 텐데, 제가 술을 잘 못 마셔요. 소
주를 반 병만 마셔도 취하거든요. 소맥 맛도 잘 몰랐는데,
회사에서 회식할 때 소맥을 너무 맛있게 타는 분을 만난
거예요. 나름의 비법을 배웠죠. 또 소맥은 소주와 맥주를
다 시켜야 하잖아요. 한두 잔만 마시고 싶은 이들을 위해
잔 메뉴에 넣었어요. 저희 소맥이 맛으로 유명한 이유는
소주와 맥주 외에 한 가지가 더 들어가기 때문이에요. 내
용물은 영업 비밀이지만요(웃음)."

이곳이 곧 성소수자의 문화이자 역사

사업 초반에는 메뉴 개발에 신경을 썼다면, 이후에는 손님
들이 아웃팅에 불안해하지 않도록 보안에 힘쓰는 것이 가
게 관리에 가장 중요한 일이 되었습니다. 비퀴어 손님으로
인해 혹여나 의도치 않게 퀴어 분들의 정체성이 밝혀질 수
있기에 가장 중요하게 생각하는 방침입니다.

"여성 손님인 줄 알았는데 남자였던 적이 있어요. 확
인하자마자 내보냈지만 그 일로 사과문도 올렸죠. 한번은
아는 사람만 오게끔 꺼진 간판 불을 일부러 안 갈기도 했

어요. 이제는 노하우가 생겨서 잘 걸러내고, 잘 돌려보내기도 해요."

들으면 입이 떡 벌어지는 자릿세에 (홍대 한복판이니까요) 주로 주말에만 손님이 몰리니 10여 년 차 가게라 해도 평일 장사는 쉽지 않습니다. 그래도 '여성 성소수자 전용 가게'라는 특수성 덕분인지 웬만해서는 손님들의 발길이 끊이지 않는다고 합니다.

"저희는 고객 충성도가 높은 편이라 경기를 크게 타지는 않아요. 동시에 매출이 그다지 높지 않다는 약점도 있죠. 평일의 적은 수입은 저희가 안고 가야 할 숙제 중에 하나이고요."

성공적으로 사업체를 운영해나가기 위해서는 신경 써야 할 일들이 정말 많습니다. 또 사람을 응대하는 일이기에 손님들의 성향에 따라 다양한 변수가 일어나고요. 은영 님 입장에서는 아주 고되고 스트레스를 많이 받는 일임이 분명합니다. 그럼에도 계속 방문해주고 추억해주는 손님들이 있기에 매일 기쁜 마음으로 가게를 오픈하지요. 은영 님에게는 손님들의 기억과 추억이 바로 가게를 계속 운영할 수 있게 하는 원동력입니다.

"그 많은 가게들이 생기는데도 저희가 계속 이곳을 이어나갈 수 있는 이유는 아마도 모두에게 추억이 많은 가게이기 때문일 거예요. 거기에 의미 부여를 많이 하고 있죠."

제가 이곳에서 고백한 적이 있다고 이야기했더니 은영 님의 표정이 밝아졌습니다.

"그런 말을 들으면 행복해요. 제 친구들도 굳이 약속이 없어도 '홍대 지나가다가 언니 보러 잠깐 들렀어요'라면서 와요. 그럴 때 정말 기분 좋아요. '여기서 애인을 만났어요' '여기가 제 첫 퀴어 가게예요'라는 말을 들으면 소름이 돋을 만큼 기뻐요. 이러한 한마디가 여기저기 아프고 골골대고 욕먹으면서도 제가 여길 운영하는 원동력이에요(웃음)."

은영 님은 아무리 고되고 힘들어도 이런 크고 작은 경험들이 10여 년이라는 시간을 버티게 해주었다고 말합니다. 10여 년 동안 가게를 운영하며 평온하기만 하진 않았습니다. 매일 다양한 손님이 방문하는 곳이니 만큼 예상하지 못한 일들이 벌어집니다.

"한번은 한 손님이 여기에서 전 애인을 만났다가 인사를 건넨 적이 있어요. 전 애인은 그게 싫었고요. 그래서 일행들끼리 싸움이 났죠. 또 한번은 애인들끼리 각자 여기서 다른 이를 만나다가 들키기도 하고요. 이런 영문도 모를 싸움들이 빈번합니다. 분명 좋은 일들도 많았을 텐데 왜 이런 에피소드가 더 많이 기억날까요(웃음)."

은영 님 개인에게도 이곳은 사업장을 넘어 추억과 의미가 깊은 공간입니다.

"제 30대가 녹아 있는 곳이죠. 20대 때 성소수자 커뮤니티에서 만난 제 또래들에게는 굉장히 추억이 많은 곳이고요. 그 친구들이 한 번 올 때마다 저는 또 행복해져요."

은영 님은 이곳의 첫 사장으로서 콘셉트부터 인테리어 전반을 직접 기획했다고 합니다. 가게 곳곳에 그의 손이 닿지 않은 곳이 없지요. 자선 사업이 아니기에 가게를 잊지 않고 찾아주는 분들, 대표 메뉴가 맛있다고 칭찬해주는 분들 덕분에 짧지 않은 시간 가게를 운영할 수 있었어요. 그게 은영 님에게는 가장 의미가 깊다고 합니다.

은영 님은 "사람들이 기억하고 와주고 이곳에서 추억을 만들어줘서 고맙죠"라고 말하지만 고객들에겐 이런 공간이 오랜 시간 변치 않고 그대로 있어주어 고마울 것입니다. 숨을 참고 가면을 쓴 채 평일을 보내는 이들에게 불금에, 주말에 애인 혹은 친구들과 '갈 곳이 있다'는 것만으로도 얼마나 든든한데요. 이곳이, 또 다른 여성 퀴어들을 위한 가게들이 하루아침에 없어지는 날을 상상해보면 아득해집니다. 저는 이런 술집, 클럽들 하나하나가 성소수자의 문화이자 살아 있는 역사라고 생각합니다.

아직 자유로운 공간을 만나지 못한 이들에게

은영 님도 퀴어 가게의 수혜자입니다. 지금 만나는 분도 7년 전 퀴어 바에서 처음 알게 된 친구라고 합니다.

"가게에 오는 손님들과 제가 많이 만나리라 생각하겠지만 정작 가게에서 프라이팬만 보느라 사람을 만날 기회가 없어요. 옆 가게 사장과 친해서 거길 제 집처럼 드나들거든요. 매일 가서 커피 한잔 마시고 수다를 떠는데요, 한번은 추리닝에 슬리퍼 찍찍 끌며 편하게 그 바에 갔죠. 그때 그곳에서 혼자 온 친구와 마주했다가 만나게 되기도 했습니다(웃음)."

이런 장소들이 오래오래 우리 곁에 있으려면, 가게를 운영하는 분들의 몸과 마음이 건강해야 가능하겠죠. 그런 면에서 은영 님의 삶의 만족도가 꽤 높다는 점이 다행스럽게 느껴졌습니다.

"소소하지만 제 꿈들을 이뤄냈고요, 여자를 만나고 있지만, 그러니까 남들의 시선을 받는 동성애를 하고 있지만 저 자신이 불편하지 않으니까요. 그저 지금 만나고 있는 이 친구를 좋아하는 게 행복하고, 또 이 공간에서는 지나가다가 들르는 친구마저도 감사하게 돼요. 그런 공간을 제가 만들고 운영하고 있으니 만족스러워요."

이제 막 퀴어로 정체화를 해 혼란스러운 이에게 은영

님은 이렇게 이야기해주고 싶다고 합니다.

"어떤 성별의 애인을 만나든 당신의 삶은 드라마틱하게 변하지 않는다고 말해주고 싶어요. 제가 그랬거든요. 여자라고 문제가 되고 남자라고 문제가 없는 것은 아니니 겁내지 말고 살면 돼요. 많이 고민한다고 해결될 문제도 아니고요. 이성을 만난다고 해서 지금의 삶이 펴지고, 동성을 만난다고 자신의 생활이 어려워진다고 생각되진 않아요."

아직 자유로운 공간을 만나지 못한 분들에게 은영 님은 이야기합니다.

"한 번만 와보면 '누가 나를 알아보면 어떡하지?' 하는 걱정보다는, 정말 신날걸요? 중독될 거예요, 진짜로. 나와 비슷한 사람들이 다 모여 있거든요. 내 편인 사람들이 말이죠. 저는 그랬어요. 처음 이런 가게에 갔을 때, 나와 같은 사람들이 주위에 있다는 게 재미있고 신났어요. 분명 그런 마법에 걸릴 거예요. 예전에는 '퀴어 가게'하면 저희 같은 호프집 분위기밖에 없었는데 지금은 퀴어 프렌들리한 바도 많고, 가게마다 콘셉트들도 다양해서 고르는 재미가 있을 것 같아요."

저 역시 공감합니다. 부작용이라면 이곳을 알게 되는 순간 매주 가게에 방문하는 자신의 모습을 발견할 수도 있습니다(매일이 아니라 다행인가요). 그러니 너무 겁내지 말고 한번 방문해보세요. 퀴어 전용, 혹은 퀴어 프렌들리 바처럼 혼자 가도 어색하지 않은 곳들도 많이 생기고 있다고 합니다.

앞으로 은영 님의 목표는 '예쁘고 빠른 은퇴'입니다. 손님들의 발길이 끊기는 것만큼 가게 사장들이 피하고 싶은 일이 또 있을까요. 은영 님도 사람들이 기억하고 찾아줄 때, 개중에 가능한 가장 빠른 때 이 일을 정리하고 싶다고 했습니다.

"저는 사람을 되게 좋아하는 것 같아요. 가게는 놔도 사람 만나는 것은 놓지 못하죠. 사람을 만나지 못하면 전 너무 외로울 거예요. 다음에는 펜션이나 애견, 애묘 카페를 운영하고 싶어요. 퀴어 친구들이 놀러오는 곳으로요. 여기에 덧붙인다면 언제가 될지 모르지만 저보다 젊고 일을 잘하던 저희 매니저가 좀 더 나이 든 저를 대신해 이곳을 이어받았으면 했어요. 20대인 그 친구는 퀴어 전용 바 운영을 조금 버거워하더라고요. 젊은 사람들이 감당하기에는 힘들 수 있죠. 사회적 시선도 있고 욕도 받아야 할 테고요. 저는 싸움을 피하는 편이에요. 우유부단하다고도 볼 수 있는데, 누군가는 저를 '평화 비둘기'라고 부르더라고요."

이곳에 소중한 추억이 있으신 분들, 은영 님에게 이곳을 아낀다고 꼭 귀띔해주세요. 은영 님이 예쁘게 은퇴하실 때까지 아주 큰 힘이 되어줄 거예요.

내가 느낀 해방감을 당신도 느낄 수 있다면

개인적으로는 대학에 입학하고 스물한 살을 갓 넘겼을 때까지 주변에 제대로 커밍아웃을 해본 적이 없었습니다. 학교를 다니면서 만난, 이성애자 여성과 연애하다가 오래가지 못해 이별을 고하길 몇 번, 한번은 단체에서 같이 활동하던 선배가 '너는 짝사랑이 취미냐'며 같은 사람들이 모여 있는 커뮤니티에 들어가보라고 추천해주었습니다. 대학을 다니던 시기였기에 대학 퀴어 동아리에 가입해보라고 권유했지요. 동아리 가입 신청 메일을 쓰는데도 도저히 용기가 나지 않아 새벽 두 시까지 술만 마시다가 큰 결심을 내리고 '전송' 버튼을 눌렀던 기억이 납니다.

이듬해 동아리 가입 면접을 본 후 동아리원이 되었습니다. 동아리원들과 함께 합정과 홍대를 처음 누비던 그 시기를 평생 저는 잊을 수 없을 거예요. 지금이야 여성 퀴어 가게들에 가면 마음의 고향을 만난 듯 편안하지만, 처음에 발을 디딜 땐 눈이 휘둥그레지고 심장이 벌벌 떨렸죠. 남들 다 하는 그 긴장과 걱정, 동시에 느껴오는 선율과 설렘, 온갖 감정이 교차하는 가운데 이 세계(?)를 맛보게 해준 친구들에게 고마웠고 '왜 이제서야 왔을까' 하는 생각도 들었습니다.

한동안 정말 주말마다 그곳에서 많은 시간을 보냈던 기억이 납니다. 평소엔 제한속도 20~30킬로미터로 주행하다가 주말만 되면 80킬로미터 이상 속도를 낼 수 있는 고속도로를 달리는 느낌이었어요.

퀴어들을 위한 안전한 공간과 함께하는 사람들에게서 느꼈던 동질감, 자유로움, 해방감은 이루 말할 수 없습니다. 그 시간만큼은 가장 본연의 모습을 가감 없이 드러낼 수 있었고, 그 시간들이 있었기에 지금의 제가 만들어졌죠. 그리고 전보다 더 높은 자존감과 자긍심을 느낄 수 있었습니다. 돌이켜보면 그 시간 덕분에 아마 대사회 커밍아웃도 결심할 수 있지 않았을까 생각합니다.

언제고 숨이 턱 막히는 순간이 생길 때, 이성애 중심적인 일상 속 갑갑함에서 벗어나고 싶을 때 이런 공간들을 찾아 방문해보세요. 이 세상에 혼자라고 생각될 때, 주변에 비슷한 사람들이 많이 존재한다는 사실을 깨닫게 될 거예요.

온라인 커뮤니티를 검색하거나 주변에 물어보세요. 그곳에서 눈치 보지 않고, 말조심하지 않고, 마음껏 스킨십하고, 가장 당신다운 감정으로 당신다운 표정을 지으며 사람들과 소통하고 관계를 맺길 바랍니다. 그곳에서만큼은 마음속 먼지 한 톨 남기지 않고 편안히 털어놓으며 좀 더 평온한 시간들을 보내기를 진심으로 기원하겠습니다.

◆◆◆◆◆◆◆◆◆◆◆◆◆◆◆◆

자기만의 공간에서 얻은 행복들

이 공간을 사랑해주던 사람들

지금은 12년간 운영하던 가게를 정리하고 새 보금자리를 찾았습니다만(꿈꾸던 펜션이나 애견 애묘 카페가 아닌 새로운 클럽을 운영하고 있어요), 그곳은 제 인생의 가장 큰 부분이었습니다. 일이나 약속이 없어도 일부러 가게를 방문해 인사를 건네주던 친구들 덕분에 그 공간을 꽤 오래 지속할 수 있었습니다.

사람들이 남겨준 추억들

자기만의 추억을 만들어갔다는 손님들이 많아요. 여기서 애인을 만났다며, 자신의 첫 퀴어 가게라며 고마움을 건네는 손님들의 추억을 들을 때마다 '이곳을 운영하길 잘했구나. 나 참 행복하구나'라고 느끼게 되었습니다. 많은 분들에게 각자의 추억을 남기게 했다는 사실이 뿌듯하고, 나름 잘 운영해온 것 같아 스스로 대견하기도 합니다.

깨끗이 비워진 안주 그릇

제가 만든 안주들이 모두 비워 있을 때 오는 감동이 있었습니다. 수많은 시행착오 끝에 만든 안주들이 사랑받을 때, 매일 프라이팬만 보던 바쁜 나날 속에서도 '나도 누군가를 배불리 먹였구나'라는 뿌듯함이 들곤 했습니다.

❖❖❖❖❖❖❖❖❖❖❖❖❖❖❖❖❖

내가 나로 있게 해주는 공간을 운영한다는 마음

지금은 이전에 함께 일했던 친구들과 그대로 함께 일하고 있다는 사실을 원동력으로 새로운 장소를 꾸려가고 있습니다. 덕분에 내가 나로 있을 수 있고, 우리 모두를 위한 공간을 운영할 수 있는 것 같아요. 그 덕에 행복합니다.

feat. 수[낫수]

LGBTQ 콘텐츠 제작자로, 여성 퀴어 웹드라마 〈여자에게 설레는 편〉 〈숨이 벅차〉와 단편영화 〈찰나: 사랑에 빠지기 충분한 시간〉을 기획하고 연출했다. 유튜브 채널 '수낫수 스튜디오'에서 '기억에 남는 커밍아웃 리액션' '레즈라고 다 반지갑을 들고 다니지 않지만' '언니… 갑자기 왜 전 여친 얘기를 꺼내?' 등의 영상으로 60만 조회 수를 기록했다. 이후에도 지속적으로 성소수자 커플로서 보통날의 사랑을 진솔하게 담으려 하고 있다. 여성용 드로즈 브랜드 홀레인홀렌티[홀홀]의 대표로, 여성들이 편하게 입을 수 있는 사각팬티를 고안, 제작하느라 자칭 팬티부자가 되어버렸다. 천상 노력형 기획자.

일도 놓치지 않으면서 성과도 낼 것

삶의 만족도를
최대로 놓이는 법

자신을 관찰하고 연구할 줄 알아야 해요.

나를 자세히 봐야 뭘 했을 때 진심으로 좋은지,

뭘 주의해야 할지 알게 되잖아요.

그 과정에서 자연스럽게 내 정체성을 깨닫게 되고요.

동성에게 성애적 감정을 느낀다면 받아들이기가 당혹스러울 수 있습니다. 학교에서 한 번도 배운 적도 없고 주위를 둘러봐도 누구에게 물어봐야 할지 감도 오지 않죠.

　이럴 때 인터넷 검색창에 '동성애' '동성애자' '양성애자' 등 키워드로 검색해보게 됩니다. 읽어보면 대충은 알겠는데 더 정확한 정보가 필요하다고 느끼게 될 것입니다. 또 이래로 괜찮은지, 이런 감정이 정상적인지, 어디 아프거나 잘못된 것은 아닌지, 이 사실을 누군가에게 이야기한다면 혹은 주변에 커밍아웃한다면 어떤 반응이 돌아올지 등 온갖 걱정도 떠오를 테고요. 나와 비슷한 사람들이 얼마나 있는지, 그들은 어떻게 살아가는지도 궁금해집니다.

　지금은 제가 인터뷰어로 나섰지만, 저 역시 성소수자로서 인터뷰이가 된 적이 많습니다. 종종 제가 레즈비언으로 정체화하고 성적 지향에 대해 긍정할 때 도움이 된 인상 깊은 영화 혹은 좋아하는 영화에 대한 질문을 받곤 합니다. 그때마다 저는 태국의 레즈비언 퀴어 영화 〈Yes or No〉를 꼽습니다.

영화는 20대 초반인 두 여학생이 대학 기숙사에서 만나 사랑에 빠지는 내용입니다. 서로 좋아하지만 주변의 반대로 헤어졌다가 다시 고난의 과정을 극복하고 결국 함께하기로 선택하면서 행복해하는 주인공들의 스토리가 마치 내 삶처럼 느껴졌습니다.

우연찮게 발견한 그 영화를 여러 번 돌려보며 위로를 받았습니다. 디나이얼 시기에, 오해로 갈등이 생겼을 때, 주변으로부터 혐오와 조롱을 겪었을 때 등 한 번쯤 겪어본 상황들을 영상으로 마주하면서 '나 혼자만 그런 것이 아니구나' 싶어 더욱 공감됐죠. 서로 사랑하지만 주변의 반대로 헤어져야 하는 순간에 느끼는 아프고 아린 감정은 몇 번을 겪어도 익숙해지지 않습니다. 분명 수많은 이성애 콘텐츠에서 본 뻔하디 뻔한 내용인데도 그녀들이 겪는 감정선은 질적으로 다른, 여느 때보다도 내 이야기 그대로였습니다.

한국에도 이런 영상들이 더 많이 만들어졌으면 좋겠습니다. 제가 〈Yes or No〉를 보고 또 돌려보며 위로받았던 것처럼 분명 이런 콘텐츠에 목말라하는 사람들이 많을 테니까요. 성소수자들이 살아가는 모습을 담은 콘텐츠들은 아직 벽장 밖으로 나오지 못하고 정체화 과정에서 외로움을 느끼는 이들에게 '이런 사람들도 있어' '이런 삶도 존재해'라는 메시지를 주는 예시들이 되어줍니다. 같은 고민을 안고 사는 존재가 살아가는 삶의 단편들을 보는 것 자체만으로 공감과 위로를 받는 이가 있습니다. 참고할 콘텐츠가 많으면 많을수록 더 다양한 삶을 시도해볼 가능성이 열리겠죠.

최근 퀴어 드라마, 영화, 유튜브 영상들이 늘고 있지만 충분하다고 생각한 적은 한 번도 없습니다. 우리에겐 더 많은 퀴어 소재를 다룬 글과 책, 그림, 영상 작품들이 필요합니다.

우리에게는 더 많은 예시가 필요하다

퀴어 영상의 필요성을 절감하던 즈음에 〈찰나: 사랑에 빠지기 충분한 시간〉(이하 찰나)을 접했습니다. 〈찰나〉를 제작한 수(낫수) 님이 운영하는 '수낫수 스튜디오SOO NOT SUE studio'는 제가 가장 처음 구독한 퀴어 유튜브 채널입니다. 채널 이름 때문에 수 님의 이름이 '수낫수'인 줄 알았습니다. 알고 보니 하도 사람들이 수Soo 님의 이름을 '수Sue'냐고 되물어 "SOO, NOT SUE"라고 대답하던 것이 그대로 유튜브 채널 이름으로 되었다고 합니다.

"수낫수 스튜디오의 유명세 덕에 많은 분들이 제 본업이 유튜버라고 생각하시지만 그렇진 않습니다. 사실 영상 제작은 취미이고 본업으로는 회사에 다니고 있어요. 만약 유튜버가 본업이라면 이렇게 즐기지 못했을 거예요. 저는 일은 곧 돈이라고 생각해요. 돈과 즐거움의 균형을 잘 맞춰야 행복할 수 있어요. 영상 제작은 즐겁지만 돈과는 거리가 멀죠. 유튜브는 광고로 돈을 벌어야 하는 구조인데 퀴어 콘텐츠에는 광고가 잘 들어오지 않거든요. 하지만 누군가 제게 뭐 하는 사람이냐고 물으면 '퀴어 콘텐츠 제작자'라고 대답해요. 좋아하는 활동으로 저 자신을 대표하고 싶습니다."

세상에 많은 즐거움 중에 유튜브 제작을 삶의 한 축으로 고른 이유가 궁금해졌습니다.

"처음엔 단순히 재미로 친구와 끝말잇기 챌린지 영상을 찍었어요. 그 친구가 한번은 외국인 지인을 불러서 한국 문화, 특히 한국 성소수자들의 문화에 대해 이야기하는 영상을 찍어보자고 제안했어요. '나는 커밍아웃을 안 했는데…' '얼굴을 가려도 목소리가 독특해서 누군가 알아보지 않을까?' 등 걱정이 들었지만 어쨌거나 이제껏 잘 논의되지 않았던 퀴어들의 속사정, 우리의 이야기를 소개한다고 생각하니 점점 욕심이 생기더라고요. 그렇게 낸 용기가 지금까지 이어질 줄은 몰랐어요.”

원대한 계획에 따라 척척 살 수 있다면 얼마나 좋을까요? 하지만 대다수가 살아지는 대로, 흘러가는 대로 지내다 보니 지금에 다다랐을 것입니다. 내가 성소수자인 것도, 내 부모와 가족의 존재도, 지금 하고 있는 일과 사랑하는 사람과의 만남도, 앞으로 그려질 미래까지 내 의지보다는 살다 보니 만나게 된 것들이 더 많습니다. 저도 그렇고, 제가 만난 많은 사람들도 그러했으며 수 님 또한 마찬가지였습니다. 수 님이 퀴어 콘텐츠를 처음 만들게 된 것도, 영상 제작도, 이후 〈찰나〉와 〈숨이 벅차〉 등을 제작하고 흥행시킨 것도 인연과 우연한 기회, 그리고 운이 잇따른 결과였습니다.

수 님의 대학 때 전공은 임상병리학이었습니다. 성소수자로서 정체화를 한 것은 대학을 다니던 즈음이었다고 합니다. 고등학교 때 한 번, 대학교 1학년 때 한 번 여성을 좋아했습니다. 처음에는 그저 ‘(여자라서가 아니라) 그 친구라서 좋아하는구나’라고 느꼈지만 대학생이 되었을 즈음 자신이 여자에게 끌린다는 사실을 깨달았습니다. 그는 자신의 성정체성을 받아들이는 게 어렵거나 방황을 하진 않았다고 합니다.

“처음 여자를 사랑한다고 느꼈을 땐, ‘그럴 리가 없어’

가 아니고 '나한테 무슨 일이 있었나? 왜 뜬금없이 여자를 좋아하지?'라고 생각했고, 그 원인을 찾아 계속 의문을 던졌어요. 그 전에는 항상 남자만 만나왔으니까요. 그냥 단순하게 '예뻐서 좋아하는구나'라고 생각하지 못했죠. 다행인 점은 그 과정이 딱히 힘들게 느껴지진 않아서 나중에는 '뭐, 여자가 좋나 보다, 내 마음에 남자가 들어올 틈이 없나 보다'라며 자연스럽게 받아들였다는 것이에요. 오히려 상대방 마음도 나와 같은지 알쏭달쏭할 때가 가장 긴장되었죠. 친구도 연인도 아닌 애매한 관계가 이른바 '그린라이트'인지 조언을 구하고 싶어서 고등학교 때 레즈비언이라고 소문을 들었던 같은 반 아이에게 불쑥 연락했어요. 제 이야기를 쭉 듣더니 '조만간 잘될 것 같다'고 말해주더라고요. 마음이 너무 편안해졌어요(웃음)."

그는 자신의 정체성에 대한 혼란보다는 사랑하는 이와의 관계를 시원하게 공개하지 못하는 답답함이 더 컸다고 합니다.

"저는 항상 공개 연애를 해왔는데 동성과는 그렇게 할 수 없었어요. 연애 중이 아니라고 거짓말하거나, 남들 앞에서 애인의 성별을 숨겼죠. 그럴 때 상대가 사진을 보여달라고 하면 난처해하다가 '나 (연애) 안 해. 헤어졌어'라고 거짓말하고요. 이 반복이 답답했어요. 유튜브 초반에만 해도 벽장을 더 편안해하는 연인을 존중해서 저도 커밍아웃을 하지 않았는데요, 어느 순간 이건 내가 아니라고 느꼈죠."

처음이 어려웠지 커밍아웃을 한 이후로는 가까운 친구들에게 조심스럽게나마 바로바로 자기 정체성을 밝힐 수 있었다고 합니다.

"저는 주변 환경을 제게 맞도록 바꾸어가는 사람이더라고요. 오래 사귄 친구여도 나를 받아들이지 못한다면 완벽하게 연을 끊었지요. 애당초 퀴어로 살기 편하게 태어났나 봐요. 장점으로 받아들이고 있어요."

좋아하는 일만으로도 숨이 벅차

임상병리학 전공을 살려 힘들게 병원에 취직했지만 원하는 직무는 아니었습니다. 가득한 회의감과 우울을 해소하기 위해 어려서부터 호기심이 들었던 예술 활동을 조금씩 했던 게 지금까지 이어졌습니다.

"너무 재미있는 게 생기니까 그렇게 힘들게 취업했음에도 '병리사 안 해, 때려치워'라고 외칠 수 있게 되더라고요. 안정적인 직장과 삶에 미련과 후회가 전혀 없다면 거짓말이겠지만요. 다시 과거로 돌아간다면 저는 더 일찍 영상학을 진공했을 거예요. 얼마 전에 엄마가 문득 이런 말을 하시더라고요. '너는 첫째여서 공부를 많이 시키고 싶었어. 그때마다 네가 사진을 배우고 싶다고, 영상을 배우고 싶다고 대답했지. 이제야 그냥 너 하고 싶은 대로 뒀으면 알아서 잘했을 텐데 싶은 생각이 든다.'"

수 님이 처음 유튜브를 시작한 시기는 2015년이었습니다. 당시만 해도 불모지였던 퀴어 유튜브 시장에서 수 낫수 스튜디오는 알음알음 화제를 모았습니다. 유튜브 운영 초기에는 양성애나 무성애*처럼 다양한 성적 지향과 성별 정체성 정보를 보다 정확히 알려주고자 제작한 영상을 올렸습니다. 다른 퀴어 유튜버들과 함께 출연한 영상도 제작했습니다. 그중 가장 화제가 된 영상은 60만 조회수를 올린 '기억에 남는 커밍아웃 리액션(이하 커밍아웃 리액션)'입니다.

"타이밍이 좋았어요. 요즘에는 퀴어 유튜버가 정말 많잖아요? 만약 지금 채널을 개설했다면 이토록 주목받지는 못 했을 거예요. 제가 처음에 채널을 만들 때에는 국내 퀴어 유튜버가 세 명쯤 있었고, 콘텐츠도 별로 없어서 많이 노출되었던 것 같아요. 커밍아웃 리액션 영상은 제

---

*   남에게 성적 끌림을 느끼지 않거나 현저하게 낮은 경우, 또는 성생활에 관심이 적거나 아예 없는 것을 말한다. 성적 대상의 유무와 성욕의 유무는 무관하다. 에이섹슈얼asexual이라고도 부른다.

경험을 녹인 데다가 트위터로 퀴어 분들에게 설문조사를 진행했어요. 그들의 실제 경험담을 정리해서 시나리오에 녹였고요. 리얼리티가 반영되어 더 많은 분들이 공감해주신 게 아닐까요?"

최근 몇 년간 수 님이 열정을 쏟으며 제작하고 있는 영상은 여성 퀴어 영화와 웹드라마입니다. 2019년에 제작된 〈찰나〉와 〈숨이 벅차〉, 그리고 2022년에 제작된 〈여자에게 설레는 편〉이 그 주인공입니다. 외국에는 〈L워드〉 같은 드라마가 있지만, 한국에서는 종종 카메오나 조연으로 퀴어 캐릭터가 출연할 뿐 퀴어 주인공을 다룬 드라마를 찾기는 하늘의 별 따기죠. 그렇기에 수 님의 영화, 드라마에 대한 새로운 소식을 접할 때, 텀블벅 사이트에 펀딩이 올라오거나 예고편이 오픈될 때마다 제 가슴은 설렘으로 두근거립니다.

유튜브 수낫수 스튜디오 채널에는 〈숨이 벅차〉가 먼저 공개되었지만, 사실 순서로 보면 〈찰나〉가 먼저 제작되었습니다. 〈찰나〉를 영화제에 출품하기 위해 1년 동안 비공개로 묵혀두는 사이에 〈숨이 벅차〉가 제작되어 공개되었지요.

"〈찰나〉는 사실 제 경험에서 시작됐어요. 제가 금세 사랑에 빠지는 이른바 '금사빠'라는 말을 듣곤 하거든요.

이런 스타일이 보통 신중치 못하다고 욕을 먹잖아요. 하지만 사랑에 빠지는 게 나쁘지 않다고 말하고 싶었어요. 우연히 카페에서 만난 두 사람이 찰나에 묘한 감정을 느끼는 이야기를 만들었고, 누구나 품어봄직한 설렘을 건드려보고 싶었지요.

〈숨이 벅차〉에는 좀 더 본격적으로 '괜찮다'는 메시지를 전하고 싶었어요. 영화 속 주인공인 민서의 대사 중에 "나중에 밖에서 만나요"라며, 집 안을 나와 밖에서, 벽장 밖에서 만나자는 내용이 있어요. 그러고는 "사실 나도 겁이 나요"라는 말을 덧붙이죠. 정말 중요한 대사라고 생각해요. 벽장을 나올 타이밍이 아닌 사람들도 분명 있거든요. 제 구독자들만 해도 정체성을 밝혀야 한다는 조급함이나 압박을 느끼는 경우가 많아요. '급하지 않아도 괜찮다'고 이야기하고 싶었어요. 더불어 주인공이 자기 의지로 벽장을 나오려 할 때 주변 여성들에게 도움을 주고받는 모습을 그리려고 했어요."

〈숨이 벅차〉는 유튜브에서 최초 공개한 웹드라마로, 일주일 간격으로 3화를 차례로 방영했습니다. 회차가 거듭될수록 조회 수는 물론 SNS상에서도 뜨거운 반응을 얻은 작품이죠. 제가 제작자라도 이러한 호응에 기쁨을 가누지 못했을 것 같아요. 그때의 심정을 물었습니다.

"1화 때보다 2화 때 조회 수가 몇백 더 오르고, 3화 때는 그보다 수천 명이 더 봐주시더라고요. '내 인생에 이런 시청 수를 기록한다고?' 손이 덜덜 떨리고 날아갈 듯이 기뻤어요. 그리고 자부심이 차오르더라고요. 퀴어 콘텐츠잖아요. 자극적일수록 관심을 끈다는 사실을, 퀴어 커플의 뽀뽀 장면을 내세우는 썸네일이나 센 제목들이 조회 수로 연결된다는 것을 알지만 그러고 싶지 않았어요. 그 전까지 사람들 반응에 좌우되고, 자존심도 상하고, 어떤 게 맞는지 오락가락하기도 했거든요. '내가 즐거우려고 하는 일이잖아. 하나를 만들더라도 내 기준에 부합시켜서 수낫수 채널은 믿고 봐도 된다는 말을 듣자.' 그 마음 하나로 계속해왔어요. 〈숨이 벅차〉 역시 어쩌면 잔잔하다 싶을 만큼 최대한 조심스럽게 만들었고요. 결과적으로 회당 40~70만 건의 조회 수를 달성했어요. 그동안 작아지는 순간도 있었지만 믿고 걸어온 방향에 용기를 보태주는 것 같아 감사했습니다."

공개 후 뜨거운 반응, 제작 단계부터 〈숨이 벅차〉에 보여준 사람들의 기대감, 많은 이들이 두 팔 벌려 환영한 손수현 배우의 섭외 과정, 가슴 설레는 스토리의 기획, 그리고 촬영비와 제작 과정까지 비하인드 스토리가 궁금했습니다.

그가 새로운 작품을 시작하는 방법, 소재를 찾는 과정에 대한 이야기를 들을 때면 '수 님은 참 재미있는 분이구나'라고 생각이 들었습니다. 〈숨이 벅차〉가 과거의 경험에서 비롯되었으리라 짐작했던 제 예상은 완전히 빗나갔습니다. 수 님은 평소에 다양한 매체를 살펴보다가 발견한 특정 장면이나 대사에 상상력을 발동해 스토리를 쌓아나간다고 합니다.

"어느 날 뉴스에서 술을 마셨다는 이유로 범죄자의 형을 감형해줬다는 이야기가 나오는 거예요. 이해도 안 가고 화도 많이 났죠. 그 이후 작품 인물로 하은의 캐릭터를 떠올렸죠. '하은은 절대 힘들다고 해서 술을 마시는 사람이 아니다.' 이 설정 하나로 시작했어요. 이후로는 설정이 디테일해지고 확장돼요. '힘들 땐 커피를 마시고 담배를 태운다. 벽장에 있는 아이인데, 여자친구와 헤어지면서 변화가 일어난다.' 사소한 소재나 대사 하나가 제 마음에 들어오는 순간 다른 요소들이 쌓이면서 불이 붙는 거죠. 그때부터 심장이 떨려요. 그러고는 외치죠. '이건 만들어야겠다!'"

수 님이 굵직한 스토리를 잡아놓으면 세세한 시나리오를 완결하는 것은 작가의 몫입니다. 〈찰나〉〈숨이 벅차〉〈여자에게 설레는 편〉까지 세 작품을 모두 함께한 조아름 작가는 수 님의 이른바 '찐 구독자'입니다. 두 분은 이태원 퀴어 다큐멘터리 워크숍에서 처음 만났다고 합니다.

"구독자라며 먼저 인사해주셔서 트위터 친구로 지내던 차에 '영화를 만드는 데 도와줄 사람을 찾아요'라고 아무렇지 않게 탁 내뱉었는데 연락을 주더라고요. 이후로 쭉 같이하게 됐어요. 믿음직한 동료입니다."

〈숨이 벅차〉의 기대감과 완성도를 높이는 데 일조한, 화려한 배우진을 섭외한 과정도 궁금한 점 중에 하나였습니다. 의외로 섭외하는 과정에 특별함은 없었습니다. 오디션을 공고했는데, 퀴어 드라마임에도 정말 많은 배우가 지원해서 놀랐다고 합니다. 특히 하은 역을 맡아 화제가 되었던 손수현 배우도 직접 오디션에 참여해 제작진을 놀래켰습니다.

"손수현 배우의 친구가 소개를 해줬대요. '이런 퀴어 이야기를 찍는대. 생각 있으면 지원해봐.' 이야기를 듣자마자 반색했다고 해요. 하은 역할보다는 상대적으로 민서 캐릭터에 맞는 배우를 찾는 데 더 오래 걸렸어요. 쉬운 역할은 없겠지만 민서는 끌어내야 하는 것들이 많아서요. 다행히 임지안 배우를 만나게 됐죠. 지원자가 너무 많아서 오디션을 하나하나 다 보기가 힘들 정도였어요. 퀴어 소재여서 지원자가 부족할 수 있겠다고 생각했는데 그렇지 않더라고요. 일부러 퀴어 콘텐츠를 찍으려는 배우들도 많아요. 제작비는 텀블벅 펀딩의 도움을 받았어요. 사비였다면 절대 감당 못 할 규모였는데, 많은 분들이 관심을 가지고 펀딩에 참여해주셔서 무탈히 작품을 완성할 수 있었습니다."

힘들 때 내려놓는 것도 용기

사전 준비과정은 비교적 수월했지만 영상을 만드는 노동의 강도는 대단했다고 합니다. 연차가 쌓인 나름 베테랑들도 영상 1분 제작에 30분에서 한 시간은 소요된다고 하니까요. 아무리 영상을 즐거움으로 삼는 수 님이라도 지치는 순간은 없는지 물었습니다.

"촬영 직전, 기획 막바지에 발견되는 허점들이 있어요. 부족하다고 중간에 느껴질 때가 가장 힘들어요. 그때부터 다 엎어버리고 싶지만 그럴 수 없으니까요. 머리가 터질 것 같아도 결국 하나하나 해결해나가야 해요. 그렇게 〈숨이 벅차〉를 만드는 도중에 번아웃이 왔고, 6월에 나와야 할 작품이 8월까지 미뤄졌어요. '이건 인간이 할 짓이 못 된다'라고 생각할 정도로 힘들던 때였어요."

이른바 '빡센' 취미 생활로 소진되었단 느낌이 들 때면 모든 걸 내려놓는다고 합니다. 그러고는 좋아하는 음악을 틀어놓고 읽지 않던 책을 펴는 등 평소에 하지 않던 것들을 합니다. 일상에서 벗어나, 주어진 일들을 잠시 외면하고 숨을 고르며 휴식하는 것입니다. 그 힘은 엄청나서, 에너지를 채워주고 다시 작업을 이어갈 수 있도록 도와줍니다.

"〈숨이 벅차〉 편집을 한 달 정도 내려놨어요. 붙들고 버텨 해내는 식이라면 하나 안 하나 매한가지라는 생각이 들어서요. 다 내려놓고 쉬는 게 정말 중요해요. 이때 축적된 에너지를 무시 못 하거든요. 그러다 보면 다른 것도 눈에 들어오고, 자극이 생겨 작업을 이어갈 수 있게 돼요. 과감하게 놓을 줄도 알아야 한다는 사실을 몇 차례 경험으로 배우게 됐죠. 조아름 작가 말로는, 영화 창작자들이 편집을 다 끝내고 나왔는데도 다시 편집하고 싶어 한대요. 그러다가 공개하지 않는 영상들도 정말 많다더라고요. 저는 그렇지 않거든요. 편집을 끝내 완성본을 만든 뒤에는 미련을 가지지 않아요. 깊이 몰입하고 난 후에는 뒤돌아보지 않는 게 저만의 장점이에요."

선호도를 알아차리기, 연구하기, 관찰하기

수 님은 웹드라마와 단편영화, 유튜브 영상 제작자이자 여성 드로즈 제조회사의 대표이며, 본입으로 회사를 다니고 있습니다. 이중에서 가장 힘들지만 동시에 제일 만족도가 높은 일은 영상 제작입니다. 다른 업무로 바빠질 때는 영상 업로드가 뜸해지기는 해도 그만둘 생각은 전혀 없다고 합니다. 조금 천천히 가더라도 꾸준히 계속해나갈 생각이라고 합니다. 〈찰나〉와 〈숨이 벅차〉, 〈여자에게 설레는 편〉 같은 영화 및 드라마를 가장 많이 고려하고 있다지만, 수 님은 또 상상치 못할 일들을 떠올려 새로운 장르를 넘나들지도 모르겠습니다.

수 님에게 어떻게 살아야 해피엔딩을 맺을 수 있다고 생각하는지 물었습니다. 대답은 다음과 같습니다.

"내가 좋아하는 것을 알아차리고 계속해야죠. 다른 대상이 아니라 나 자신을 관찰하고 연구할 줄 알아야 해요. 나를 자세히 봐야 뭘 했을 때 진심으로 좋은지, 뭘 주의해야 할지 알게 되잖아요. 그 과정에서 자연스럽게 내 정체성을 깨닫게 되고요. 저는 그 고민을 정말 오래했어요. 덕분에 정체성을 잘 받아들였고 세상에서 제일 사랑하는 사람과 함께하며 가장 행복한 일을 하고 있고요."

자신의 삶을 퍽 마음에 들어 하며 행복하게 지내고 있는 게 느껴졌습니다. 수 님은 우리 사회에 기대하는 바가 있다고 합니다.

"다양성을 포용하는, 다양한 꿈을 꿀 수 있는 사회가

되었으면 해요. 아무리 바이섹슈얼이라고 해도 저는 아직 마음에 남자가 들어올 틈이 없거든요. 그러다 보니 '결혼은 내 인생에 없겠지' 하고 아예 저와 거리를 두게 돼요. (제도에 속할 수 없다 보니) 죽기 전까지 오롯이 스스로를 지킬 경제적인 조건과 환경을 만들어야 한다는 심리적인 압박감이 굉장히 커요. 레즈비언 커플은 여성과 여성의 결합이다 보니 게이 커플보다 돈을 적게 번다는 통계도 압박으로 느껴지고요."

그의 말처럼 기본적으로 서로를 더 존중하는 사회가 된다면 여성이자 소수자들은 압박 대신 더 많은 꿈을 가질 수 있을 거라 생각합니다. 돈을 많이 벌어서 10년 뒤에는 '수(낫수) 기금'으로 퀴어 콘텐츠 제작을 지원하고 싶다는 수 님을 무한히 응원합니다. 부디 그가 지치지 않고 계속해서 퀴어 콘텐츠들을 즐겁게 제작할 수 있기를 바랍니다.

완벽하지 않아서 온전한 삶

흔하지는 않지만 퀴어들의 모습을 담아낸 영상 콘텐츠들을 만날 수 있습니다. 우리는 마음속으로 인간미 넘치는 주인공들의 설렘, 괴로움, 답답함, 행복을 느끼고 그들의 과정을 함께하지요. 그들이 좌충우돌을 겪다가도 결국 해피엔딩으로 갈 걸 알면서도 괜스레 함께 조마조마해하고 긴장합니다. 주인공들에게 감정을 이입하기 때문이죠.

바꿔 말하면 삶의 특정한 순간, 방향키를 놓쳐 막막할 때 이러한 문화 콘텐츠들이 좋은 참고서가 되기도 한다는 의미입니다. 우리에게 퀴어 콘텐츠 하나하나가 아주 소중하고 빛나는 이유입니다.

세상에는 더 많은 퀴어 콘텐츠들이 필요합니다. 콘텐츠 속 인물들의 생각과 말, 장면 하나하나가 벽장 안팎에서 고군분투하고 있는 현실 속 퀴어들에게 위로의 손길을 건네기 때문입니다. 마치 〈찰나〉의 지우와 해인, 〈숨이 벅차〉의 하은과 민서, 〈여자에게 설레는 편〉의 설과 정원이 우리 마음에 와닿았듯 말이죠.

동성을 좋아해도, 좋아하지 않아도 괜찮습니다. 또 완벽하지 않아도 상관없습니다. 벽장에서 아직 나갈 엄두가 나지 않아도 괜찮아요. 때로 당신 삶의 한 구간에 퀴어라고는 자신뿐이라서 괜히 실패하면 안 된다며 스스로 모든 짐을 떠안을 수도 있지만(사실 저도 가끔 그래요) 때로는 실수해도 괜찮습니다.

애초에 삶은 예측할 수 없는 수많은 변수가 만난 결과로서 만들어나가는 것입니다. 그러니 어떻게 완벽할 수 있겠어요. 때로 실패하고, 또 가끔 숨이 벅차면 쉬어가기도 했으면 좋겠습니다.

당신의 모습 그 자체로 온전하고 또 소중하다고 말하고 싶습니다. 힘든 순간에도 너무 많이 아프거나 외롭지 않기를 진심으로 바랍니다.

다행히 주변에 참고서들이 점점 많아지고 있습니다. 이중에 당신에게 필요한 실질적인 조언이 담겨 있길 바랍니다. 영상 속 주인공들의 삶에서 보았던 보석 같은 순간들이 우리 삶의 구석구석에도 숨어 있습니다. 영상 속 이야기들은 어쨌거나 해피엔딩입니다. 우리도 그럴 거고요. 그러니 너무 걱정하지 말아요. 매 순간 힘을 내요.

✦✦✦✦✦✦✦✦✦✦✦✦✦✦✦✦

퀴어들에게 위로가 될 만한 콘텐츠

〈여자에게 설레는 편〉

두 레즈비언의 세대 차이를 담고 있습니다. 지금의 10대와 30대가 살아온 환경은 너무 다르잖아요. 상대적으로 폐쇄적인 환경에서 자란 30대 정원과, 퀴어에 친화적인 환경에서 자란 스무 살 설이가 함께 여성 퀴어 바에서 일하면서 겪는 몇몇 갈등을 다루고 있습니다. 이를 통해 결국 서로 다른 부분을 이해하고 존중하는 법을 배웁니다.

〈찰나〉

SNS로 우연히 알게 된 지우와 해인이 서로에게 호감을 느끼며 가까워지는 과정을 담은 퀴어 로맨스 단편영화입니다. 동성을 좋아할 때 느끼는 혼란스러움이나 주변 사람들의 퀴어를 혐오하는 반응들을 제거하고, 지우와 해인이 서로에게 끌리는 감정에만 집중하고 있습니다.

〈숨이 벅차〉

학교에서 원치 않는 아웃팅을 당한 경험이 있는 유빈, 동성 커플이라는 이유로 끝내 결혼하지 못했던 민서, 그리고 사회적 시선을 견디지 못해 연애를 끝내야만 했던 하은이 주인공으로 등장합니다. 세 명의 여성 퀴어가 자신의 경험을 바탕으로 점차 성장하고 스스로 벽장 밖으로 나오는 이야기를 담고 있습니다.

◈◈◈◈◈◈◈◈◈◈◈◈◈◈◈◈

〈아가씨〉

어릴 적 부모를 잃고 후견인 이모부의 엄격한 보호 아래 살아가는 귀족 아가씨(김민희)에게 어느 날 새로운 하녀(김태리)가 찾아오며 벌어지는 매혹적인 이야기입니다. 김민희 배우와 김태리 배우의 모든 호흡까지 사랑하게 될 거예요.

feat. 최성경

스스로 출판계의 성덕이라 자칭하는 오혼리 레즈비언. 퀴어들도 서점에서 자신의 이야기를 만날 수 있기를 희망하며 퀴어 문학 전문 출판사 큐큐를 차렸다. 고전과 작가들에 대한 덕후심으로 오늘도 원고와 씨름하고 있으며, 강화길, 김초엽, 정세랑, 조남주, 황정은 등이 참여하는 퀴어 단편선 시리즈를 이어가고 있다. 고전문학부터 현대소설까지, 우리의 이야기는 언제나 현재 진행 중이라는 마음으로 책을 출간한다.

아직 우리 이야기는 충분히 발견되지 못했으니까

현실을 탓하지 않고
직접 나서는 법

사람들은 늘 이야기의 시작을 궁금해하잖아요.

퀴어들의 이야기가

언제 어디서부터 시작됐는지 알고 싶었어요.

너무 오랫동안 퀴어 이야기를 갈망해왔으니까요.

최근까지 《루비프루트 정글》이라는 책에 푹 빠져 있었습니다. 1944년에 태어나 1970년부터 왕성하게 활동을 했던, 퀴어 페미니스트 작가 리타 메이 브라운^{Rita Mae Brown}의 자전적 소설입니다. 사생아로 태어나 레즈비언으로 살았지만 출생과 환경에 주눅 들지 않고 한 시대를 멋지게 영유한 부치* 언니('부치' 부분은 책 내용을 바탕으로 한 저 혼자만의 추측입니다)였죠. 이 책을 집어 들자마자 순식간에 완독했어요.

'여성 성소수자'를 문학 작품 주인공으로 내세운 이 책이 출간 당시 100만 부 이상 판매고를 올리고 각종 상을 휩쓸었다는 사실보다 더 인상 깊었던 점은 삶에 대한 몰리의 태도였습니다. 몰리는 사회가 만들어낸 성역할 규범에 자신을 가두지 않습니다. 남들이 뭐라 하건 신경 쓰

---

* 레즈비언 커플 가운데 전통적 이성애 관계에서 남성으로 특징되는 행동을 취하는 이를 이르는 말. 지정성별 남성으로 상징되는 복장을 주로 입는 등의 특징이 있다.

지 않고 '나는 내가 하고 싶은 일을 하겠다'고 선언했어요. 또 오토바이를 무척 잘 모는 여성이었죠. 책을 읽는 내내 몰리가 멋지고 자랑스러웠습니다. 그의 가치관에 감탄했고요. 그 후 꽤 시간이 흐른 지금도 주인공 몰리를 생각하면 왠지 모르게 용기가 나고 무엇이든 할 수 있을 것만 같아졌습니다. 마치 이유 모를 답답했던 순간들을 헤쳐나갈 힘을 줄 롤모델을 찾은 기분이고 위축됐던 몸과 마음이 치유되는 느낌이 들었고요.

종종 우리는 불가능해 보이는 일에 도전했다가 실패하거나 현실의 벽을 마주할 때마다 자신의 부족함을 탓합니다. 비슷한 상황이 닥치면 다시금 돌파하려고 시도하기보다는 심리적으로 위축되어 '이게 얼마나 어려운지 잘 알고 이번에도 쉽지 않을 것이다'라는 말로 실패에 대한 밑밥(?)을 깔기도 하죠. 이와 달리 몰리는 현실적인 제약 따위는 안중에도 없습니다. 몰리를 보며 우리도 스스로 한계를 두거나 '안 된다, 하지 말라, 못 한다'는 훈수로 선 긋는 이들에게 '불가능'을 '가능'으로 뒤집어 보여주어야겠다고 생각했습니다. 특히 개인의 능력은 고려하지 않고 성별로 역할과 가능성을 규정짓는 가장 한심한 잣대들에 대해서요.

가난한 삶에 빛을 선물해준 책 한 권

《루비프루트 정글》은 큐큐출판사 대표인 최성경 님의 추천 도서입니다. 굳이 이 한 권을 꼽은 마음을 직접 듣고 싶었습니다.

"저에게는 꼭 내야만 했던 책입니다. 이 책을 읽고 제 삶에서 빛을 봤거든요. 저자인 브라운은 자기가 누구인지, 무엇을 하고 싶은지 정확히 알고 있는 똑똑한 사람이에요. 20대 후반쯤, 온갖 방해를 현명하게 극복하며 자기 길을 간 이야기로 끝나는데, 그가 앞으로도 잘될 것 같은 느낌이 들어요. 1940년대 미국 이야기이지만 시대적 배경이 지금의 한국 사회와 너무나 비슷합니다. 이 책의 출간을 정말 기다렸는데 아무도 출간하지 않는 거예요. 알려지지도 않고요. 그래서 '이건 다 같이 읽어야 한다, 이런 책을 혼자 둘 수 없다!' 싶어서 제가 냈습니다. 출판사를 운영하면서 이 책을 찾은 게 아니라, '이토록 좋은 책을 꼭 번역해 출간해야겠다'는 마음으로 출판사를 차린 셈이죠."

큐큐출판사는 퀴어 문학을 다루는 출판사로, 2017년 《우리가 키스하게 놔둬요》라는 퀴어 시선집으로 출범을 알렸습니다. 전 세계 퀴어 작가들의 시 70여 편이 수록되어 있고, 책 맨 뒤에는 깨알같이 각 시인들의 사진과 소개, 그들이 누구를 사랑했고 어떤 시를 헌정했는지 비하인드

스토리까지 안내되어 있죠. 그 자료들을 도대체 어떻게 구했을까요? 성경 님은 '성공한 덕후의 덕질 결과물'이라고 비결을 밝혔습니다.

"심심할 때마다 인터넷 서핑을 해요. 돌아가신 지 꽤 지난 작가의 사진도 제 소장품들입니다. 작품에 그분의 생애가 어떻게 녹아 있는지, 누구에게 바친 작품인지, 누구와 사귀었는지 저는 되게 궁금하거든요. 독자들도 같은 생각일 것 같았고요. 그래서 드라마 〈L워드〉* 같은 느낌으로(웃음) 퀴어 약력을 같이 소개하고 싶었어요."

우리에게도 뿌리가 있다, 근본이 있다!

문학에 조금이라도 관심 있는 분들이라면 아시겠지만 최근 들어 퀴어를 소재로 한 출판물들이 꽤 많이 출간되고 있습니다. 젊은 작가들의 왕성한 활동에 힘입어 대형 출판사에서도 퀴어 문학 작품들이 나오고 있고요. 그에 비해 큐큐출판사는 어찌 보면 이제 막 첫발을 내디딘 작은 출판사입니다. 인지도도 그리 높은 편이 아니고요. 그럼에도 '퀴어' '문학' 출판사라는 색깔과 정체성이 분명합니다. 기존에도 퀴어 출판물을 내온 잡지사나 출판사들이 몇몇 존

---

* 엘에이에 사는 레즈비언들의 연애 관계도를 그리는 유명한 장면이 등장한다.

재하지만 큐큐출판사는 문학 작품에만 집중하고 있습니다. 수많은 출간 도서 중 퀴어 문학이 몇 권 섞여 있는 대형 출판사들과 다른 점이죠.

"출판사를 구상하고 준비하는 사이에 세상이 바뀌었어요. 큰 출판사들도 퀴어 관련 도서들을 출간하고 색깔이 분명한 독립 출판사들도 여럿 생기더라고요. 이런 변화들이 너무 반가운 동시에 고민이 생겼죠. 그렇다면 이러한 세계에서 나만 할 수 있는 것은 무엇일까? 저는 '고전 문학'을 좋아하는 사람이라는 게 차별점이 될 수 있겠다고 판단했어요. 대중들에게 조명받지 못한 고전 작품을 번역해서 퀴어 문학의 뿌리를 알려보자. '우리에게도 줄기가 있다, 역사가 있다, 나름의 근본이 있다!'

사람들은 늘 이야기의 시작을 궁금해하잖아요. 저도 마찬가지고요. 퀴어들의 이야기가 언제 어디서부터 시작됐는지 알고 싶었어요. 문학, 그중에도 고전을 출판사의 주요 정체성으로 내세운 동기예요."

기본적으로 이익을 내야 하는 기존의 출판 시스템에서는 출간할 수 없지만 꼭 읽고 싶어 하는 사람을 위해, 그들이 반드시 발견하기를 바라는 마음에 도서를 출간한다고 합니다. 솔직히 퀴어 문학 작품들만 출간해서 출판사 운영이 가능한지도 의문인데, 성경 님은 매년 또 새로운 책들을 계속 만들어내며 작지만 단단하게 제 몫을 해내고 있었습니다.

시작은 타인을 향한 호기심

일을 벌이기 위해서는 너무 많이 따지고 조심하기보다는 일단 시도해보는 자세가 필요합니다. 또 실패에 설망하지 않으며 결과에 따른 피드백을 새로운 도전에 반영할 패기와 여유도 갖추어야 하죠. 결과를 받아들이며 일을 지속해나갈 낙천성과 에너지도 필요하고요. 성경 님은 그런 사람의 전형으로 보였습니다. 차분하지만 담담한 목소리에서 출판사의 새 막을 열었던 결단, 책에 대한 애정과 기대가 느껴졌습니다. 당장 대단한 결과가 나타나지 않아도 지금까지 행보를 긍정적으로 해석하며 앞으로의 희망과 포부를 다지는 여유도 엿보였죠.

무엇보다도 성경 님은 타인의 목소리 하나하나를 매우 가치 있게 생각하는 사람이었습니다. 스스로 목소리를 내는 '이야기꾼'이라기보다는 다른 이의 목소리에 호기심을 보이는 '이야기 콜렉터'라는 느낌이 들었습니다. 그의 성향을 보여주는 일화 한두 개를 엿들어 보았습니다.

"제가 어린 시절에는 온라인 커뮤니티가 활성화되지 않았어요. 여중과 여고를 나와서인지 주변에는 여자를 사귀는 친구들도 많이 있었고요. 그래서일까요? 저도 제 성정체성에 대해 잘못되었다고 생각하거나 의심하지 않았던 것 같아요. 굳이 이성애자들이 자기 성정체성을 정체화하지 않잖아요? 저도 그와 마찬가지였어요. 그냥 있는 그대로의 저를 인정했죠. 대학 시절에도 과 특성인지 학과 내 퀴어 비율이 높았고요. 형제들도 별 탈 없이 제 정체성을 받아준 상태였어요. 정말 좋은 운과 환경을 타고난 경우였죠.

20대 문턱을 넘어서부터는 온라인 커뮤니티를 쉴 새 없이 들락거렸고 오프라인 모임도 한걸음에 달려가게 됐어요. 저보다 나이 많은 저와 비슷한 사람들은 어떻게 지내는지, 결혼하지 않고, 아이를 낳지 않고도 잘살 수 있을지, 자기 커리어를 이어나갈 수 있을지, 앞으로의 삶을 어떻게 건강하게 꾸려나갈지 궁금해졌거든요. 3040 레즈비언 언니들의 삶을 듣고 싶었어요. 저와 같은 예술 계통이 아니어도 공무원, 회사원처럼 다른 일상을 사는 퀴어들도 있잖아요. 다들 어떤 일을 하고 어떻게 먹고사는지 알고 싶었어요.

처음 클럽에 갔을 때 '레즈비언들이 이렇게 많나!' 싶어 놀랐고요(그리고 왜 똑같은 노래가 계속 나오는가!). 신촌에 있던 레스보스에서는 바지씨(부지) 인니들을 만났죠.

이선희 팬클럽 이야기이며 거기 놓여 있던 《또 다른 세상》이란 잡지며 그간 접하지 못한 새롭고 재미난 일 천지였어요. 거기서 만난 이들과의 기억이 정말 소중해요."

그렇게 여기저기 돌아다니며 사람을 만난 시간이 20대 당시 성경 님의 하루 일과 중 큰 비중을 차지했습니다. 이처럼 그의 사람과 삶에 대한 호기심은 어린 시절부터 시작됩니다.

팔리지 않지만 꼭 필요한 이야기니까

사람들의 이야기가 재미있어 문학 작품을 자주 읽던 어린 시절의 성경 님은 가물에 콩 나듯 등장하는 소설 속 퀴어 이야기를 발견할 때마다 가슴이 설레곤 했습니다. 당시엔 퀴어 문학, 퀴어 소설이라고 정의된 작품은 없다시피 했습니다. 무엇보다 정확한 정보를 찾을 길이 요원하다는 사실이 가장 갑갑했다고 합니다.

"제가 1979년생인데요, 당시에는 어린 제가 봐도 분명히 동성을 사랑하는 작품인데 누구도 동의해주지 않았어요. 누가 시킨 것도 아닌데 제 자신과 비슷한 사람들의 이야기를 찾아다녔어요. 그러다 보니 '이런 작품이 왜 아직 한국에 출간되지 않았지?' 싶은 주옥같은 작품들을 정말 많이 발견했어요. 언젠가 한국에 번역 출판되면 저와 같은 많은 사람들이 기뻐하겠다고 확신했죠. 그런데 제가 사회인이 될 때까지도 그 책들이 출간되지 않더라고요.

예전에는 다양성을 반영하는 작품들이 나오지 않는 이유가 그저 출판사들이 게을러서라고 생각했는데, 출판계에서 일해보니 꼭 그렇지만은 않다는 사실을 깨달았습니다. 애써 출간해도 알릴 길이 한정적이고, 판매가 적으니 수익이 나지 않아요. 결국 소수자를 위한 책은 이익을 내야 운영되는 회사 입장에서는 부담스러울 수밖에 없는 선택인 것이죠. 그래서 고민한 끝에 직접 내야겠다고 결심했어요. 현실을 탓하고 기다릴 수만은 없잖아요. 퀴어 작품을 세상에 내보이는 게 어느새 저에게는 손익 이상의 의미와 가치를 띠는 일이 됐으니까요."

그렇게 어릴 적 성경 님의 마음을 흔들어놓았던 호기심의 최종 결과물이 큐큐출판사라고 할 수 있습니다. 출판사 창업을 언제부터 준비했는지는 정확히 기억이 나지 않는다고 합니다. 그냥 어릴 적부터 계속했던 생각이었죠.

"지인이 이런 말을 해주더군요. 기존 시리즈 중에 한 권이 퀴어 책이든 독립적인 책이든 하나하나 다 소중하지만, 퀴어 장르만 전문으로 하는 출판사가 한국에 있다는 것은 하나의 질적인 도약 같다고요. 퀴어 출판사 창업이 제게는 개인적인 동기일 뿐이고 지인의 말을 의도한 창업은 아니었지만 그런 의의를 가질 수 있겠구나 싶었어요. 그러면서 제 시도가 그저 시도로써 끝나지 않았으면 하는 바람도 있어요. 제 노력이 가고 있는 길, 과정이면 더 좋겠습니다."

굶어 죽지 않을 선에서 하고 싶은 것 하기

오랜 시간 꿈이었고 퀴어 책을 낸다는 가치에 방점을 둔다지만 그래도 엄연히 사업인데 운영에 어려움은 없는지 궁금했습니다. 조심스레 물어봤는데 혹시나가 역시나였죠! 아직까지 출판사 매출로 수익을 내지는 못하고 있다고 합니다. 물론 잘되면 좋겠지만, 애초에 예상했던 바이기에 심적으로 흔들림 없이 한 발씩 잘 나아가고 있다는 말을 덧붙였습니다.

"처음부터 이익이 나지 않는 상황은 가정하고 있었어요. 두 가지 마음이었죠. 하나는 너무나 하고 싶었던 일이니까 일단 한번 저질러보자! 제가 낙천적이거든요. 뭐든 해보면 교훈이 있다고 느끼는 쪽이어서요. 돌아보면 그쯤에서 멈추었어야 했다고 후회할 수도 있지만요. 또 하나는, 어떤 일이든 감당할 만한 능력이 제게 있다고 믿었습니다. 왜냐하면 정말 오랫동안 준비했거든요. 보험료를 포함해 한 달에 저한테 들어갈 돈까지 계산해두었습니다."

하고 싶은 일을 하면서 본인을 먹이고 입힐 계산까지 하셨다니 그 적극성과 꼼꼼함에 박수를 보냅니다. 애초에 큐큐출판사의 운영 목표는 다른 출판사들과 달랐습니다. 이익보다는 가치였기에 시장성이 높은 책들을 내는 게 우선순위가 아니었습니다. 그렇다고 자선사업처럼 운영하는 것도 아닙니다. 책 한 권 내고 출판사를 접을 게 아니니까요. 앞으로 출간할 책들과 주머니 사정을 고려하면 체계적인 계획은 필수입니다.

욕심을 부리지 않을 뿐이지 책을 출간할 때마다 판매 목표치와 소진 기한, 이를 위한 인적, 물적 투자 비용도 계산합니다. 그럼에도 책의 판매량 기준이 다른 출판사보다 높지 않은 것은 사실입니다. 언젠가 이 책들로 많은 수익을 낸다면 더 좋겠지만, 지금까지 나온 책들의 성적만으로도 성경 님 입장에선 기특할 따름이라고 합니다.

"너무 오랫동안 퀴어 이야기를 갈망해왔으니까요. 저와 비슷한 사람이 천 명 정도는 있을 거라고, 그들이 궁금해할 이야기라고 생각했어요. 그래서인지 그동안 '실패'라고 할 만한 책이 없어요. 처음에는 다 제 돈으로 메꾸어야 할 것 같았는데 그래도 자기 몫을 해내더라고요. 정말 신기하죠."

우리만의 퀴어 문학이 필요하다

국내 작가들의 신작 단편을 모은 비결도 질문했습니다. 이는 출판사뿐 아니라 작가들, 그리고 그들이 써준 글들의 의지가 모두 모여야 하는데 어떻게 실현시켰는지 궁금했습니다. 각종 문학상에 이름을 올린 내로라하는 작가들을 섭외한 비법이 무엇인지 물었습니다.

"메일을 보내요(웃음). 메일로 청탁 부탁을 드리고. 비용도 정확하게 제시드리고요."

메일 한 통을 보냈다고 해서 모든 섭외가 가능하진 않았을 것입니다(물론 저도 성경 님에게 이메일로 인터뷰 요청을 드리긴 했죠). 우리만의 퀴어 문학이 필요하다는 출판사의 기획과 출간 의지, 그간 한국 사회에서 다뤄지지 않은 다양한 주제에 대해 서술하고자 하는 작가들의 관심과 욕구가 잘 결합해 좋은 작업으로 탄생한 것이었죠.

"많은 한국 작가들이 기꺼이 퀴어 이야기를 하고 싶어 하더라고요. 섭외하는 과정에서 더 다양한 서술, 다양한 기획이 나오기를 기다리는 분들이 많다고 느꼈습니다. 저 또한 한국 문학에서 더는 이야기되지 않는 것들이 없었으면 싶었어요."

출판사 관계자와 많은 독자들 못지않게 작가들도 그간 들리지 않았던 이야기들에 대한 갈증이 있었나 봅니다. 그 찰나에 성경 님의 제안이 마중물 같았을 것이고요. 실제로 많은 작가가 그 제안에 응답했고, 여건상 거절한 이들 중에는 다음번에는 꼭 함께하고 싶다고 밝힌 작가들도 많다고 합니다.

"현재 꾸준히 작품 활동을 하고 있는 작가들이 이 작업에 참여하고 있다는 점이 정말 중요합니다. 탄탄한 글쓰기가 바탕이 되어야 하는 작업에 대단한 분들이 힘을 보태주시니 든든해요. 저 진짜 행복해요."

조금씩 천천히 사회를 변화시키는 나만의 방식

책을 출간하면서 가장 인상 깊었던 장면을 소개해달라고 여쭈었습니다.

"나열하자면 끝도 없지만 무엇보다 독자들이 보내주는 애정이 가장 기억에 남아요. 엄마 몰래 산 책을 들킬까봐 겁을 냈는데, 다 읽고 나니 오히려 엄마에게 추천해주고 싶다던 청소년 독자, 지금까지 이런 책이 없어서 너무 안타까웠는데 고맙다며 앞으로도 좋은 책을 많이 출간해달라던 60대 독자, 심금 울리는 작품을 써주신 것도 모자라 출간 펀딩 후원목록에도 이름을 올려주신 작가들…."

이 이야기를 들으니 큐큐출판사도 사람들에게, 사람들도 큐큐출판사에 서로 고마운 마음을 손 내밀이 주고받고 있다는 생각이 들었습니다. 이 모든 마음에 힘입어 더 많은 책들을 서점 매대 위에 올리는 것이 성경 님의 목표입니다. 서점에서 퀴어 소설 책 이름을 찾다가 혹여 아웃팅을 당할까 두려워하는 이들이 편하게 책을 집을 수 있었으면 합니다.

"아직도 '이 책을 읽으면 사람들이 나를 어떻게 볼까?' 싶어 무서워하는 분들이 너무 많아요. 그런데 조남주 작가는 너무나 다 아는 소설가니까, 그분의 글을 읽을 때는 그런 걱정을 할 필요가 없잖아요. 이런 이도 글로써 당신의 손을 잡고 있다, 당신에게 공감을 보내고 있다는 이른바 '이야기의 연대'를 보여주고 싶었어요.

그리고 이런 효과도 있습니다. 이성애자 독자 중에는 그냥 자연스럽게 서점 매대를 둘러보다가 '조남주 작가의 책이네'라며 들여다봤다가 '내가 모르는 관계 이야기가 실려 있네? 그간 내가 편협했구나'라고 느꼈다는 분들도 존재해요. 자연스럽게 작가의 책을 집고, 사서 보고, 친구들에게 선물하는 과정이 좀 더 인식을 다양화시키는 계기가 되지 않을까 생각해요. 또 실제로 책을 읽지 않는다고 해도 상관없죠. 그냥 선물하고 싶을 때, 누군가를 좋아하는 마음을 표현하고 싶을 때 책만한 것이 제게는 없었거든요. 그럴 때 퀴어 분들이 사랑하는 이에게 선물할 만한 예쁜 책을 만들고 싶습니다."

성경 님은 책 한 권 한 권이 다양한 세계를 전하고, 이야기를 공유하는 플랫폼이 되고, 때로는 서로를 지키는 든든한 방패가 되어주었으면 합니다.

퀴어의 이야기가 책이 되고, 매대에 올라가도록 애써주는 모든 이들에게 저 또한 고마운 마음이 들었습니다. 퀴어의 삶은 항상 어디에 꽂혀 있는지 몰라 존재하지 않는 책들처럼 느껴지거든요. 경기도의 한 서점에서 매대에 떡하니 올라와 있던 《인생은 언제나 무너지기 일보 직전》을 발견했던 순간이 생생합니다. 그 영롱한 디자인과 그에 어울리지 않는(?) 제목에 혹했습니다. 살면서 적지 않게 마주하는 절망적인 순간들, 그렇지만 거기에 머물 수 없고 박차고 일어나야 하는, 마치 우리네 삶을 대변하는 제목 같아 마음이 가더군요. 그 책 덕분에 제 삶도 더는 숨기지 않아도 될 것만 같은 느낌을 받았어요. 다른 책들과 섞여 있는 그 책처럼 저도 그 어떤 눈치도 보지 않고 스스럼없이 사회와 어울려 존재할 수 있겠다는 안도가 들었습니다.

행복은 일상에서 나온다

"행복은 일상에서 나온다고 생각해요. 햇볕을 쬘 때, 수영장 물 위에 가만히 떠 있을 때, 친구들과 여가를 보낼 때도 행복한걸요. 바란다면 수십 년 뒤에도 지금의 출판사를 운영하는 것이에요. 지금처럼 계속해나갈 수 있으면 좋겠습니다."

성경 님에게 출판사는 이 사회에 조금이나마 변화를 만들어가는 자신만의 방식이었습니다. 투쟁과 사회 운동은 성향에 맞지 않지만, 책으로 영향력을 넓히는 것은 그에게 익숙한 방식이었죠. 그로써 더 많은 사람들에게 다가가 인식에 변화를 줄 수 있다면 그것만으로도 사회를 바꾸는 데 일조하는 일이죠.

책을 좋아하는 퀴어인이라면 퀴어 소설집 한 권에도 첫 장을 열기 전부터 설레고, 존재 자체에 고마움을 느낀 적이 있으리라 생각합니다. 제가 항상 그랬거든요.

퀴어 문학 출판사의 등장은 퀴어로 사는 우리에게 새로운 지평을 여는 일처럼 느껴집니다. 성경 님의 도전이 '큐큐만의 시도'로 끝나지 않길 바랍니다. 대중의 눈높이에서 퀴어 소재와 담론을 다루는 것, 위대한 고전뿐 아니라 바로 지금 한국 사회에서 살아가며 많은 이들의 공감을 얻는 유명 저자들과 작업하는 것은 새로운 맥락을 만들어가는 과정이라고 생각합니다.

주변의 시선을 의식하지 않으며 퀴어 문학 작품을 읽

을 수 있기를 바랍니다. 책 한 권 한 권 읽히는 과정에서
다양성에 대한 인식이 확장되고, 그 자체가 연대가 되리
라 믿습니다.

✦✦✦✦✦✦✦✦✦✦✦✦✦✦✦✦✦

꼭 함께 읽고 싶은 퀴어 도서

《오늘의 세리머니》

시청 공무원인 벽장 레즈비언 도선미와, 하주시로 발령받은 전략가 레즈비언 이가경이 정부 시스템의 허점을 이용해 레즈비언 부부들에게 혼인관계증명서를 발급합니다. 그 덕에 혼인신고를 마친 레즈비언이 101쌍에 이르고 그 어떤 관광지도 지역 특산품도 없던 하주시가 레즈비언들 사이에서 핫한 지역으로 떠오르며 벌어지는 우당탕탕 소동극을 다루고 있습니다. 조우리, 위즈덤하우스, 2023.

《날개》

1918년에 출간된 러시아 퀴어 소설입니다. 지방 소도시 출신 소년이 대도시인 상트페테르부르크로 올라왔다가 자신의 성정체성을 깨닫는다는 내용이 주를 이룹니다. 과거 퀴어 소설에서 주인공이 방황 끝에 파멸을 맞이하는 것과 달리, 이 책의 주인공 바냐는 미래를 향한 가능성을 보여줍니다. 미하일 구즈민, 이종현 옮김, 큐큐, 2021.

《사라지지 않는 여름》

열두 살에 부모를 잃은 뒤에 자기혐오를 극복하고 진정한 '나'로 바로 서는 10대 소녀의 사랑과 성장을 그린 소설입니다. 자신을 혐오하며 보냈던 시간을 스스로 감싸 안는 주인공 캠의 이야기는 인간 내면에서 일어나고 있는 상처와 욕망을 정확하게 바라보게 합니다. 에밀리 M. 댄포스, 송섬별 옮김, 다산책방, 2020.

◆◆◆◆◆◆◆◆◆◆◆◆◆◆◆◆◆◆

《벌들의 죽음》

"오늘 나는 우리 부모님을 뒤뜰에 묻었다. 두 분 모두 생전에 사랑 받지 못했다." 잔혹한 현실을 마주한 10대 소녀 마니와 넬리 자매. 앞으로 그들은 둘이서만 살아야 합니다. 그들의 부모가 어떻게 되었는지는 두 자매만 아는 비밀이고요. 두 자매와 옆집 노인 레니가 서로의 가족이 되기 위해 보여주는 사랑은 각박한 현실에 다정함을 더합니다. 리사 오도넬, 김지현 옮김, 오퍼스프레스, 2015.

《고독의 우물》

평생 남성으로 살기 원했던 주인공 스티븐 고딘이 세 번의 사랑을 경험하며 절망과 차가운 현실을 마주하게 되는 이야기입니다. 남장을 하고 성소수자로 살던 저자 래드클리프 홀Radclyffe Hall의 자전적 소설로, 동성애를 다뤘다는 이유로 금서 처분이 되기도 한 문제작입니다. 래드클리프 홀, 임옥희 옮김, 펭귄클래식코리아, 2008.

feat. 최현숙

2008년 총선에서 레즈비언임을 커밍아웃하고 선거에 출마한 여성주의 (구)진보 정치 활동가이자 (현)사회 운동가, 구술생애사 작가. 더 낮고, 가난한 현장을 찾아 사람을 만나며 그들과 함께하는 것을 소신으로 삼아 정치 활동, 노인 돌봄, 홈리스 및 노숙인 현장을 누볐다. 남은 삶도 그 소신을 실천하다가 자유 죽음으로 마감하는 것이 유일한 소원이다.

고독을 벗 삼아 죽음을 마주하라

늙음과 죽음을
받아들이는 법

국가는 계속 안 할 테니까,

국가에 기대하지 말고 우리끼리

희망 없이, 하염없이, 신나게 하자는 거예요.

계속 무너지면 다시 하면 되고,

죽을 때까지 하면 되죠.

2020년경, 갑작스럽게 어지럼증이 생겨 동네 이비인후과를 방문했습니다. 기본적인 검진부터 해보자는 의사의 말씀에 따라 혈압을 쟀죠. 혈압은 제 눈에도 정상 수치가 아니었습니다. 일시적인 문제가 아니라고 판단한 의사는 당황한 기색이 역력한 얼굴로 일단 혈압약을 먹자고 저를 설득하셨죠. 가족력이 있는데다가 약을 복용하는 어른들을 보고 자라 저 또한 위험군이라고 생각해오긴 했지만 20대에 혈압약을 먹게 되리라고는 상상도 못 했습니다. 불현듯 야구동호회 팀 선배가 했던 말이 떠올랐습니다.

"성장기가 끝난 인간의 몸은 더 나빠질 일밖에 없어."

그렇게 2021년 저는 고혈압 판정을 받았습니다.

그 이후, 예전이었다면 갸우뚱하다가 그냥 묵히고 지나갔을 몸의 이상 증상에도 습관처럼 병원을 들락거렸습니다. '더 나빠질 일밖에 없는' 몸에는 내 것이 아니라고 생각했던 각종 불편이 차곡차곡 쌓여갔습니다. 이젠 지금의 몸이 점점 낯설지 않게 느껴지면서도 매 순간 '벌써?'라는 내적 반응과 함께 억울함과 우울, 체념 사이를 쳇바퀴처럼 돌게 됩니다. 시간의 굴레 속에 필연처럼 질병과 노후와 죽음에 대한 질문과 함께 모종의 불안과 두려움이 따라왔습니다. 아직 생에 미련이 있어서겠지요.

왜 겪지도 않은 일이 불안하고 두려울까

늙음과 죽음은 누구에게나 평등하게 옵니다. 그럼에도 제가 느끼는 불안과 두려움의 정체는 무엇일까요? 아마도 가족이 돌봄의 역할을 우선적으로 수행하도록 유도하는 한국의 국가 복지 체계와 문화, 성소수자로서 법적으로 가족을 꾸릴 수 없는 현 제도적 상황, 평소 제 상황과 증상에 대해 가장 잘 알지만 법적 보호자로서 기능하지 못하는 파트너나 애인 혹은 동거인, 홀로 질병과 늙음과 죽음을 맞이할 막막한 현실에 그런 감정을 느꼈던 것 같습니다.

이는 성소수자만의 문제도 아니죠. 시민으로서 개인과 국가의 연결고리가 얕아 권리와 의무의 책임이 명확하게 이뤄지지 않은 탓입니다. 이 사실을 잘 알면서도 여전히 불안하고 두렵습니다. 저는 청년기를 살고 있기에 아직은 늙음과 죽음이 생소합니다. 그래서 늙음과 죽음을 가장 가까이에서 지켜본 분의 이야기가 듣고 싶어졌습니다. 노인 복지와 돌봄 현장에서 직접 요양보호사 및 독거

노인 생활관리사로 일한 경험을 글로 담아온 최현숙 님을 만났습니다.

현숙 님은 지금은 활동가이자 구술생애사 작가로, 또 얼마 전 '신인' 소설가로도 데뷔하는 등 왕성한 활동으로 세간에 알려져 있죠. 저는 그를 다큐멘터리 〈레즈비언 정치도전기〉*로 처음 알게 되었습니다. 〈레즈비언 정치도전기〉는 2008년 4월 국회의원 총선거에서 종로구 후보로 출마한 레즈비언 국회의원 후보 최현숙과, 그와 함께 해당 전선에 뛰어든 선거운동본부의 기록을 담고 있습니다. 저와의 인터뷰에서 현숙 님은 "존경할 사람도 없고, 누가 나 존경한다고 하면 제일 싫고(웃음)"라고 하셨지만 지금보다 더 척박했을 10여 년 전에 커밍아웃과 출마를 결심한 담대함, 그리고 사회에 던진 도전적인 목소리에 존경심을 가질 수밖에 없었습니다.

주어진 세계를 의심하기

현숙 님은 어릴 적부터 생각이 깊고 자기 주관이 뚜렷했습니다. 유년시절의 첫 기억은 할아버지에게 절을 하라는 말에, 한 사람이 다른 누군가에게 몸 전체를 바닥에 엎드려

---

*   연분홍치마 제작, 한영희·홍시유 연술, 2009.

야 한다는 것에 거부감을 느꼈던 일입니다. 당시에는 그 자체가 싫었지만, 돌이켜보면 나이와 성별 등을 이유로 개인 간에 권력이 형성되는 것 혹은 가부장제에 대한 모종의 반발을 느꼈던 것 같다고 합니다. 대부분이 그냥 넘길 법한 일들에 의문을 던지고 의심했던 것이었죠.

이후 생애 전반에 걸쳐 아버지의 권위와 규범으로 대표되는 가부장제에 불응합니다. 현숙 님의 이러한 태도엔 성장기의 상황과 어머니의 영향도 있었습니다. 부모 모두 양반집 출신이었지만 집안의 막내라 크게 물려받은 유산은 없었고, 상경 후에도 어려운 살림살이에 다섯 남매를 키우기 위해 어머니가 실질적인 경제적 가장 역할을 했습니다. 똑똑하고 열정적인 여성이었음에도 친부가 돌아가시자 결혼할 수밖에 없었던 어머니는, 출신 배경인 양반성과 수단을 가리지 않고 돈벌이에 뛰어들어야 했던 현실 사이에서 자기 분열을 경험할 수밖에 없었습니다. 현숙 님은 장녀로서 어머니 곁에서 살림을 도와야 했습니다. 경제적으로 무책임했던 아버지에 대한 어머니의 원망과 불만을 옆에서 듣고, 그 와중에 가장으로의 권위를 인정받고자 때로 폭력을 행하던 아버지의 열등감을 지켜보았죠. 그때 아버지에 대한 미움과 문제의식이 자라났다고 합니다.

"나는 엄마와 여러 가지 일을 겪으면서 그게(양반이라는 것이) 얼마나 껍데기인지, 그리고 똑같은 양반 출신이어도 (여성인) 엄마가 하는 일, 해야 하는 이들, 요구되는 것들, 그 감정들이 얼마나 분열적인지 일찌감치 보기 시작했어요. 그러니 아버지에게 더 저항적이었겠죠."

그렇게 현숙 님은 갈등과 가출을 반복했습니다. 마지막 가출이자 아버지로부터의 탈출은 대학 졸업 직후에 일어났습니다. 경제, 문화적으로 차이가 큰 계층의 남자와 한 결혼에 이은 출가였죠. 끝까지 한국 사회의 가부장제와 이에 기반한 아버지의 규범과 싸우며 길러온 힘은 그만의 길을 만든 근원이었습니다. 그는 주어진 세계에 순응하지 않고, 스스로 설득되지 않는 길은 가지 않으며, 원하는 다른 방향을 찾아나갔습니다.

무조건 '즐겁게 하자'는 마음

결혼 3~4년 차쯤, 사업 난항으로 심란해하던 당시의 남편이 함께 성당에 나가보자 제안했습니다. 현숙 님은 그의 심기 안정을 도울 겸 큰 고민 없이 응했다고 합니다. 지역의 가난한 이들을 봉사활동과 후원금으로 돕는 빈첸시오회 활동에 참여한 경험은 계속 발생하는 빈곤과 그 구조를 어떻게 해결할 것인가 하는 고민으로 이어졌습니다.《성서》에서 만난 '예수'는 삶의 방향과 소신을 찾고 사회 운동을 본격적으로 한 계기였습니다. 이때가 1987년, 현숙 님이 막 서른이 되던 해였습니다.

"제게는 예수가 교회에서 기록한 신이라는 존재보다는 사회 구조적인 부조리들 속에서 올바름을 실천하고자 했던 한 젊은이로서 다가와요. 예수가 나한테는 '어떻게 살아야 하는가'의 체현, 《성서》에서 말하는 '가난한 사람은 복이 있다'의 체현이에요. 가난한 자리, 낮은 자리에 들어가서 최대한 함께하는 것이요. 그중 중요한 지점은 '즐겁게 하자'이고요."

10년 가까이 천주교를 배경으로 사회 운동을 해오면서 보람과 의미도 있었지만 여러 한계와 부채의식도 쌓였다고 합니다. 교회 내부에서는 정교분리를 근거로 신앙을 왜곡시킨다고 비판받았고, 외부에서는 진보적인 행보에 한계가 분명했습니다. 또한 독재정권 시절, 민주시민사회에 가해진 폭력으로 사회 운동 진영이 척박했던 데 반해 천주교 사회 운동은 가톨릭의 보호막 아래서 비교적 안전하다는 마음의 빚도 점점 커져갔습니다. 더불어 사회의 구조적, 제도적 변화를 포함한 많은 것이 정치에 따라 결정되므로 모든 운동은 정치 운동과 연결되어야 한다고 생각했습니다. 그는 보다 적극적인 사회 운동을 위해 진보 정치 운동의 일선에 함께해야겠다는 결정을 내렸습니다. 이에 2000년 즈음 막 창립되었던 민주노동당에 가입했습니다.

또한 경제적 기반을 마련하기 위해 과외를 지도하러 목동으로 이사 가, 강서 양천 지역위원회를 중심으로 활동하며 여성 모임을 만들고 지구당 여성위원장, 서울시당 여성위원장 자리도 맡았죠.

"사실 내게 여성주의적인 관점이 있어서라기보다는 할 사람이 없었기 때문이었어요. 애초에 민주노동당이 노동 운동과 통일 운동의 결합이에요. 출발부터 여성 운동이 조직적으로 결합하지 않았죠. 당내 여성 당원들은 여성주의적 입장, 여성 운동의 경력으로 민주노동당에 들어온 게 아니라, 그냥 노동 운동이나 통일 운동, 농민 운동, 빈민 운동을 하는 여자들인 거죠. 이 여자들이 얼마나 바빠요? 자기 운동하느라. 반면에 나는 조직적인 기반이 없었고, 자식들도 10대 후반이니까 제일 적당했던 거예요. 그래서 서울시당 여성위원장을 했고, 1년쯤 뒤인 2004년부터 더 적당한 사람이 찾아지면 언제라도 그만 둔다는 조건을 내밀고 중앙당 여성위원장을 맡았어요. 그때부터 여성 노동 현장이든, 성매매 현장이든, 성소수자 현장이든, 당 바깥의 여성 현장들 혹은 여성 운동들과 적극적으로 연대했어요."

중앙당 여성위원장으로 활동하며 성소수자 단체들과의 인연도 이어졌습니다. 그전에는 연대 차원에서 만나왔지만, 2005년 민주노동당 내 당직 선거에서 성소수자 혐오 발언이 나오면서 당내 성소수자 위원회 활동에 깊이 발을 딛게 되었지요.

당시 당내에는 '(준)성소수자 위원회'가, 당 바깥에는 진보 정당의 성소수자 운동을 지지하는 '붉은 이반'이라는 모임이 있었습니다. 진보 정당 당직 선거 때 당 내외 두 조직이 연대하여 각 후보자들에게 이메일로 성소수자 정책 관련 질의를 보냈죠. 그 회신에 정책위원장에 출마한 이용대 후보가 "동성애는 자본주의의 파행적 산물이다"라는 말을, 여성명부 최고위원에 출마한 김진선 후보가 "비록 현재는 동성애라 하여도 결국은 이성애로 가야 합니다"라고 응답했습니다.

"이때 맹렬하게 싸우는 과정에서 '붉은 일반'이 생겼어요. '성소수자는 아니지만 민주노동당의 성소수자 위원회와 붉은 이반의 활동을 지지하는 일반'이라는 뜻의 지지 그룹이에요. 싸우면서 오히려 성소수자 위원회가 설립될 기반이 다져졌던 거죠. 그때 여성위원장으로서 당 바깥의 여성주의 그룹들, 성소수자 그룹들과 대면하다가 한 여자를 만났어요."

가부장적 가족에게서 빠져나온 계기

상대 여성은 현숙 님이 결혼 관계를 유지하는 한 만나기 어렵다는 의사를 전했고, 현숙 님은 이를 계기로 이혼을 결심합니다. 어차피 부부 관계는 현숙 님의 사회 운동 등으로 인해 오랜 갈등 상태였다고 합니다. (전) 남편과의 별거 후 그분과 동거를 시작했고, 이를 당 게시판에 알리며 공식적으로 커밍아웃했죠.

"여자를 좋아하게 됐고, 그와 살기 위해서 별거에 들어갔다는 내용이었어요. 아주 사적이지만, 그때는 프라이버시로 갇힐 일이 아니라는 인식이 있었어요. 사적인 것이 정치적이라는 인식이요. 제 결정이 가부장제, 결혼 중심주의와 어떤 의미가 있는지 포함한 글을 올렸어요."

당시의 연애, 별거와 커밍아웃은 현숙 님에게도 여러모로 의미가 큰 사건이었습니다.

"여자와 살기 시작한 게 남성 중심의 가부장적인 결혼 생활을 끝낼 핵심적인 계기였습니다. 그 여성 때문이 아니라, 여자와 살기로 한 결정이 이를 끝낼 생각으로 이끈 것이죠."

이 결정으로 인해 정리해야 할 산이 몇 있었습니다. 모르는 사람들의 반응이야 개의치 않았지만, 가족은 별개의 문제였습니다. 사실 자녀들은 오히려 괜찮다며 엄마의 인생을 살아가라고 꽤 태연하고 멋진 반응을 보여주었습니다. 그러나 원가족, 특히 형제들은 전반적으로 부정적이었습니다. 현숙 님에게 그런 반응이 상처로 남지는 않았는지 궁금했습니다. 그는 자신의 결정이 옳다는 믿음이 굳건하고, 그 결정에 부정적인 반응을 보이는 형제들에게도 명확히 선을 그었더라고요.

"애초에 기대를 안 했어요. 오빠도 그때 이후로 한동안 안 봤고요. 굉장히 보수적인 개신교 신자인 여동생이 전화해서 울더라고요. 걔한테 한마디했죠. '너 앞으로 나한테 이딴 통화할 거면 전화하지 마라.' 그렇게 가족들과 안 보니 편한 거예요. 우리 차이가 얼마나 큰지 명확하게 알고, 머릿속이 간결해졌죠. '당신이 뭔 난리를 쳐도 내게는 그냥 내가 옳다'라는 가치를 천명하는 자리였죠."

그럼에도 마음 뉘일 곳이 필요했을 것 같습니다. 그럴 때 그의 결정들을 지지해준 성소수자 공동체 동료들이 있었습니다. 이들에게 현숙 님은 좀처럼 하기 어려운 결정들을 턱턱 내리고, 자신의 성정체성을 밝히고 선거에 후보로 나갈 만큼 용기와 결단이 있던, 기댈 만한 존재였습니다. 동시에 현숙 님에게도 이 공동체가 자신의 지친 마음을 잠시 내려놓을 수 있는 공간이었죠.

"제가 20대 초중반에 성소수자 그룹, 성소수자 위원

회를 했다면 굉장히 위태롭고 불안했을 거예요. 그렇지만 2008년이면 쉰둘이었어요. 어쨌든 늙어 죽을 때까지 살날도 얼마 안 남았고, 그동안 인적 관계도 상당히 쌓았고요. 가난이야 결혼 이후부터 제가 감수한 거고. 그냥 일종의 막장인 거예요, 인생 막장(웃음). '야, 인생 막장인데 뭐가 두렵냐' 싶었죠.

젊은 사람들에게는 너무 쉽게 커밍아웃하지 말라고 이야기해요. 경제적인, 관계의 안정이 없는 상황에서 당장 지금의 열정이나 기분으로 커밍아웃을 했다가 정말 열악한 상황에 떨어질 수 있거든요. 제발 그러지 말았으면 해요. 독립이나 경제적 기반 등을 다진 이후에 커밍아웃을 해도 돼요. 근데 20대는 이런 이야기가 귀에 안 들어올 나이죠(웃음). 그래도 기반을 스스로 만드는 게 중요해요."

보수적인 선거판에 성소수자 후보를 낸다는 것

2000년대 초중반, 서로 갉아먹으려는 정파 싸움에 회의감이 들어 여성위원장 자리를 내려놓았다가 주변의 요청으로 다시 정당의 성소수자위원장 자리를 맡게 되었습니다.

모든 기관과 단체가 매년 말에 연간 계획을 세우듯 2007년의 민주노동당 성소수자위원회도 내년도 활동 계획을 세웠습니다. 2008년은 국회의원 총선거가 있이 더욱 준비할 거리가 많았습니다. 이전까지는 각 당의 핵심 후보들에게 정책 질의를 보내고 돌아온 답변을 정리해 공표하고, 지지 입장을 표명하는 것이 주요 활동이었습니다. 그러나 질의를 무시당하거나, 갈수록 조금은 진부해지는 면도 있었습니다. 워크숍이 끝나갈 무렵 누군가 "우리도 커밍아웃한 후보를 낼 수 있으면 좋을 텐데"라는 말을 던졌고, 이에 현숙 님은 "후보가 필요하다면 내가 하겠다. 나한테는 두려움도 아니고 못할 것도 아니다"라고 지나가는 말로 답했습니다.

그때의 대화가 씨앗이 되어 국회의원 선거에 성소수자 후보자를 내기로 결정했습니다. 현숙 님의 출마 지역은 '대한민국 정치1번가'인 종로였습니다. 성소수자 당사자가 후보로 나서는 만큼 성소수자 운동 진영이 같이 가는 것이 중요하다고 판단했습니다. 이후 단체들을 설득해 나간 결과 '성소수자 정치 네트워크'가 조직되어 함께 선거를 준비할 수 있었습니다.

혹자는 무모한 도전이라고 했습니다. 하지만 지켜보는 모든 이의 마음은 모종의 기대와 희망을 품고 있었으리라 생각합니다. 성소수자 후보 혹은 정치인을 가진다는 것은 특별하니까요. 기존과 질적으로 다른 층위의 상상과 가능성을 꿈꾸게 하는 시작점이었으리라 생각합니다. 선거운동본부 전원이 온 힘을 다해 치렀던, 축제 같던 14일간의 선거 운동이 종료되었고, 결과는 1.6퍼센트 득표율로 낙선이었습니다. 그러나 후보자를 내는 것은 사회에 가장 공격적으로 목소리를 내는 집단적 행위이며, 이전에 없던 새로운 도전입니다. 출마의 상징과 의미, 한국 사회에 미친 영향은 성패를 논할 수 없습니다.

선거가 있던 2008년 무렵, 당내 정파 갈등은 걷잡을 수 없을 정도로 심해졌고 결국 분당이 필요한 상황이 도래했습니다. 현숙 님 또한 민주노동당에서 분당해 나온 진보신당으로 선거에 출마했습니다. 그러나 선거 이후에도 좀처럼 잦아들지 않는 갈등과 혼란 속에서 현숙 님은 정당 활동을 정리하고 밥을 벌고 소신을 실천하며 살 다른 현장을 찾아 떠나기로 결정합니다.

죽음은 '어떻게 살 것인가'에 대한 질문이다

현숙 님은 가난하고 낮은 곳에서 즐겁게 사람들과 계속 함께하기 위해 노인 돌봄 복지 현장으로 향했습니다. 다시 사회복지사, 요양보호사 자격증을 취득했고, 임금 노동을 그만둔 2016년 말까지 요양보호사, 독거노인 생활관리사로 가난과 노년, 늙음과 죽음의 현장을 지켜왔습니다. 그리고 그 현장에서 글을 꼭 남겨야겠다고 느꼈습니다.

"노인들이 웬만큼 친해지면 저한테 살아온 이야기를 하시더라고요. 그 이야기들을 사회적으로 남겨야 한다는 생각이 들었어요. 평생 권력 없이 살아왔고, 한국의 농경 사회에서 산업화 사회로 넘어오던 그 시절에 주역이라지만 여전히 가난하죠. 남성에 비해 여성은 상대적으로 가부장제의 억압을 더 많이 겪어냈잖아요. 이 이야기를 남기는 사회적 가치와, 한 여성주의자이자 진보적인 입장의 관점으로서 재해석이 필요하다고 봤어요. 그저 살아온 이야기를 옮기는 게 아니라 이것을 어떻게 볼지, 내 글을 읽을 사람들은 나와 어떻게 다른 해석을 할지 열린 질문을 하는 작업이 구술생애사였죠."

현숙 님에게 글에 대한 욕망은 생애에 걸쳐온 것이었습니다. 어릴 적부터 시작된 아버지와의 갈등은 또래보다 더 많은 생각할 거리를 짊어지게 하였고, 10대 초반 이차 성징과 함께 생긴 땀악취증은 명랑하고 친구들과 어울리기 좋아했던 현숙 님에게 찾아온 '수렁'이었습니다. 사람들이 자신의 냄새를 싫어할까 봐 스스로를 소외시켰고, 밖으로 나돌기보다 다락에서 아버지의 책들을 읽어나가며 청소년기를 보냈습니다.

자신만의 글을 쓰고 싶다고 항상 생각했지만, 굴곡진 삶에 어느 정도 묵힌 글이 깊이 있으리라 여겨 계속 미루었습니다. 마흔이 되어서 다시 소설을 써보려 1여 년을 매달려보았지만 생각만큼 잘되진 않았습니다. 그때까지만 해도 문학은 자신의 것이 아니라고 생각했습니다.

노인 돌봄 현장에서 우연히 시작한 구술생애사 작업이 글 작업의 시발점이 되었고, 세 번째 책이 나올 때쯤 비로소 '작가'로서의 정체성이 가슴을 비집고 들어왔습니다.

노인 복지 현장을 글로 정리하며 현숙 님은 여러 문제의식을 느꼈습니다.

"늙음과 죽음에 대한 사회의 이데올로기가 막강하잖아요. 신자유주의나 가족 중심주의 사회에서 늙는다는 것은 쓸모없어진다는 의미죠. 노인은 아직 죽지 않은 인간으로 여겨지고요. 죽음에 대한 부정적인 치부, 그러니까 죽음을 슬픔이라고만 말해야 하죠. 다 죽는데 뭐가 슬퍼요? 그런데 죽음을 최종적인 불행으로 보잖아요. 이런 문제의식들이 생겼죠. 노인 복지 현장에서 어떻게 늙음과 죽음을 봐야 될지 계속 질문하던 중에 구체적으로 한 사람이 어떻게 늙어서 죽음에 도착하는가를 최대한 밀착해서 쓰고 싶어졌어요. 가장 적당한 대상이 엄마였죠."

복지의 영역에서 의료 단계로 넘어가면 요양보호사는 죽음을 '관찰'할 수 없습니다. 나이가 들어 죽음의 이르는 한 사람이 어떻게 해체되어가는지, 그 이떤 제재 없이 한 과정을 가장 밀착하여 지켜볼 수 있는 대상은 부모, 현숙 님에게는 어머니였습니다. 수원으로 이사와, 2018년 명을 다한 엄마의 마지막 3년 동안의 관찰과 그 나날의 기록이 2019년 출간된 《작별일기》입니다.

이 책은 한 사람이 죽음에 닿는 과정을 사실적으로 묘사해 '죽음이란 때가 되면 누구에게나 오는 자연스러운 것'이며, 죽음을 두려움 혹은 슬픔의 대상으로 바라보는 사회적 분위기와 그 기저에 깔린 자본의 원리를 비판적으로 기록합니다. 개인적으로는 현숙 님이 지난날 부모와 함께 지내면서 겪은 갈등으로 생긴 상처의 기억들이 대화와 일상에서 되새김질되고, 재해석되며 조금씩 치유되거나 신뢰가 회복되는 등 그 변화하는 과정에 공감도 가고 오해가 해명되기도 했습니다.

세상에 완벽한 가족, 정답인 부모-자녀 관계는 없습니다. 가족은 때로 족쇄가 되기도, 수렁이 되기도, 상처가 되기도 합니다. 현숙님에게 성장기 시절은 거리를 두고 싶은 기억일지도 모릅니다. 그러나 죽음을 앞에 둔 모친과 함께 목욕을 하고, 한 침대에서 뒹굴며 노래를 듣고, 땀 악취증으로 인한 상처의 기억들을 고백하고, 돈에 유난히 억척스러웠던 모친을 보며 속상하면서도 그를 달래가며 함께 보낸 나날은 지나온 세월을 한껏 다독일 만한 시간이었습니다. 동시에 두 부모를 실버타운으로 모시기로 한 것, 연명 치료를 하지 않기로 한 것 등 죽음에 닿을 때까지 내려야 했던 수많은 결정이 과연 옳은지, 대안은 없는지 끊임없이 고민하고 의심했던 시간들이 책에 고스란히 담겨 있어 더 와닿았습니다. 이 책은 현생에서 여든여섯 해를 보낸 어머니 삶에 수고했다고 인사를 건네는 현숙 님만의 애도 방식이었습니다.

더 가난한, 더 더러운, 더 냄새나는 쪽으로

두 부모를 돌보며 기록할 셈으로 이주했던 수원에서의 목적을 다하였을 찰나에 코로나19가 발생했습니다. 근 몇 년간 누구에게나 그랬듯, 현숙 님에게 미친 코로나19의 영향도 지독했습니다. 운신의 자유도 좁아졌고, 세상이 전해오는 소식도 온통 우울한 것들뿐이었습니다.

"코로나19 시기에는 '정말 이젠 죽어야 되는 때인가'라는 생각까지 들더라고요. 나 죽기 전에 세상이 상당히 변혁하리라는 희망이 없다고, 이미 결론 났다고 생각했고, 구술생애사 작업도 했고, 더는 글쓰기나 활동을, 혹은 삶을 지속하는 의미가 있는가 고민이 들었어요. 코로나19 첫 번째 사망자가 청도 대남병원에 수십 년간 갇혀 있던 한 남자로 저와 동갑이었거든요. 그 안에서 생태 파괴도 거의 하지 않았을 이가 첫 번째 희생자였다는 원통함과 원한이 계속 내 안에 절망감과 분노를 낳았어요. 정신적으로 굉장히 힘들던 시기였어요. 그러던 2020년 2월에 홈리스행동의 아랫마을 야학 교사 모집 웹자보를 페이스북에서 본 거예요. 뭔지 모르는데 설레었어. 설레었어요.”

살아오면서 몇 번 없을 ‘존재 자체가 뒤흔들리는 설렘의 순간’이었습니다. 일단 해봐야겠다는 생각에 야학 교사를 신청했다고 합니다. 수원에서 서울을 오가며 야학 교사 활동을 했고 내친김에 홈리스(노숙인) 인권 지킴이 활동도 함께 시작했습니다. 이후 그 설렘을 동기 삼아 이 일을 계속했고, 서울역과 용산역, 쪽방촌과 가까운 갈월동에 원룸을 구했습니다. 그렇게 사람들을 만나고 이곳저곳을 쏘다니며 쌓인 시간을 찬찬히 돌이켜보니 이 일에 강하게 끌린 이유를 찾을 수 있었습니다.

“여러 가지 사회적 활동들 중에 특히 나를 설레게 하고 붙드는 것들이 있는데, 바로 더 가난한, 더 더러운, 더 냄새 나는, 더 남들에게 비난받는 자리들이에요. 내 속에 즉자적인 근거가 있다는 생각이 들었고 이를 홈리스 활동에서 확인했어요. 바로 방황과 혼돈의 시절, 아버지한테 맞으면서 느꼈던 분노와 두려움, 냄새 나는 여자아이, 도벽의 경험과 ‘나는 나쁜 아이인가?’라는 생각 등이 그 근거들이었죠. 그렇지만 내 안에 좋은 사람에 대한 욕망은 분명해서 한 번도 진심으로 죽고 싶지는 않았어요. 이 모든 혼돈과 방황을 겪고 나면 좋은 사람이 될 거라는, 그럼에도 좋은 사람으로 살 거라는 그 말도 안 되는 희망이 포기되지 않았죠. 어린 시절 상처와 어둠과 혼돈과 더러움과 주변의 비난으로 쌓인 내 속의 상처들이 그와 비슷한 존재들을 계속 쫓아가게 하고 있다는 생각이 들면서 스스로가 믿어지더라고요. '죽을 때까지 여기를 떠나지 않겠구나. 나와 비슷한 존재들을 계속 쫓으면서 내가 설레고 결국은 글로 가고 마는구나.' 그렇게 젊은 시절의 혼돈이나 방황에 대해서도 해명이 되고, 자신이 믿어지고, '계속 이렇게 살다가 죽겠구나'라는 생각이 든 거죠."

어린 시절 상처가 남긴 기억의 파편들이 자신과 비슷한 상처를 가진 사람들, 비슷한 환경에 놓인 이들과 함께하도록 이끌었고, 마침내 그곳에서 본인의 모습을 발견했다는 것입니다. 마치 그곳이 자신이 있어야 할 곳처럼 느껴진 것이죠. 자신의 과거를 이해하면서 삶이 정리되고, 그간의 결정들에 신뢰가 생기며, 생이 닿는 데까지 이곳에 머물러 있으리라는 확신이 생겼다고 합니다.

이 난잡한 돌봄의 세계로 초대합니다

현숙 님은 홈리스판이야말로 구조적인 관점에서 이 사회의 '밑바닥'이라고 말합니다.

"회복할 수 없는 사람들이 많아요. 노동력도 무너졌지만 중독과 자괴감 등 내면도 다 무너졌어요. 떨궈져 더는 회복할 의사도 가능성도 없는 존재들이 상대적으로 훨씬 많은 현장이 홈리스판이에요. 신자유주의와 가족 중심주의가 계속 밀어내고 밀어낸 잉여들의 퇴적된 공간이 저는 서울역 노숙인 광장이라고 생각해요. 여기에서 개개인들의 삶의 모습뿐 아니라 그 속에서 무엇을 보아야 할지가 작가로서의 저의 관점이에요. 이는 인권 운동과는 또 다른 시선이죠."

홈리스판은 가장 절망스러운 모습이지만 동시에 반격의 출발점도 존재합니다. 가족 중심주의 사회에서는 가족으로 회복할 의사가 있는 사람들, 그 관계가 아직 살아 있는 사람들은 여전히 가족에게 또 매달리고 싶어지기 때문입니다. 서울역 인근의 노숙인들이 서로를 돌보는 공동체가 바로 '아랫마을'입니다. 이곳은 홈리스행동과 빈곤사회연대 등 반빈곤 단체들이 사무실을 합쳐 만든 공간입니다. 임금 노동 시장에서 떠밀리고, 기댈 가족조차 없는 이들을 사회나 국가가 돌보아야 하지 않나 생각하는 찰나,

현숙 님이 답해주더군요.

"국가는 계속 안 할 테니까, 국가에 기대하지 말고 우리끼리 희망 없이, 하염없이, 신나게 하자는 거예요. 계속 무너지면 다시 하면 되고, 죽을 때까지 하면 되죠."

아랫마을에는 현숙 님을 설레게 했던 홈리스 야학도 있습니다. 이곳에서는 하루에 두 번 10~20명 홈리스와 야학 교사들이 공동식사를 합니다. 홈리스행동의 주거, 인권 지원으로 인연이 닿아 발길을 이어온 이들이 함께 모여 식사도 하고, 거동이 불편한 이들과 병원도 가고, 일손이 필요한 노인들 집에 찾아가 청소도 하며 돌봄을 나눕니다. 그리고 기자회견 현장과 집회 등 외부 연대 활동이 필요하면 몸소 그 공간들을 채우며 함께하고 있습니다. 야학 교사들이 함께할 의제가 있다면, 홈리스들 또한 각자의 방법으로 참여합니다. 현숙 님은 이런 모습의 '난잡한 돌봄'이 이상적인 공동체가 아닐까 생각합니다.

"단순한 공동체라기보다 구체적으로 돌봄이 이루어지는, 같이 먹고 공부하고 싸운다는 면에서 정말 난잡한 돌봄이죠. 안정적이고 깔끔한 도움이 아니라, 온전하지는 못하더라도 최대한 닥치는 대로, 하여튼 돌보겠다는 마음으로 하는 공동체예요. 《이 폐허를 응시하라》라는 책이 있는데요, 핵심은 '재난 상황에서야말로 이기적이고 다산적인 것을 넘어선 무조건적인 호혜와 돌봄이 이루어진다'예요. 가서 뭐라도 하겠다고 달려드는 시민들. 세월호 때도, 이태원 때도 그랬죠. 그럴 때 자발적으로 뛰어든 개개인들의 마음과 구체적인 도움들과 실천들과 나눔들은 재난 상황에서만 가능하죠. 그것이 이 신자유주의에서의 '가능성'인데, 노숙이나 홈리스 현장은 매일매일 재난 상황이거든요. 여기서 지금 벌어지고 이루어지고 울퉁불퉁 굴러가는 이 돌봄이 제가 보기에는 '난잡한 돌봄'이자 그 폐허에서 우리가 응시하고 찾아내야 할 것들이에요. 단순히 돌보기만 하는 것이 아니라 같이 싸우고 배운다는 의미에서 저항이자 반격의 지점이라고 보는 거죠."

개개인이 공동체 혹은 사회와 연결되어 어찌되었든 '난잡하게' 서로를 돌보는, 계산 없이 자발적으로 베풀 수 있는 사회가 되길 희망하는 것입니다. 그리고 이는 결혼 제도에 기반한 일대일의 폐쇄적 관계, 그로 말미암아 형성되는 가족 중심주의를 넘어설 수 있는 관점이 필요하다는 현숙 님의 문제의식과도 상통합니다. 이러한 맥락에서 현숙 님은 성소수자 운동 또한 동성 파트너십, 혹은 가족 구성권을 넘어서려 시도해야 한다고 주장합니다.

"근본적으로 국가와 시민은 일대일의 관계예요. 내게 있는 돈 일부를 국가한테 세금으로 내고, 국가는 내 조건에 따라 복지를 주고요. 지금은 가족 중심으로 결정되는 게 문제죠. 퀴어들이 '우리도 저들이 받는 혜택도 받고, 공동체성을 인정해달라, 가족이든 결혼이든 뭐든 합법화해달라, 아니면 그 혜택을 우리에게도 나누라'고 주장하는데, 저는 너무 보수적인 요구라고 봐요."

가족 바깥에서 모색한 새로운 가능성

가족 중심주의에서 벗어나고자 하는 목표는 현숙 님 평생의 과제입니다. 이의 연장선으로 현숙 님은 자신의 정신과 신체적인 능력이 떨어지고 돌봄의 필요성이 증가하는 모종의 지점에 자유 죽음을 선택하고, 가족 중심주의에서 벗어나 공동체 안에서 삶을 마무리하기 위해 공영장례를 적극적으로 고려하고 있습니다. 한국 사회는 가족 안에서 부 혹은 자원의 대물림이 일어나고, 이로 인해 빈부격차가 재생산되며 신자유주의를 강화하는 등 문제의 시작에 '가족 중심주의'가 있다고 생각하기 때문입니다. 자유 죽음은 본인이 생각하는 적당한 시점에 자유 의지로 죽음을 선택하는 것이고, 공영장례는 가족 관계가 단절된 무연고자나 아무도 시신을 인수하지 않는 이들의 장례를 치르는 방식입니다.

싱소수자들이 노후와 미래에 대해 불안해하고 두려

워하는 것 또한 가족을 중심으로 돌봄과 복지가 이뤄지는 시스템과 제도의 문제입니다. 그리고 '가족의 부재'를 '고독' '위기' 등으로 치환해 낙인을 공고히 하는 가족 중심주의, 그럴듯한 노년의 모습을 상정하고 그에 준하지 못하면 불행한 것처럼 사회적 분위기를 조성하고 소비를 조장하는 의료 및 실버산업과 그 기저에 깔린 자본주의 탓이지 개인의 문제가 아닙니다.

"'사람답게 노후를 살려면 10억이 필요하다'고 하죠. 2012년에 실버타운에 들어가서 2018년에 엄마가 죽었고, 2022년에 아버지가 죽었는데요. 실버타운에 보증금과 생활비만 7~8억이었고, 돈 많은 자식들이 이것저것 보탠 것까지 더하면 10억이더라고요. 그건 그 비싼 실버타운에서 그 폼을 잡으며 늙어 죽느라 든 돈인데. 그곳이 정말 좋은 곳인가요? 겉으로야 감정적인 위안은 되죠. '내가 이 정도 레벨이다'라는 정서적 위안을 돈 주고 사는 건데, 이것이 정말 실체일까요? 나중에는 돈이고 뭐고 아무 쓸모가 없어져요. 한 달에 200여 만 원을 내고 몇백만 원짜리 옥침대에 계속 있는다 해도 결국은 침대 한 칸에 휠체어 하나 차지하고 있다가 죽는 거예요. 외연을 보고 사람들은 인간다운 삶이라고, 좋은 노년이라고 이야기하는 거고, 자식들은 그에 위안을 받는 거고요. 그런 아우라에 속지 않고, 정말 어떻게 살다가 죽을 것인지 고민해야 합니다.

언젠가 삶의 끝은 오는 것이니 결국 어떻게 사는가가 핵심입니다. 이를 잃으면 의료산업과 실버산업의 선전 문구들에 속아서 그것들을 소비하는 소비자로 전락하고 마는 거죠. 저는 노년이 크게 두 가지라고 봐요. 돈 있는 노인들에게는 실버산업과 의료산업이 계속 소비를 조장하기 위한 쓸모로서의 이 소비자성을 노리고, 돈 없는 가난한 노인들에게는 신속하고 간략하게 노년이 진행되다가 죽음에 닿는 거고요."

현숙 님은 한국 사회에서 개인의 삶이 마무리되는 과정을 관찰하면서 '늙음'과 '노후'와 '죽음'의 실제와 실체를 확인할 수 있었습니다. 노후를 대비하기 위해 자금을 마련하려는 이유는 은퇴 이후의 생활비, 신체적·정신적으로 퇴화하는 과정에서 생기는 질병의 치료비, 누군가로부터 받을 돌봄 비용 등을 미리 준비하기 위해서입니다.

노후 대비에 필요하다는 10억은 외관이 준수한 공간에 머무르며 노후를 보낸다는 자기만족과 일정 수준의 돌봄을 제공할 뿐이었습니다. 그곳에서의 노후는 자기 한 몸을 뉘일 침대와 이동에 필요한 휠체어에 의지해 죽음을 맞이하는 것이었습니다. 10억만 마련한다면 대단한 노후가 보장될 것만 같은 상상은 환상인 것이죠. 어떤 곳에서 어떻게 죽음을 맞이할지는 개인의 선택이지만 자연의 섭리인 늙음과 죽음을 비참하고 불행하고 슬픈 것으로만 포장해 과잉 진료와 돌봄을 부추기는 분위기 속에서 우리는 좀 더 현명해지고 의연해질 필요가 있는 것 같습니다.

함께여서 괜찮다는 착각, 혼자여서 불행하다는 편견

신체적, 정신적으로 퇴화하는 과정에서 일정 수준의 돌봄이 필요한 것은 사실입니다. 성소수자로서 그 돌봄을 기댈 안전망이 부재하기에 불안과 걱정이 쉽게 해소되지 않습니다. 자녀가 있다면 상황이 좀 더 낫지 않을까 하는 생각이 들기도 하고요.

"(이성애자들이) 더 상처받아요. 노인네들 가장 많이 상처를 받는 게 자식 때문이에요. (자식한테) 기대하게 되거든요. 지금 어떤 자식이 부모를 돌볼 수 있겠어요. 자식이 나빠서가 아니에요. 신자유주의가 강화되는 상황에서 국가는 계속 가족에게 또다시 되돌려 보내잖아요. 근데 노년 세대들이 자식에게 제대로 돌봄받고 용돈받는 경우는 갈수록 더 불가능해져요. 30~40대도 살기 힘들어서 여전히 50~60대 부모에게 돈을 받아서 쓰고 있는 상황이잖아요. 이건 개인이 아니라 사회적인 구조 자체의 문제예요. '자식이 보험이다'라는 논리가 아직도 작동하고 있는 이유는 바로 가족 중심주의가 여전하기 때문이고요.

고독사나 독거 같은 용어들이 낙인으로 쓰이는데, 독거가 얼마나 편한 줄 알아요? 70~80대에 혼자가 된 할머니들은 드디어 인생에 자유와 독립과 해방이 온 거예요. 평생 자식을 돌보고 서방을 돌보고 양쪽 집안을 돌보다가 이제야 드디어 영감도 죽고 자식들도 다 떠났어. 나이 들어서 온 자유가 좀 억울하기는 하지만 이제라도 친구들과 마음대로 만나 놀 수도 있고 복지도 옛날보다 훨씬 나아요. 독거나 고독사에 대한 낙인을 벗어버리는 게 굉장히 중요합니다. 쓸데없이 외로움 같은 감정들에 속아 넘어가지 말아야 해요. 친밀한 관계가 필요하다면 끊임없이 혈족을 넘는 관계와 공동체를 어떻게 만들 것인지 모색하는 게 중요하죠."

실제로 통계청에 따르면 2021년 기준 한국의 1인 가구는 33.4퍼센트이며 이 수치는 계속해서 증가하는 추세입니다. 이런 시대에 '독거'의 낙인에 불안과 두려움을 느낄 필요가 없다는 것이지요. 막연한 노후에 두려움을 느끼기보다는 자기 자신의 모습대로 어떻게 살아갈지를 고민해야 하지 않을까요? 다만 적절한 돌봄을 서로 나눌 만한 친밀한 관계와 공동체를 어떻게 형성해나갈 것인지가 주어진 과제입니다.

우리가 할 수 있는 최선의 노후 대비

성소수자로서 늙음과 죽음에 대해 불안과 두려움을 겪는 이들에게 현숙 님은 '미래보다 중요한 것은 지금'이라고 전합니다.

"노후 대비요? '지금을 잘살라'고 말하고 싶어요. 그냥 지금 열심히 살다보면 늙어지는 거예요. 그때그때 상황들이 올 테고요. 물론 돈의 대비가 전혀 쓸모없다는 것은 아니에요. 신자유주의 사회에서 노년이든 젊은이든 자존감을 유지할 만큼의 돈은 필요하다고 봐요. 그리고 그 돈은 개인적으로 최대한 마련하고 개인이 안 되면 사회적으로 마련을 해야죠. 그래서 우리가 복지를 주장하는 거죠. 그렇지만 돈이 목적이어서는 절대 안 돼요. '어떤 삶을 살 것인가'를 중요하게 생각하는 것이 우선입니다."

늙음도 죽음도 우리의 의지와 무관하게 알아서 찾아옵니다. 대부분의 사람들이 나이가 찰수록 미래가 걱정되는 것은 부인할 수 없는 사실이고, 노후를 위해 뭐라도 준비해두어야 하지 않나 하는 마음에 초조해지기도 합니다. 벌써부터 죽음을 마중 나가 불안해하는 것이지요. 그럴수록 초연한 마음으로 지금을 어떻게 살지 생각해보아야겠습니다. '어떻게 죽어갈까'보다 '어떻게 지금을 더, 잘, 의미 있게, 풍요롭게 살까'를 고민하는 편이 다시 오지 않을

이 소중한 시간을 더 값지게 보내는 방법일 테니까요. 언젠가 찾아올 늙음과 죽음을 잘 맞이하기 위해 지금, 이 순간순간을 어떻게 보낼지 떠올려보게 됩니다.

그 고민에 충실하며 발 딛고 눈앞에 놓인 현재를 자신의 모습대로 열심히 사는 것, 필요한 만큼은 벌도록 노력하되 돈을 목적에 두지 않을 것, 마지막으로 함께 늙어가며 서로를 돌볼 관계와 공동체를 형성해나갈 것, 그것이 바로 우리가 할 수 있는 최선의 노후 대비가 아닐까 생각합니다.

마지막 그날까지 소신 있게

현숙 님은 가지지 못한 사람들의 편에서 오히려 더 당당하게 세상에 내놓아야 할 가장 선명한 목소리를 내온 분이라고 생각합니다. 때로는 사람들이 외면하고 피하고 싶어 하는 자리를 지금도 굳건히 지켜오고 있죠.

"활동가 정체성과 작가 정체성이 섞여 있는데요, 저는 작가이지만 현장이 더 중요하고, 몸으로 때우는 사람들이 훨씬 더 많은 역할을 하고 있다고 생각해요. 제 생각엔 글은 진짜 다 패배하고 나서 '이 방법으로라도 나는 저항을 하겠다'라는 측면이 있는 것 같아요. 처음부터 제가 문학으로 시작을 했다면 문학으로 온전히 저항하겠지만

60이 다 된 나이에 글이라는 방식을 선택하게 됐잖아요. 이는 활동가로서 사회에 대한 나의 어떤 역할이나 책임이나 소신을 실천하기가 불가능한 시점에 일종의 패배자라서인 거예요. 그 방식으로서의 패배를 수긍했죠. 그렇지만 글도 저한테는 중요한 복수이자 저항의 수단이고요. 이걸 적극적으로 잡지 않았지만 결국 나한테 왔으니까요. 이 방법으로 현장을 여전히 포기하지는 않는 거고, 포기할 수 없고요. 그렇게 글을 쓰고 있어요."

언제든 떠날 수 있는 작은 원룸 방에서의 단출한 일상, 가난하지만 생활하는 데 족한 벌이, 소신을 지켜나가는 삶. 30년 전 처음 예수라는 인물을 통해 소신을 세운 이래로 변함없이 그 길을 걸어온 현숙 님은 힘닿는 데까지 그 소신을 지켜가고 싶습니다. 그리고 뒷걸음질치지 않았기에 지금 행복하다고 말할 수 있고요. 이 세상을 떠나는 날까지 자신만의 방식으로 행복하고 싶습니다.

늙음과 죽음이 두렵고 불안한 이유는 아직 경험해보지 않았기 때문일 것입니다. 늙음을 도외시하고 독거를 외로움으로 둔갑시키며 죽음에 대한 맹목적인 두려움을 생산하는 사회적 분위기에 사로잡히기보다 주어진 나날을 어떻게 하면 더 알차게 보낼지 고민해보면 어떨까 싶습니다.

현숙 님의 이야기에 당장 그 두려움과 불안이 말끔히 사라졌다면 거짓말일 것입니다. 미천한 인간인 저는 불현듯 엄습하는 걱정과 불안에 여전히 손들 수밖에 없으니까요. 그럼에도 매번 백기를 들고 투항하기보다 이제는 그 감정의 실체를 의심하고 버텨볼 배짱이 조금은 생기지 않았나 싶습니다. 내 삶의 온전한 주인으로, 가장 자신이 원하는 방식으로 주도권을 잡고 매일 소신을 실천하며 삶을 채워나가는 현숙 님처럼 말이죠.

활동가로서, 그리고 느지막이 데뷔한 작가로서 마지막까지 소신을 실천하는 현숙 님의 삶을 지지합니다.

✦✦✦✦✦✦✦✦✦✦✦✦✦✦✦✦

노후와 죽음을 맞이하는 자세

늙음과 죽음의 실체를 직시하자

인간이라면 누구니 늙고, 때가 되면 죽음이 찾아옵니다. 그 과정에서 생기는 불편과 어려움은 그때그때 대응하면 되는 것이죠. 괜히 사회에서 조성하는 분위기에 휩쓸려 늙음과 죽음에 두려움과 불안을 느끼지 않아도 괜찮습니다.

삶에서 가장 중요한 것은 '어떻게 살 것인가'다

노후 대비와 자금 마련이 불필요하지는 않지만, 그렇다고 지금의 삶과 성취와 행복을 보류해서는 안 됩니다. 죽음은 지금을 살다 보면 언젠가 오게 마련입니다. 주어진 매 순간을 어떻게 하면 가장 자신답게 잘살아갈지에 더욱 집중해야 합니다.

누구도 노후의 돌봄 노동을 기대할 수 없다

이성애자라면 노후에 자식에게 안정적인 돌봄을 기대할 수 있으리라고 생각해 부러워할 수도 있습니다. 하지만 노후의 돌봄을 기대할 수 없는 상황은 이성애자에게도 마찬가지로 적용됩니다. 과거에는 가족이 돌봄의 역할을 주로 담당했으나 더는 한국 사회에서 이 공식을 기대할 수 없기 때문입니다.

돌봄을 주고받을 관계를 형성한다

그 어떤 조건과 기대 없이 돌봄을 나누는, '난잡한 돌봄'을 주고받을 수 있는 친밀한 관계를 형성해나가야 합니다. 진정한 노후 대비

◈◈◈◈◈◈◈◈◈◈◈◈◈◈◈◈

는 이러한 관계망과 공동체를 꾸릴 수 있도록 노력하는 것입니다.

혈족(원가족)을 대처할 본인의 입장을 명확히 하자

여러 이유로 인해 가족과 독립·분리·단절해야 할 때가 있습니다. 원가족이 필요에 따라 계속 부를 때 어떻게 대처할지 입장을 확실하게 세워야 흔들리지 않고 자신을 지킬 수 있게 됩니다.

feat. 명우형

수십 년간 여러 가게를 운영했으며 현재는 이태원의 레즈비언 전용 바인 레스보스의 사장이다. '한국 4050 레즈비언 중 내 가게에서 술 한 번도 안 먹어본 사람은 없을 것이다'라고 자부하는, 퀴어계의 살아 있는 역사. 예상치 못한 사건 사고와 말 못 할 고충에 몸도 마음도 안 아픈 날이 없었 지만 도망가려 해도 사람들이 아른거려 돌아올 수밖에 없었던 '부치 파 더'. 우리와 오래도록 함께해온 사람, 그리고 같이 더 나은 내일을 향해 걸 어갈 사람. 세월에 따른 지병으로 가게를 비울 일이 생기는 요즘이지만 그럼에도 퀴어들이 편하게 모이고 즐길 공간을 지켜내기 위해 오늘도 씩 씩하게 삶을 꾸리는 중이다.

늙어 죽을 때까지 퀴어인 나로 살 거예요

성소수자로서
품위 있게 살기

성소수자로 정체화해 살아오면서
한순간도 부끄럽고 싶지 않았어요.
오히려 '성소수자'라는 특수성이 붙어 있기에
더 떳떳하고 당당하고 멋있게 살고 싶었지요.

숱하게 받았던 질문, "언제 동성애자라는 걸 알았어요?"라는 물음에 아무리 머리를 굴려 기억을 더듬어 거슬러 올라가도 답은 항상 같아요. 중학교 시절, 사춘기였을 거예요. 같은 학교에 좋아하는 친구가 생겼는데, 그땐 그 감정을 정확히 이해하진 못했습니다. 그저 그 친구가 가는 데면 나도 가야 할 것 같고, 헤어져 집에 오면 또 생각나고, 한정된 휴대전화 통화 시간과 문자 메시지 비용도 아끼고 아껴 온통 그 친구에게 다 썼습니다. 줄곧 괜찮았던 성적이 참으로 드라마틱하게 떨어졌던 것도 그때가 처음이었습니다.

고등학생 때 처음으로 여자친구를 사귀었지만 당시에만 해도 내가 '이 사람'이라 좋아하는 것이지 '여성'을 좋아한다고 생각하진 못했습니다. 한 학기를 마치자마자 1년간 미국으로 교환학생을 가면서 처음으로 장거리 연애를 했고 얼마 못 가 헤어졌습니다. 저는 태생적으로 장거리 연애에 재능이 없음을 이때 처음 알았죠.

그때 제가 지내던 미국 중부의 캔자스 주는 백인이

92퍼센트이고 종교적으로도 매우 보수적인 지역이었습니다. 이 외진 곳에서 홀로 유학 생활을 하던 중에 예상치 못하게 아웃팅을 당했습니다. 케이티 페리의 〈I Kissed A Girl〉이라는 노래를 흥얼거리며, 내게도 동성과 키스한 경험이 있다고 친구에게 이야기한 것이 다음 날 학교에 다 퍼졌죠. 간신히 사건을 해결하며 어리고 두려운 마음에 '다시는 동성을 좋아하지 말아야지' 하고 굳게 다짐도 했습니다.

1년간의 교환학생 생활을 마치고 한국의 고등학교에 복학한 뒤, 또 동성을 좋아하고 있는 제 모습을 발견하게 됩니다. 이쯤 되면 스스로를 인정하고 정체화를 할 법도 한데요. 연애를 했지만 그리 오래가진 못했고 쓰린 가슴을 부여잡으며 눈에 쌍심지를 켜고 공부와 입시에 집중했죠.

대학만 가면 애인이 생긴다던데, 제 동기들은 미팅에 소개팅으로 잘들 짝을 찾아가는데, 저는 아직 어떤 성별을 좋아하는지도 확신이 없었습니다. 남자친구도 사귀어 봤지만 인간적인 면모를 떠나서 성애적인 감정이 일지 않았을 뿐더러, 여자친구를 만났을 때만큼 정서적으로 충족되지 않았습니다. 도리어 주변에 호감 가는 '일반' 여자친구들만 눈에 들어오고, 짝사랑하다가 내려놓기만 반복했습니다.

정체화하는 것, 그러니까 '레즈비언'이라는 네 글자에 왜 그리 거부감이 들었던지 모르겠습니다. "저는 레즈비언입니다"라는 말이 목구멍까지 올라와도 입 밖으로 꺼내기가 참 힘들었어요. 내뱉는 순간 '내가 정녕 레즈비언이 되어버렸구나! 이를 어쩌지?' 싶은 느낌이었습니다. 사회적으로 성소수자의 존재가 어떻게 발화되고 이해되는지 정확히 알진 못했지만 쉽지 않은 길임을 육감으로 느꼈으니까요. 내가 '그 존재'라고 선언하면 정말 돌이킬 수 없을 것만 같았습니다.

그렇지만 어쩔 수 없는 일이었죠. 언제까지 내 존재를 거부하며 살 수는 없으니까요. 어느 순간 나조차 나를 거부하면 안 된다는 생각이 들었습니다. 세상 사람들이 다 돌아선대도 처음부터 마지막 순간까지 나를 가장 존중할 수 있는 것은 오로지 나 자신뿐이니까요. 누군가를 좋아하고 그 감정 덕에 벅찬 행복과 살아 있다는 해방감을 느끼는데, 이걸 무작정 거부할 수도 없었습니다. 자신을 사랑하고 성애적 대상에 대한 자기감정을 존중한다면 자신의 성정체성을 긍정할 수밖에 없습니다.

나보다 먼저 미래를 걷는, 내 희망들

저를 인정하기까지 시간이 한참 걸린 까닭은 사회적 시선과 혐오 때문만은 아니었습니다. 앞으로 어떻게 살아갈지 막막한 마음이 더 컸습니다. 동성애자라는 사실을 받아들이는 순간부터 저는 남들과 비슷하게 밟아가리라 생각했던 연애와 결혼, 출산과 양육 등 사회적으로 세팅된 생애 과업들을 수행하지 못할 테니까요.

그 과업들은 선택이 아닌 불능의 영역으로서, 주변으로부터 받는 기대들을 이뤄주지 못할 것이었습니다. 동시에 '그럼 앞으로 뭘 어떻게 하고 살아가야 하는 거지?'라는 보이지 않는 미래에 대한 걱정과 불안이 생겨났죠. '암흑뿐인 동굴에 횃불도 없이 손을 뻗고 한 발 한 발 더듬어가는 심정으로 살아야 하나' '내 30대, 40대, 그리고 그 뒤엔 어떻게 살아가게 될까. 무엇이 펼쳐질까?' 이런 생각들이 머릿속을 맴돌았습니다.

그래서 우연히 연상의 여성 퀴어 선배들을 만나면 뛸 듯이 기뻤습니다. '나에게도 역사와 미래가 있다!'는 생각에 가슴이 벅차올랐죠. 정말이지, 퀴어라도 생각보다 꽤 괜찮게, 행복하게 살 것만 같은 자신도 들었습니다. 선배들이 특별한 말을 해주지 않아도, 그저 그들이 건장히 존재하는 것만으로도 '나도 여성 퀴어로서 앞으로 내 미래를 주체적으로 계획하고 꽤 잘 살아갈 수 있을 것'이라는 믿음도 생겼습니다.

우리에겐 더 많은 샘플과 롤모델이 필요하다는 생각도 들었죠. 그래서 이 책도 쓰게 되었고요. 주변을 둘러보면 사회적으로 왕성하게 활동하고 계신 분들이 여럿 있지만 그중에서도 오랜 시간 커뮤니티와 함께해온 분을 소개하고 싶다는 생각이 들었습니다. 여성 성소수자라면 한 번쯤 들어보셨을 법도 한 신촌 홍대(지금은 이태원)의 '레스보스', 그리고 압구정의 '명우형'이라는 가게를 이끈 윤김명우 님입니다. 다들 편하게 '명우형'이라고 부르곤 하죠.

가슴 동여매고 남장하면서도 버릴 수 없던 정체성

"태어날 때 부모님한테 받은 본명은 이반(퀴어)으로, 부치로 살아가기에는 너무 여성스러워서 다른 이름을 가지고 싶었어요. '명우'는 원래 친한 고등학교 친구 이름인데요, "너 이름이 뭐니?"라고 묻는 레즈비언 선배들의 물음에 "명우예요"라고 대답한 뒤로 지금까지 40년 넘게 쓰고 있네요. 개명할 생각은 없어요. 부모가 저를 낳고 제가 세상에 태어났을 적에 얼마나 기뻐하고 예뻤으면 그 이름을 지어줬겠어요. 그래서 본명은 그대로 놔두고, '명우' 뒤에 '형'을 붙여 퀴어들하고 같이 어울리면서 쓰고 있죠."

명우형은 한국전쟁의 혼란이 가라앉기도 전인 1956년 서울에서 태어나 줄곧 자랐습니다. 동네에서 소꿉놀이를

하면 아빠나 사장, 의사는 해도 엄마 역할은 죽어도 못 한
다던 꼬마였다고 합니다.

"누가 '너 엄마 해'라고 하면 저는 소꿉놀이를 안 했어
요. '나 아빠 시켜줘' 아니면 '의사나 장사하는 사람 할래'
라고만 했죠. 그때부터 느낌이 있었던 것 같아요. 전쟁 직
후라 어릴 적 주변에 혼혈인 친구들이 굉장히 많았어요.
그 친구들이 얼마나 인형같이 예뻐요? 고등학교 때 한 아
이와 짝을 하고 싶어서, 까치발을 들어 키를 맞춘 덕분에
짝꿍이 됐지요. 그 친구와 손을 잡고 수업을 들었어요. 조
숙하진 않았는데, 그냥 예쁜 애가 좋았어요. 남자애들보
다도 예쁜 여자애들에게 관심이 가고 좋았다고요. 여자를
좋아해요(웃음)."

떡잎부터 달랐던 명우형이 한창 퀴어 커뮤니티에서
활동하던 시기는 1970~1980년대입니다. 당시에 '동성애
자'란 암암리에 존재하고 '레즈비언'이라는 단어가 1960년
대 후반부터 통용되었어도 사회적으로 드러내기는 불가
능에 가까웠다고 합니다. '동성연애자는 정신병자'로 호명
되던 시절이었어요.

"오늘날에는 인권단체도 많고 학문적으로, 이론적으
로 탄탄하죠. 보미의 경우처럼 서울대학교 총학생회장으
로 퀴어로서 신문에 나오잖아요. 반면에 1956년생인 제가

1970년대에 동성애자로 활동하는 것은 음지 그 자체였어요. 남장하고 여자와 살면서, 여자라는 모습을 감추면서 살았단 말이지요. 성형도 흔하지 않았어요. 가슴을 동여맬 수 없으니 대중목욕탕에 갈 수나 있나요? 매일같이 삶이 불안하고 얼마나 힘들었겠어요. 그러면서도 우리 선배들이 수십 년 동안 여자 애인의 남편처럼, '바지씨'라고 불리며 살았어요.

외양 때문에 사업에도 굉장히 걸림돌이 많더군요. 그나마 가능한 직업이 노동 일, 그중에서도 운전이 제일 마음이 편했어요. 바지씨로서 제 외양을 바꾸지 않고 가질 수 있는 직업이니까요. 근데 저는 그게 싫더라고요. 왜 내가 가난하게 살아야 돼요? 나는 잘 먹고 잘살고 예쁜 여자하고 평생 행복하게 살아야겠다는 목표가 있는데 말이에요. 재정적으로도 퀴어들이 많이 윤택해져야 돼요. '저러니까 저 꼴로 살지'라는 소리 듣지 말아야지, 손가락질받지 말아야지. 그 마음으로 열심히 살았어요."

그저 온몸으로 저항하던 시절

고등학생 때 통기타 연주를 들으러 명동을 쏘다니던 명우 형은 우연히 평소 다니던 가게의 건물 1층에 여성도 남성도 아닌 '이상한' 사람들만 드나든다는 '샤넬'이란 가게를 알게 됩니다.

"제가 음악 듣는 공간 건물 1층에 여자 같기도 하고 남자 같기도 한 이상한 사람들이 드나든다는 이야기를 들었어요. 가봤죠. 그랬더니 우리 같은 사람인 거죠."

호기심 반, 두려움 반으로 들어가본 그곳에는 여성 성소수자들이 모여 있었습니다. 당시 공식적인 레즈비언 바는 없었지만 이렇게 여성 성소수자들이 아지트 삼아 모이는 공간들이 몇 곳 있었습니다. 자신을 스스럼없이 드러내고 좋아하는 상대에 대해 자유로이 이야기하고 어울릴 공간이 있다는 것만으로도 어린 명우형에겐 큰 희열이었습니다. 고등학교를 졸업한 뒤에는 선배들을 따라 아지트를 발굴하기도 하고 함께 어울려 다녔지요. 처음 갔던 샤넬은 대마초 사건으로 인해 퇴폐 시설로 찍히며 문을 닫고, '나폴레옹' '나란히' 등 몇 곳을 전전하다가 이후 'PJ'를 꽤 긴 시간 아지트로 삼았습니다. 넓고 큰 3층 건물에 통기타 음악을 들으며 식사도 하고 커피와 맥주도 마실 수 있는 공간이었죠. 일부러 약속을 잡지 않아도 그곳에 가면 지인들이 항상 있었습니다. 낮부터 모여 식사도 하고 술도 마시며 어울리다가 저녁에는 유네스코 건물 뒤편으로 넘어가곤 했습니다.

"유네스코 건물 뒤에 학사주점이 있었어요. 퀴어 선배

하나가 '겨울나그네'라는 선술집을 열었죠. 다락방처럼 되게 조그마했어요. 다들 낯도 안 가려요. 누가 오면 통성명하고 바로 합석을 해요. 그냥 그날 돈 있는 사람들이 내고, 그렇게 지내왔어요. 남산에 옛날 서울예술대학 자리 옆에 '춘희'도 퀴어 선배가 장사한 곳이에요. 거기도 아지트가 됐지요. 그때 만난 선배들이 미국, 호주, 일본 등으로 많이 나갔어요. 결혼적령기라는 압박 등 한국에서의 삶은 너무 어려우니까요."

세월이 흐르고 하나둘 흩어지기 전까지, 선배 여성 퀴어들은 새로운 아지트를 발굴하고 헤쳐모여를 반복하며 함께 지내왔습니다. 지금도 몇 년지기 친구보다 한 번 술자리를 한 퀴어 친구들과 더 많은 교감을 나누는 것처럼, 당시에도 서로의 존재를 이해하고 보듬어줄 수 있다는 사실 하나로 낯가림 없이 함께 어울릴 수 있었던 것이겠죠.

호시절 중에도 노골적인 혐오와 차별을 당해야 했던 순간도 있습니다. 긴 시간 아지트로 삼아오던 레스토랑인 PJ에서는 '레즈비언은 더럽다, 들어오지 마라'며 일방적으로 쫓겨나기도 했습니다. 가게 주인도 아닌 이에게 쫓겨나자 항의하다가 싸움이 나기도 했습니다.

"레즈비언들이 높은 매출을 차지하고 있어서 일부러 여자 DJ를 고용했던 곳이거든요. 불매 운동으로 응징을 했지요."

　기억을 끄집어내자면 끝도 없습니다. 한번은 휴가 때 명동에 놀러온 군인들이 횡포를 부린 적도 있었습니다. 집이고 밖이고 어느 곳 하나 마음 편히 자신의 모습 그대로를 드러내며 살기 어려웠겠지요. 성소수자들을 위한 전용 공간도 없었고, 있다 해도 새로운 곳을 찾고 또 찾아야 했으니까요. 차별과 혐오의 순간들은 날벼락처럼 예고도 없이 찾아왔고, 그 시간은 지금 다시 생각해도 상처입니다. 오늘날에도 차별과 혐오가 공공연히 일어나는데, 40여 년 전은 어땠을지 상상조차 되지 않습니다. 거기에 명우형은 그 시대에 커밍아웃을 공개적으로 하는 용기까지 감행했죠.

　"제가 커밍아웃을 1999년도에 했거든요? 완전히 뒤집어놓은 거죠, 우리나라를. EBS '벽을 허문 여성' 프로그램에도 나왔어요. 방송사니 신문사니 잡지사니 난리가 나서 취재하러 오는데, 마다하지 않고 다 응해줬어요. 그때는 다 기사가 긍정적으로 나왔어요. 종교단체들이 어느 순간부터 동성애가 죄악이라며 반기를 들잖아요. 그때만 해도 가톨릭 신문에도 긍정적인 기사가 나왔거든요. 거기다가 여성학이나 보건학, 가정학과 대학생들, 전문대학 학생들까지 이야기를 들으러 왔어요. 저는 인터뷰 요청에 한 번이라도 '노'라고 한 적이 없어요. 왜냐하면 숨지 않고 자꾸만 퍼뜨리고 세상에 알려야지 우리가 편안해질 수 있고, 내가 그렇게 함으로써 그다음에는 후배들이, 어린 친구들이 나올 수 있잖아요. 학문적으로, 페미니즘쪽으로 뒷받침을 해주어야지 우리가 살 수 있는 공간이 해방된다는 걸 스스로 느끼고 몸으로 투쟁한 거지요. 총알받이 노릇을 한 거죠(웃음)."

명우형이 '내가 총알받이가 되어서라도 세상에 우리 같은 사람들이 있음을 널리 알려야겠다'며 대사회 커밍아웃을 결심한 것도, 여성 퀴어들이 편히 모일 공간을 만들고 싶다며 레즈비언 바를 연 것도, 어쩌면 지난 시간과 기억을 그냥 묻어버리지 않고 마음속 한편에 눌러둔 다짐의 결과물이 아닐까 하는 생각이 들었습니다. 그리고 열심히, 떳떳하게, 멋있게, 가난하지 않게 살고 싶다는 마음으로 젊은 날을 보내온 그는 오래 그리던 꿈을 지금 꽤 이루어냈지요.

"제가 30대 때 서소문 노른자 지역에서 장사하면서 3층짜리 건물을 통으로 썼어요. 운도 좋았죠. 이 커뮤니티에서 40~50대 후반 중에 내 술 안 먹어본 애들이 없어요. 옛날 사람은 제가 어떤 사람인지 잘 알죠. 하이텔, 천리안 시절에는 죄다 우리 집에서 정모를 했어요."

여성 성소수자 커뮤니티의 중심에 선 사람. 늘 앞에

나서서 온갖 궂은일을 도맡는 총알받이 역할을 해오면서도 '술 안 먹어본 애들 없을 거다'라는 말로 가볍고 유쾌하게 웃어넘기는 이 멋진 여성을 저는 존경할 수밖에 없다는 생각이 들었습니다.

사람 때문에 지치고, 사람 덕분에 살다

사실 명우형 역시 레즈비언으로서 대사회 커밍아웃을 하는 등 지금까지 이뤄온 성취 이면에는 크고 작은 아픔들이 있었습니다. 열네 살 중학생이던 명우형이 동성 친구를 좋아한다는 걸 알게 된 학교 교사가 집까지 찾아와 어머니에게 아웃팅을 한 사건도 있었습니다. 우연히 안방 앞을 지나가다가 이를 알게 된 어린 명우형은 어찌해야 할지 몰랐지요. 주변에 도움의 손길을 구할 곳도 없었고 탈출할 공간도 없었으니까요.

"낮잠을 자다가 일어났는데 두 그림자가 어른거리는 거예요. '쟤가 여자를 좋아하는 것 같아요.' 가만 들어보니 제 이야기였죠. 엄마는 죄지은 사람처럼 선생에게 '아유, 예'라고 대답하고요. 덜컥 겁이 났어요. 몸이 벌벌 떨리면서 머리가 하얘지더라고요. 이대로 학업을 포기하고 집을 나가야 할지, 아예 없어져야 할지…. 오만 가지 생각에 어지럽고 어떻게 할 수가 없었어요."

그 짧은 순간이 너무나 무섭고 두렵고 외로워서 억겁처럼 느껴졌다고 합니다. 아마 이때의 기억은 이후에 명우형이 레스보스의 낮 시간을 청소년들이 머물 수 있는 공간으로 만든 계기가 되지 않았을까 하는 생각이 들었습니다.

"어머니는 소천하실 때까지 그 일에 대해 아무 말도 하지 않으셨죠. 이후로 다섯 번이나 아웃팅을 당했는데도요. 20대에는 친언니와 사촌 올케를 비롯한 가족들이, 결혼 안 하겠다며 집을 나간 저를 만나던 애인과 떨어뜨릴 심산으로 일본으로 보내기도 했어요. 일종의 유배였죠. 당시 영사관에서 일했는데요, 일본어 한마디 할 줄 몰랐지만 어쩔 수 없었어요. 그렇게 생이별을 하고 강제로 일본에서 2년이나 보내고 계약이 종료되고서야 돌아왔어요."

귀향 후 고급 일식집을 운영하다가 후배들을 돕고자 재정난으로 위기에 놓인 신촌의 레스보스를 인계받았습니다. 그곳은 난제투성이었습니다. 레즈비언들이 편하게 지낼 공간을 운영한다는 행복과 비슷한 사람들을 만나는 기쁨의 원천이었지만, 끊이지 않는 사건 사고들로 인해 명우형의 신체적, 정신적 건강을 갉아먹은 장소이기도 했지요.

명우형은 레스보스의 3대 사장입니다. 일식집을 운영

해본 경험은 있었지만 술집은 처음인 데다 레즈비언 전용 바라는 특수성 때문에 걱정이 태산이었습니다.

"레스보스와의 인연은 처음부터 참 다사다난했지요. 나이도 있고 이제 갈 데가 없다 싶을 때 선배들과 이태원을 다니기 시작했어요. 레즈비언 바가 없으니까 '여보여보'라는 트랜스젠더 바를 갔어요. 그곳에서 국내 최초의 트랜스젠더 김유복 선배부터 고등학교 2학년 시절의 하리수까지 다 알고 지냈지요. 그러다가 거기서 만난 아이가 마포에 '레즈보스(정확히는 레스보스였지만)'라고 레즈비언이 가는 바가 있다고 알려주었어요. 그 말을 듣고 바로 위치를 알아내서 장사 끝나고 차를 끌고 갔어요. 혹시나 선배들 중 누가 가게를 열었나 싶어서, 만나고 싶은 마음에요.

가봤더니 어린 친구들이 잔뜩 있어 깜짝 놀랐죠. 주인이 '주말에 오시면 사람들이 더 많아요'라고 하더라고요. 주말에 갔다가 그 좁은 데서 음악 틀어놓고 춤추는 애들을 보고, 너무 흥분하고 좋아서 같이 춤을 췄어요. 아, 그때 저 몰매 맞아 죽을 뻔했잖아요. 자기 애인 손을 제가 잡아당겼다고. 여덟 명 정도 되는데, 그들을 불러다가 양해를 구했죠. 제가 살아온 이야기들부터 치마씨, 바지씨가 있던 시절까지…. 이렇게 젊은 친구들을 만나니 깜짝 놀라고 반갑고 기쁜 마음에 흥분했을 뿐 치근거릴 생각은 추호도 없었다고 사과했죠. 그 한바탕 난리 부르스를 쳐서 그런지 걔네들하고는 20년 넘은 지금까지도 친해요.

그런 레스보스가 2대 사장 대에 재정난이 심각해졌어요. 그때 전 재정적으로 충분했으니까 도와주려고 많이 애를 썼죠. 그 돈 다 갚아주고 빚잔치도 해줬어요, 제가. 그러다 보니 '이 가게를 이어갈 사람은 명우 선배밖에 없다'고들 하니 제가 맡게 됐어요. 사실 그때 5000만 원이면 홍대에서 더 근사한 바를 운영할 수 있었어요. 무엇하러 4층에 그 돈을 주고 하겠어요, 걔(주인) 살려주려고 한 거지. 근데 막상 맡고 나니 암담하더군요. 레즈비언 장사라면 도대체 어떻게 운영해야 될까. 어차피 레즈비언 바를 할 거면 커밍아웃을 해야 되겠다. 왜냐하면 난 떳떳하게 이걸 한다고 세상에 알리고 싶었거든요."

레스보스가 변하고 있다는 입소문이 퍼지자 매출도 점점 늘어갔습니다. 그렇게 호재만 있을 줄 알았는데 사람이 늘면서 예상치 못한 갈등이 발생했습니다. 청소년 손님들이 들어오면서 마찰이 빈번해지고 가게 운영에도 차질이 생긴 것이었죠. 곰곰이 생각해보니 명우형 역시 청소년기에 외롭고 힘들었다는 게 떠올랐습니다. 이 친구들에게도 그럴 공간이 필요하겠다는 생각이 들었습니다.

"저도 중학생 때 아웃팅을 당하고 도망갈 비상구가

없었잖아요. 여전히 청소년기 아이들한테 그런 곳이 없더라고요. 인권단체에서 돌봐줄 공간도 없었고요. 구청 위생과에 전화를 했지요. '미성년자들을 받는 게 가능한가요' 문의하니 '일반음식점이니 술과 담배만 팔지 않으면 괜찮다'는 답을 해주더군요. 이후로 퀴어 청소년도 편하게 와서 놀다 갈 수 있게 됐지요."

산 넘어 산이라고, 퀴어 청소년들에게 열린 공간이 있다는 사실이 화제가 되어 방송사에서 레스보스를 취재하고 싶다는 요청이 들어왔습니다. 이를 고민하던 있는 도중에 촬영 팀이 허가도 없이 몰래 촬영해가는 골치 아픈 사건이 발생했습니다. 그 길로 사양길로 접어드는 줄 알았지만 다행히 손님들이 상황을 이해해주어 넘어갈 수 있었습니다.

한번은 부모가 가출한 청소년을 찾으러 와 소동을 벌인 일도 있었습니다. 알아보니 가게 손님 중 한 명이 가출한 아이를 돌봐주었는데 그 불똥이 명우형에게 튀었던 것이죠.

말도 못 할 우여곡절이 한둘이 아니었습니다. 일반 술집에서도 있을 법한 사람들 간의 다툼과 갈등, 진상 손님들의 추태에 더불어, 레즈비언 전용 가게라는 특수성에 기반한 사건 사고들까지. 스트레스성 위염을 늘 달고 살

앉고, 정신과 진료를 받기도 했다고 합니다. 휴식이 필요해 가게를 닫은 적도 있었습니다.

"저는 인생에서 여자와 딱 두 번 살았어요. 함부로 살림 안 차려요. 그만큼 책임감이 있어야 하니까요. 첫 번은 15년 같이 살다가 그 사람이 미국에 정착하게 되어 헤어졌고요. 그다음에는 레스보스에서 우연히 만난 친구였는데 저보다 스물네 살이나 어리지만 사상이 건강했어요.

제가 나이 어린 그 친구 품에서 울기도 많이 울었어요. 인터넷 악플도 힘들었고요. 바를 운영하면서 스트레스로 6개월에 한 번씩 입원을 했어요. 머리에서 윙윙윙 소리가 나고 어지럽고 위가 계속 아픈데 검사하면 아무 증상이 없는 거예요. 의사가 정신과 치료를 받으라고 권하고 주변에서도 '의사 선생이 그렇게 이야기했으면 진단을 좀 받아보는 게 어떠세요?'라고 해서 갔죠. 결과 발표 날에 제 차트에 의학 용어로 뭐라 뭐라 적혀 있고 제일 끝에 한글로 뭐라고 써 있었는지 아세요? 생활고의 압박감(웃음). 눈물이 핑 도는 거예요. 내가 여태까지 이렇게 살았구나…."

성소수자들이 편하게 찾아올 수 있는 공간, 청소년에게 탈출구 같은 놀이터를 만들어주고, 사람을 좋아하고 서로 어울리는 모습을 보며 행복하던 명.우형이지만 몸도 마음도 지쳐버린 탓에 어딘가로 훌쩍 떠나고 싶었습니다. 하와이 이민을 준비하고 잠시 미국으로 건너가 지내보았습니다. 하지만 영주권 문제가 잘 풀리지 않았고, 사람이 그리워 견딜 수 없었습니다. 이듬해에 다시 서울로 돌아와 압구정에 가게 명우형을 차렸고, 그 뒤엔 이태원에 다시 레스보스를 열었습니다.

"레스보스는 모든 사람들한테 오픈된 곳이에요. 우리도 게이 바에도 가고 트렌스젠더 바에도 가는데 왜 우리가 차별을 해요. 게이들과 같이 가도 되겠냐고 전화가 오면 오시라고 그래요. 20대 때 부치 애들 중에 트랜스젠더로 수술한 애들도 와요. 이 공간에 못 들어오는 게 어디 있어요. 그리고 어쩔 수 없이 결혼해서 애도 낳고 사는 애들도 있어요. 나만 알죠.

레스보스는 그냥 술만 팔고 매상만 버는 자리가 아니에요. 만석이 되면 기분 좋잖아요? 그럼 전 석에 맥주 다 돌리고, 매일 맥주 마시는 손님에게는 한 박스 갖다 주고 그래요. 한번은 대학원 다니면서 열심히 공부하던 애가 술은 안 먹고 차만 마시니까 제가 "돈 내지 마, 그냥 먹고 가"라고 했다더라고요. 저는 생각도 안 나는데, 걔가 그걸 기억하고 고마워서 알았어요. 그렇다고 제가 퍼주기만 하는 것은 아니에요. 일 있으면 '선배 맛있는 것 드세요. 돈

부쳤어요' 하는 애들이 있고, 제가 한창 어려울 적에 '선배, 건강 생각해서 보약이라도 드세요'라며 약 부쳐주는 애들도 있고요. 인간적인 애들이 많지요. 한번은 나이 든 애들이 와서 이야기하더라고요. '그래도 선배님은 우리를 위해서 가시밭길을 걸어주셨잖아요.'

제가 기억력이 엄청 좋아요. 십몇 년 만에 만나도 걔들 닉네임을 다 알거든요. 제가 기억해주면 눈물이 글썽글썽하더라고요. 일부러 기억하는 게 아니라 그냥 생각이 나요. 보고 싶기도 하고. 그래서 하와이에서 돌아온 거예요. 거기 알라모아나라는 굉장히 큰 쇼핑센터가 있는데 낮에는 레스토랑, 주말에는 스탠딩 파티를 해요. 주말만 되면 엉덩이가 들썩들썩하죠. 밤에 혼자 나가서 구경하고 음악 듣다 보면 '아, 이 시간에 애들 신나게 춤출 땐데' 싶어 그립더라고요. 특정 인물이 보고 싶은 게 아니라 애들이 너무 즐겁게 춤추던 모습이 생각나더라고요."

퀴어로서의 자부심

"성소수자로 정체화해 살아오면서 한순간도 부끄럽고 싶지 않았어요. 오히려 '성소수자'라는 특수성이 붙어 있기에 더 떳떳하고 당당하고 멋있게 살고 싶었지요."

그렇게 말하는 녕우형의 모습이 제겐 일종의 '명예'

같아 보였습니다. 성소수자라고 손가락질받을지언정 부끄럽지 않게, 도리어 더 성실하게 열심히 살아야겠다고 생각했다는 다짐이 비장하게 느껴졌습니다. 마지막까지 지키고 싶은 자신만의 품위라고나 할까요.

명우형은 퀴어축제에 연사로 나갔던 일화와 함께 후배 퀴어 여성들에게 꼭 하고 싶던 이야기를 들려주었습니다.

"몇 년 전 퀴어행사 전야제 때 축사를 했어요. A4 용지에 내용을 써와서 읽는데, 그 소리가 들리냐고요. 옆에서 반동성애 단체들이 북 치고 장구 치고 난리다 보니 제가 몇 장을 읽은들 소용이 없는 거예요. 그 자리에서 '나는 지금 60이 넘은 사람이고'라고 입을 뗐죠. 애들이 놀래더라고요. 이렇게 나이 많은 사람이 레즈비언 생활을 하고 있다는 것을 몰랐대요. 자기들 생각에는 우리만 있을 줄 알았대요. 거기서 제가 '저 소리가 들리냐. 내 귀에는 안 들린다'고 했죠. 애들이 막 웃어요. 그 자리에서는 특정 종교에 대해 이야기하지는 못 하거든요. 종교의 자유가 있으니까. 그래도 '인간이 심판하는 것은 아니라고, 그분만이 우리를 심판하신다' 하고 내려왔어요.

종교단체의 반동성애적 설교는 오히려 옛날엔 없었어요. 지금도 반대파가 많지만 우리가 할 수 있는 것들을 다 할 수 있잖아요. 그거는 못 막아요. 우리는 자유를 추구하고 우리가 살 공간에 안정을 찾고 싶어 하는 거지, 그 외에 바랄 게 없어요. 우리가 변태짓을 한 것도, 도둑질을 한 것도 아니잖아요. 모범생으로 나라에 세금 다 내고 성실한 시민으로 살고 있는데 왜 지탄을 받아야 돼요? 그 (비난하는) 사람들이 청렴한가요? 그렇지도 않잖아요. 비리도 많잖아요. 우린 더 열심히 더 성실하게 살면 돼요.

제가 바라는 것은 그거예요. 우리도 억압받지 않는 자유로운 세상. 그런 세상이 오길 바라면서 내 인생을 바쳐 내 이야기를 하는 거니까. 지금껏 살아온 60 평생, 레즈비언으로 살면서 한 번도 누구한테 무릎 꿇고 빈 적도 없고 당당하게, 자유롭게 살았어요. 남들이 나를 이상하게 보는 거지, 나는 그 사람들 그렇게 안 봐요.

저 지금 행복해요, 여러분 만나서. 이렇게 이야기할 수 있는 것도 행복하고요. 보미는 똑똑한 친구잖아요. 앞으로 할 일이 얼마나 많아요. 그래서 너무 좋아요. 보미가 신문에 기사 났을 적에 어휴, 웃음이 저절로 나더라고. '야, 진짜 세상이 바뀌고 있구나' 싶어서 기쁘더라고요. 흥분되고 너무 좋았어요.

요즘에는 두 갈래 길이더라고요. 열심히 사는 애들 아니면 '내일은 없다'로 사는 애들로요. (후자는) 돈을 안 모아요. 오늘만 생각하고 써요, 애인힌테. 쓸 수는 있죠. 하지만 '넌 앞으로 뭐할 거야?' 물어보면 생각 안 해봤대요. 불안한 거죠. 그런데 우리는 일반 사람보다 남이 많이 안 도와주잖아요. 자립해야 될 것들도, 일어서야 할 것들도 더 많다고요. 언제 끝이 날지 몰라요, 그럼에도 희망과 용기를 내세요. 보미가 커밍아웃한 것도 자기가 당당해서잖아요. 우리나라가 깜짝 놀랐잖아요. 서울대학교 총학생회장이라는 위치가 얼만데. 숨어서 지내지 누가 그렇게 하냐고요. 조금씩이라도 세상이 나아질 거라 믿고 미래를 위해서 지금의 위치에서 노력하며 살아야 된다고 생각해요."

따라갈 발자국도 표지판도 없는 길에 두렵지만 첫 발을 내디뎌야 하는 일투성이, 그야말로 갈 지^之 자 인생에 고난투성이었습니다. 주변 도움을 받고 싶어도 시대적 상황상, 개인적 여건상 쉽지 않았습니다. 그 시간들을 견디고 넘어서서 지금까지 온 힘으로 숱한 일들을 겪으며 명우형이 얻은 교훈은 이거였습니다.

"역경과 고난 앞에 숨고 회피한들 문제의 본질을 해결할 수 없죠. 돌이켜보면 힘들고 두려운 상황은 결국 똑바로 마주하고 부딪히며 극복해왔어요. 인생에서 중대한 문제들은 요령도 외면도 통하지 않았지요. 도망치고 숨고 싶지만 넘어서야 할 삶의 과제는 바로 마주하고 극복하면서, 남들 다 겪는 시련들은 버텨내고 이겨내면서 묵묵히 견디다 보니 지금 여기까지 올 수 있었어요. 오는 시간들을, 시련들을 나름대로 버텨냈고 돌이켜보니 '꽤 행복하게 살았구나' 하고 생각하게 됐어요. 그러니 후배들도 두려운 일이 와도 너무 겁먹지 말고 버티고 이겨내면서 나태하지 않게 열심히 살아내길 바라는 마음이에요. 그래야 우리가 이겨먹고, 우리 것을 찾을 수 있어요."

굴곡진 삶이었지만 행복했던 순간들은 삶 곳곳에 묻어 있습니다. 사랑을 듬뿍 받았던 어린 시절, 좋아하던 친구의 손을 잡고 수업을 들었을 때, 처음 퀴어 선배들을 만나 명동 아지트를 쏘다니던 시절, 자신을 찾아오는 이들을 만나고 사랑했던 이와 함께 보낸 시간들 모두 행복한 순간들이었죠. 사람들과 만나기를 원체 좋아하는 명우형이기에, 그 시간들만큼은 참 행복했다고 자부합니다. 물론 지금 이 순간의 행복이야 말할 것도 없습니다.

"앞으로 여생은 늘 그래왔듯이 매일 제 시간에 가게 문을 열고 레스보스를 찾아오는 사람들을 만나고 싶어요. 지금까지 살아온 이야기를 주변에 나누며, 조금이라도 성소수자 인권 증진에 도움이 되는 일들을 해나가면서요. 그렇게 남은 시간을 보낼 수 있다면 그야말로 제가 맞이할 수 있는 가장 벅찬 해피엔딩이 될 것 같아요."

혼자 있지 말 것, 울더라도 함께할 것

이제 막 성소수자로 정체화해 세상에 발을 딛기 두려운 사람이 있다면 언제고 커뮤니티에 한번 나와보기를 명우형은 권합니다. 혼자 하는 상상의 범위에는 한계가 있기 마련이고, 꼬리를 무는 생각 끝에 두려움만 남아 더욱 고립되어버릴 수 있거든요.

"극단적인 선택을 하는 등 안타까운 경우를 몇 번 봤어요. 그렇게 힘든 상황에서도 커뮤니티를 활용하지 않았더라고요. 아무래도 혼자 있으면 무섭고, 생각하는 데 한계가 있을 거예요. 생각이 극단적으로 흐르기도 쉬워요. 그런데 여기(레스보스) 오면 인권단체도 있고 상담해주는 사람도 있고 또래나 선배 집단도 많으니까. 사람들을 만나 이야기를 나누어보면 전에는 몰랐던 다양한 삶을 알 수 있고, 마음이 아무래도 편안해지고, 진로나 고민하던 부분도 더 정확하고 빠르게 해소될 수 있어요. 미지의 세계처럼 느껴져 조심스러울 수 있지만, 생각보다 커뮤니티는 안전하고 이미 다양한 경험을 한 비슷한 사람들에게 도움을 받을 수 있으니 용기를 내보면 좋겠어요."

이와 더불어 명우형은 커뮤니티의 더 많은 이들이 도움과 지원을 받을 수 있도록 사람들이 성소수자 인권 운동에 관심과 지지, 지원을 보내는 데 동참했으면 한다고 이야기했습니다. 성소수자에게 더 나은 사회를 만드는 데 필요한 물적 자원이 충분해야 인권 운동 단체들이 제 할 일들을 해나갈 수 있다고요.

명우형의 말씀처럼 더 많은 재원이 있다면 불합리한 사건에 저항하고, 커뮤니티 구성원들을 지원하고, 제도와 법을 바꿔나가고, 인식과 문화를 변화시키는 일을 더 잘, 더 많이 할 수 있을지도 모릅니다. 관심과 지지가 더해진 다면 변화의 시기를 예상보다 좀 더 앞당길 수 있겠지요.

과거의 레스보스가 아지트였다면 지금은 모두를 위해 열려 있는 보금자리 같은 공간입니다. 성적 지향이나 성별 정체성에 크게 구애받을 것 없이 다양성을 존중하고, 레스보스를 기억하고 아끼는 모든 이들을 위한 공간이 되었죠. 누구나 이태원 레스보스에서 명우형을 만날 수 있습니다. 사람이 좋아, 사람들을 만나기 위해 한자리에 머물며, 오는 이들에게 진심과 애정을 나누어주는, 세상을 더 나은 곳으로 만들기 위해 자기 자리에서 할 수 있는 최선을 다해온 이 위대한 여성을요.

행복하게, 끝까지 잘 먹고 잘 살아내기

2015년 겨울, 제가 대사회 커밍아웃을 하고 다짐했던 단 하나는 '행복하게 살기, 끝까지 잘 먹고 건강하게 잘 살아내기'였습니다. 불행의 저 끝으로 스스로를 내몰지 않고 주어진 상황들 속에서 내 몫의 행복을 온전히 누리자고 생각했죠. 앞서 언급했듯이, 나조차 나를 소중히 여기지 않으면 누구에게도 나에 대한 존중을 바랄 수 없을 거란 생각도 들었습니다.

조금 더 바란다면, 보다 나은 미래와 삶의 질을 위해 내가 소화할 수 있는 작은 역할들을 해나갔으면 합니다. 더도 말고 덜도 말고 무리하지 않고 딱 소화 가능한 범위 내에서 말이에요. 그렇게 잘 살아내는 것이 당시의 목표이자 지금의 목표입니다.

이는 첫째로 제 자신과 저를 사랑해주는 사람들을 위한 나름의 노력이고, 둘째로 (부끄럽지만) 여성 퀴어 동료 시민들에게 조심스레 건네는 연대의 손짓입니다. 우리 함께 건강하게 살아내자고요. 또 앞서 선배들이 그러했듯이, '여성 성소수자로 살아도 꽤 행복하게, 또 그럴듯하게 살아갈 수 있다'는 선례를 다음 세대에게 보여주자고요.

그래서 이 책을 읽는 분들께도 용기를 내어 손을 건넵니다. 저뿐 아니라 여러분이 책을 통해 만난 열두 명 여성 성소수자의 이야기를 통해 삶의 긍정적인 면들을 찾아보셨으면 좋겠습니다. 그리고 만약 이 글들에서 작은 희망과 기회를 찾으셨다면 이번엔 여러분들이 다시금 주변에 손을 건네고 어깨를 내주는 주인공이 되어주시길 바라요. 아직 세상은 살 만하고, 어쨌거나 우리는 해피엔딩을 만들어낼 수 있다는 사실을 보여주자고요. 여기까지 살아낸 내 삶이 바로 그 증거물이라고요.

우주 끝까지 행복하려는 삶에 대한 의지만큼 강한 것이 없고, 더 멋진 승리는 없을 테니까요.

✦✦✦✦✦✦✦✦✦✦✦✦✦✦✦✦

후배 퀴어들에게 전하고픈 당부

녹록치 않은 길이지만 무너지지 말자

성소수자로 정체회히고 살이기기로 선택한 이래 1960~1970년대부터 어려운 시절을 많이 겪어왔습니다. 우울도 앓고, 알코올 중독에 빠지기도 했으며 죽음을 생각한 적도 있었죠. 그러나 내가 선택한 삶이고 이를 극복하고자, 더욱 열심히 살고자 노력했습니다. 살아온 날보다 살아갈 날이 더 짧아진 요즘도 죽음에 가까워졌다는 생각이 들면 불현듯 두렵기도 합니다. 그럼에도 술의 유혹을 떨치기 위해 아예 술을 끊었고 누군가와 함께하며 두려움을 이겨냅니다. 힘들어도 무너지지는 맙시다. 우리가 선택한 길이니 보다 건강한 마음과 정신력으로 잘 일어납시다.

두터운 관계망과 넓은 커뮤니티를 쌓자

성소수자 후배들이 언제든 먹고 마시고 쉴 수 있는 공간을 만들어두니 고민을 상담하고 이야기를 나누고 싶은 이들이 사연을 들고 찾아왔습니다. 힘이 닿는 데까지 도움을 주니 내게도 어렵고 힘든 시절에 도움을 주려는 이들이 나타났죠. 그 덕분에 지금의 내가 있습니다. 주고받으며 서로를 돌보는 과정 속에서 두터운 관계들과 기대고 버틸 힘이 되는 커뮤니티가 생겨났습니다. 후배들도 주변에 도움이 필요한 이에게 손을 건네고, 또 힘들 땐 기댈 관계와 커뮤니티를 만들어나가길 바랍니다. 당장 고민을 터놓고 이야기를 나눌 이가 필요하다면 이태원 레스보스로 와도 좋아요.

◆◆◆◆◆◆◆◆◆◆◆◆◆◆◆◆

행복과 불행은 생각하기 나름이다

삶은 누구에게나 힘든 것입니다. 비성소수자라고 해서 힘들지 않은 것도 아니에요. 그러나 삶을 더 혹은 덜 힘들게 만들지는 어떻게 생각하는지에 달려 있습니다. 아직 우리 사회의 문화가 차별적이고, 제도가 부재하여 온전히 보장받지 못하지만 그 때문에 삶이 불행하다고 생각하며 언제까지고 주저앉을 수는 없습니다. 오히려 기다리고만 있는 마음이 더 힘들 수 있어요. 억압과 차별에 계속 싸워나가되 희망을 잃지 말고, 우리가 선택한 삶이니 더욱 행복하겠다는 의지를 다지며 살아갔으면 합니다.

해보고 싶은 것, 하면 즐거운 게 있다면 주저하지 말자

지금도 저는 장난과 힙합 음악 듣는 것을 좋아합니다. 이 나이에도 클럽에서 봉을 잡고 춤도 춰요. 다양한 연령대의 이들과 어울리며 떠들고 웃는 지금이 좋습니다. 삶을 보다 유쾌하고 즐겁게 해주는 일이 있다면 더 많이 즐겨보세요. 마음 설레는 일이 있다면 주저하지 말고 도전해보기 바라요.

볼 수 있다면
될 수 있다는 믿음

with 유지영[*]

김보미를 멀리서 응원한 지 어느덧 7년이 되었다. 지난 2015년, 스물세 살 대학생이던 그는 서울대학교 총학생회 선거에 나가 성적 지향을 공개적으로 밝히고 총학생회장에 당선됐다. 총학생회장에 출마해 성적 지향을 밝히는 일은 전례가 없었으므로 그의 커밍아웃은 학내외에서 많은 주목을 받았다. 그가 커밍아웃하면서 했던 발표문 중에서 다음의 문장이 내 머릿속에 오래 남았다.

"사람들이 가진 자신의 모습 그대로를 긍정하고 사랑하며 당당하게 살 수 있는 세상이었으면 좋겠습니다."

그가 7년 뒤에 퀴어들의 인터뷰집을 내는 것은 어쩌면 이 문장의 연장선일지도 모른다는 생각을 하게 됐다. 2022년 여름, 용산에서 김보미를 만나 그간 쌓여 있던 질문을 했고 답변을 들었다.

---

[*]   오마이뉴스 기자, 팟캐스트 '말하는 몸' 기획·진행자, 《말하는 몸》 공저자.

유지영: 반갑습니다. 이 책에서 김보미는 각 분야의 퀴어 열두 명을 찾아가 그들에게 어떻게 살아야 해피엔딩을 맺을 수 있다고 생각하는지 묻습니다. 각 에피소드도 무척 재미있었지만 저는 사실 이 책을 행복을 찾아 떠나는 김보미의 여정으로 읽기도 했어요. 인터뷰집을 쓰시게 된 계기가 있으실까요?

김보미: 출판사 편집자에게 메일이 왔죠. 퀴어 열두 명을 인터뷰해서 책을 써주었으면 좋겠다는 내용이었어요. 스케일이 커서 고민을 했는데 의미가 있는 일이라고 생각해서 수락했습니다.

세간에는 성소수자들에 대한 부정적인 소식이 많잖아요. 저도 새벽에 성소수자 친구들의 힘듦을 호소하는 전화도 많이 받았고 성소수자들의 장례식도 많이 갔거든요. 제가 속한 청년 활동가 단체인 '다움'에서 2021년에 낸 실태조사에 따르면 정말 많은 수의 성소수자들이 실제로 우울을 호소하고 자살 생각을 하고 있었습니다. 그럼에도 '성소수자도 잘살고 있고 잘살 수 있다'는 이야기를 하고 싶었어요. 물론 좋지 않은 소식들이 있지만 그래도 어떻게 내적으로 건강하게 삶을 유지해나가는지에 대한 이야기가 더 필요하다는 생각이 들었습니다.

행복이라는 키워드가 더욱 절실하게 다가왔어요. 인터뷰를 할 때면 제가 궁금했던 질문을 인터뷰 대상에게 자주 물어보곤 했거든요. 김보미에게도 행복이 궁금했던 게 아닐까 싶은데요. 인터뷰하는 사람으로서 김보미는 퀴어들에게 행복에 관해 어떤 질문을 가장 많이 했는지 궁금해요.

공통 질문으로 어떤 면에서 소소한 행복감을 느끼는지 물어봤어요. 어떤 삶을 추구하고 어떤 해피엔딩을 꿈꾸는지도 물었죠. 제가 궁금했던 것은 퀴어들의 정체화 과정이었어요.

사실 퀴어들에게 취직과 결혼, 출산과 양육으로 이어지는 흔히 '정상적'이라고 불리는 한국인의 생애주기가 그대로 이어지지 않잖아요. 거기에서 오는 고민이 많을 거라고 봐요. 그게 (퀴어로의) 정체화 과정에서 중요한 요소이기도 하죠. 생애주기는 아니지만 성소수자들이 자신의 정체성을 인지하고 받아들이고 긍정하는 공통된 과정이 있을지 궁금했어요.

그 과정은 서로 비슷하던가요?

비슷한 면도 있고 다른 면도 있고요. 많은 분들이 '부정' 단계를 거치더라고요. '난 이 사람을 좋아하는 거지, 동성을 좋아할 리가 없어!' 같은 생각이요. 아마도 학창 시절 관련한 (성)교육이 없어서 적절한 안내를 받지 못한 것도 있고, 사회적으로 수용되지 못하리라는 생각 때문에 오는 부정이었을 수도 있고요. 그러다가도 서서히 받아들이게 되고요. 원가족에게 성정체성을 밝히는 과정에서 어떤 부모들은 긍정적으로 받아들이지만 좋지 않은 경험을 하는 분들도 있었어요.

김보미의 정체화 과정은 어때요?

저는 중학교 때 처음으로 여자인 친구를 좋아했어요. 고등학교 때 여자친구를 사귀면서 동성을 좋아한다는 걸 깨달았고요. 그런데 그때까지 정체화를 하지는 못했어요. 대학교에 입학해서는 이성을 잠깐 만나기도 했는데 오히려 확신이 들었죠. 저는 동성에게 더 끌림을 느끼는 사람이라고요. 당시에 제가 인턴으로 활동하던 인권단체에서 만난 오빠에게 연애 상담을 했어요. 그가 대학에는 퀴어 동아리들이 있으니까 들어가보라고 하더라고요. 제가 가장 접근하기 쉬운 것은 아무래도 학교 동아리일 거라고요. 그곳은 신세계였어요. '나와 똑같은 고민을 하는 사람들이 이렇게나 많다고? 이런 고민은 나 혼자 하는 줄 알았는데' 싶었어요.

학교 동아리가 있다는 걸 모르던 상태였어요(웃음)?

그렇죠. 엄청나게 고민하다가 새벽이 돼서야 (가입하고 싶다는) 메일을 보냈어요. 성소수자 동아리방은 문을 열고 들어가면 테이블과 소파가 있는, 서너 평 정도밖에 되지 않는 공간이에요. 서로들 아웅다웅하는 그 공간이 해리포터 기숙사 같은 느낌이랄까요? 편안했어요. 처음으로 학교에서 내가 편안함을 느낄 수 있는 공간이 생긴 거잖아요. 그들의 성적 지향이나 성별 정체성이 뭐든 편하게 애인 이야기를 하고 고민을 진지하게 들어주는 사람이 있다는 것만으로도 좋았어요.

김보미는 인터뷰를 통해서 어떤 말을 하고 싶었나요?

"볼 수 있으면 될 수 있다"는 말이 있어요. 내가 참고할 만한 누군가가 있다면 그 사람이 될 수도 있다는 말인데요. 마흔 살 이후에도 나에게 미래가 있나? 고민하는 퀴어 친구들이 있더라고요. 쉰 살, 예순 살을 먹어도 잘 살아가는 선배들이 있다고 이야기해주고 싶었어요.

인터뷰하고 나서 자기 자신에 대해 새로이 알게 된 사실이 있을까요?

선택을 할 때 의미가 굉장히 중요하다는 생각이 들어

요. 총학생회장 임기를 마치고 졸업할 때 친구들이 만들어준 플래카드에도 '이제 고생은 사서 하지 말자. 돈 되는 노동을 하자'라는 문구가 있었거든요(일동 웃음). 제가 지금 다니고 있는 회사도 비영리 단체이고, '다움'도 돈이 돼서 하는 활동은 아니에요. '그런데 왜 하고 있을까'라고 스스로 물었을 때 '내게는 가치 있고 의미 있는 일이 중요하구나'라는 생각이 많이 들었어요.

책 인터뷰를 마치고 스스로 조금이라도 바뀐 부분이 있을까요? 아주 작은 마음가짐이라도 좋아요.

마음이 조금 더 평온해졌어요. 저도 고민이 많았거든요. '학생회장 임기가 다 끝나면 어떻게 살아야 하지?'라고요. 저에게도 참고할 수 있는 사례가 열두 개 생긴 셈이잖아요. 인터뷰하면서 '그래, 나는 내가 잘하고 좋아하는 걸 하면서 살아야겠구나' 싶었고요. 커밍아웃을 한 이후에 많은 분이 주목해주신 데 대한 부담도 분명 있었어요. 그게 덜해졌고 제 생을 유지하는 것도 주변 사람들에게 줄 수 있는 선물이라는 생각이 들어요.

커밍아웃을 했을 때 주변 사람들은 어땠어요?

처음에는 일이 이렇게 커질 줄 몰랐어요. 학교에서 학

생회장 선거를 나갔고, 나가서 커밍아웃했는데 엄청나
게 이슈가 된 거예요. 선례가 없으니 이 정도일 거라고
예상을 못 했고, 기사 나가고 나서 바로 부모님에게 연
락이 왔죠. 집으로 들어오라고 하시더라고요(웃음). 총
학생회장에 당선되면 그때 간다고 했죠. 무서워서 못
가겠더라고요. 무조건 당선되어야 하는 상황이었어요.

어떻게 보면 보통의 커밍아웃인 셈이네요. 실제로 퀴어
들이 커밍아웃을 할 때 가장 큰 난관이 가족이잖아요.

저는 한국 사회가 겉만 번지르르하다고 생각하거든요.
빠르게 경제 성장을 해왔고 이런 점에서 세계적으로
주목받지만, 이 사회에 사는 사람들은 행복하거나 건
강하지 않아요. 겉으로 완벽해 보이는 가족도 조금씩
상처가 다 곪아 있죠. 정상성이 깨졌으면 좋겠어요. 우
리는 모두 다 조금씩 이상한 면모들이 있어요. 그걸 인
정하고 조금 다르고 독특한 것도 받아들이고 모난 것
도 맞춰나가면서 살면 좋잖아요. 다 둥근데 왜 너만 뾰
족해? 이러지 않으면 좋겠다는 거죠.
부모들도 자녀의 다른 모습을 인정하고 받아들여주셨
으면 좋겠어요. 부모와 잘 지내고 싶지 않은 자녀는 없
어요. 당연히 사랑받고 싶고 인정받고 싶어 해요. 내가

가장 애착하는 상대가 내 모습을 그대로 인정해주지 않는다는 것이 상처도, 어려움도 될 수 있죠. 그 상처가 정말 평생을 가잖아요.

2017년 페이스북에 "우리는 서로의 커밍아웃에 빚지고 있다"라면서 학생회장으로 출마한 지인의 커밍아웃에 대한 감상을 쓰신 적이 있어요. 김보미의 커밍아웃은 누구에게 빚을 지고 있나요?

책에 인터뷰로 나오는 한채윤, 장서연, 최현숙, 명우형 같은 분들이 앞서서 커밍아웃을 했기 때문에 지금 제가 조금 더 나은 사회에서 사는 것 같아요. 저는 그분들에게 빚을 진 거죠. 그리고 제가 커밍아웃을 한 것이 어떤 분들에게 도움이 됐을 수도 있고요. 이렇게 서로의 커밍아웃에 빚을 지면서 차츰차츰 세상을 조금 더 낫게 만들고 있는 게 아닌가, 그런 생각이 들어요. 이분들이 이전에 커밍아웃했기 때문에 그들 주변에서는 퀴어의 존재를 인지했을 것 아니에요. 그리고 왕성하게 활동을 하는 분들 말고도 모든 퀴어들은 서로에게 빚을 지고 있지 않나 싶어요.

'커밍아웃하길 정말 잘했네?'라는 순간은 언제일까요.

당선됐을 때요! 딱 그 순간, 집에 갈 수 있다(웃음)! 이슈가 많이 돼 보수 일간지와도 인터뷰를 했어요. 그 신문을 읽으시는 분들에게도 이야기를 전달할 수 있었던 계기니까 기뻤죠. 신고할까 고민하고 변호사 상담도 받을 정도로 악성 댓글이 많이 달리기도 했지만 좋은 댓글도 많았어요. 응원하시는 분들도 많았고요. 물론 크게 충격을 받으신 분들도 있었어요. 좋은 충격이라고 봅니다(웃음)."

혹시나 '커밍아웃하고 나중에 취업 등에서 불이익을 받을까' 그런 계산은 하지 않았어요?

그렇게 먼 미래까지는 생각하지 않았어요(일동 웃음). 커밍아웃한 것을 후회하진 않아요. 그렇지만 취업 전선에 뛰어들었을 때 누가 제게 압박을 주지 않더라도 위축이 되긴 하더라고요. 제 가장 내적인 정보를 모두 오픈한 거잖아요. 상대는 제 정보를 다 알고 있고 정작 저는 상대에 대한 정보가 없고요. 그렇지만 커밍아웃을 하고 나서도 계속 할 일이 생겨요.

가장 최근에 한 커밍아웃은 언제였어요?

지난달이었어요. 회사에서 다들 은연중에 알고 궁금해하시는 것 같아서 '확인 사살'해드렸죠(웃음). '사실 나 찾아봤어…. 맞지?'라는 질문이었는데 뭐가 맞는지도 모르고 '예스! 맞아요!'라고 했어요(일동 폭소). 적극적으로 물어보시진 않아요. '혹시?'라고 묻고 그 뒤로 말이 없죠. '혹시 네 애인이 동성이니?' 이런 걸까요? 괄호 안에 말은 잘 모르겠지만요(웃음).

계속 커밍아웃을 하는 일이 지치진 않나요?

이제는 숨기기 싫어요. 회사는 속이고 들어갈 수 있죠. 그런데 회사 생활을 하면서 월요일에 동료들을 만나면 '주말에 뭐하셨어요?' '명절이 되면 어디 내려가요?'라고 당연하게 물어보잖아요. 애인보다 동료들과 더 많은 시간을 보내는데 그 속에서 내가 철저하게 거짓말을 하면서 살 수 있을까? 저는 그렇게 살고 싶지 않아서 커밍아웃했어요.

그게 커밍아웃하고 나서 온 일상의 차이예요. 당연하게 이성애자로 간주되는 사회 안에서 아등바등 살았는데 커밍아웃은 그렇게 살지 않겠다는 선언이죠. 그것이 가져오는 불이익이 있을지언정 담담하게 받아들이고 살겠다는 다짐이에요.

유튜브 채널 '담롱'과의 인터뷰에서 이런 말을 했어요.
"난 나다운 게 되게 중요한 사람인 것 같아. 떳떳하게 나
다운 모습으로 선거를 하고 싶었고 그게 중요해서 커밍
아웃했던 것 같아"라고요. 김보미가 생각하는 '나다움'
은 뭐예요?

　　숨김이 없는 것이요. 생각이나 말이나 삶에서 거짓말
을 잘하지 못하는 성격이기도 하고요. 표정을 잘 못 숨
겨서 사회생활에 쥐약입니다. 불의도 못 참고 거짓말
하려고 하면 간질거려서 괴롭고요. 나다움은 내가 생
각하는 대로 느끼는 대로 사랑하는 대로 사는 것이고,
그게 보미다움이죠. 그리고 각자의 다움이 있을 것이
고요. 물론 그것을 가리고 살아야 하는 게 고통스럽지
않은 사람도 있겠지만 저는 고통스러웠어요.

행복이라는 단어를 머릿속으로 떠올렸을 때 구체적으
로 떠오르는 이미지를 묘사해주신다면요.

　　저에게 행복은 안온한 일상이 유지되는 것이에요. 평
일에는 할 일을 열심히 하고 주말에는 야구팀 같은 취
미 생활로 만나는 사람들과 교류하고요. 또 파트너와

느지막하게 일어나서 뭐 시켜 먹을까 고민하다가 대충
아침 겸 점심을 먹고 재미있는 프로그램을 보면서 깔
깔대고 목욕을 하고 강아지와 산책하고. 그 사이클이
크게 달라지지 않았으면 해요.

몇 년 전에는 가장 중요한 가치가 사랑이라고 하셨는데
요, 파트너에 대해 자랑을 해주신다면요.

저는 이른바 '업 앤 다운'이 있어요. 반면에 그는 일관
된 사람이라 좋아요. 감정적으로 욱할 수 있는 상황에
서도 잘 잡아줘요. '헤어지자'라고 이야기하면 '지금은
술을 좀 마셨으니까 내일 이야기하자'라고 대답하는
유형이죠. 연애 초반에는 '왜 너는 나를 더 뜨겁게 사랑
하지 않아?'라고 물었다면 2년 정도 지나면서 '아, 이
사람은 연애 초든 아니든 굉장히 안정적인 사람이구
나' 싶죠. 그런 장점은 시간이 지날수록 잘 보이잖아요.
그렇게 4년 동안 만나고 있어요.

장기 연애를 하다 보면 지레 '헤어지면 어떡하지' 같은
답이 없는 걱정을 하게 되지는 않나요? 행복하면서 동
시에 불안이 찾아오는 순간이 있잖아요.

저는 그 불안이 성소수자 관계이기 때문에 온다고 생

각해요. 이성애 커플의 경우 결혼 시스템 안에 들어가면 부부로서 누릴 수 있는 제도적 장치들이 마련되고 미래에 대해 함께 생각하고 계획을 세울 수 있는데 성소수자 커플은 그런 안전망이 없으니까요. 저는 커밍아웃을 했을 때 가장 큰 지지를 해주었던 사람과 물리적으로 멀어지면서 헤어졌거든요. 그분이 업무상의 이유로 장거리 지역으로 떠났고, 짧지 않은 시간 만났던지라 그 후유증이 엄청나게 컸어요. 둘이 살던 공간에 혼자 남았는데 적막을 견디기가 힘들더라고요. 그 과정에서 '우리가 만약에 결혼한 부부였다면 어땠을까?' 상상하기도 했어요.

요새 결혼식을 올리는 퀴어들도 있죠. 결혼 생각이 있으신지 궁금해요.

혼인이 평등해진다고 결혼을 하란 법은 없지만 선택권이 주어진다는 점은 중요하죠. 그때부터 함께 평생 살 수 있는지를 생각해봐야죠. 그건 별개의 문제니까요. 그런 생각이 들긴 했어요. 이 사람과 10년 뒤에도 왠지 이렇게 지지고 볶고 싸우고 있을 것 같다는 생각이요. 불현듯 '10년 뒤에도 이렇게 사소하고 별거 아닌 일로 싸우고 있겠구나' 싶더라고요. 그리고 그게 현실이 된다면 좋지 않을까?

저는 누구와도 항상 결혼할 수 있다면 하겠다는 마음으로 만났거든요. 그런데 결혼도 혼자 하는 게 아니고 상대방도 하고 싶어야 되잖아요(웃음). 그런 이야기는 가끔 해요. '10년 뒤에 우리가 살 집을 구하려면 어떻게 돈을 마련해야 할까.' 이런 장기적인 계획에 대해 허심탄회하게 이야기할 때 저도 몰랐지만, 어느새 저의 미래 안에 그 사람이 있는 게 아닐까 싶어요.

미래 계획이란 단어가 나왔으니 이 질문도 하고 싶어요.
개인적이든 사회적이든 미래 계획이 있나요?

계획을 한다고 이뤄지진 않더라고요(웃음). 중학생 때는 외교관이 되고 싶었고 고등학생 때는 대학을 졸업하면 변호사가 돼 있을 거라 생각했어요. 전혀 그렇지 않죠. 제 인생에서 대학이 공부의 끝일 줄 알았는데 석사 과정을 갔고요. 흘러가듯 살고 그때그때 하고 싶은 것을 해보자고 생각해요. 재미있으면 계속 공부를 할 수도 있고, 그만두고 다른 걸 할 수도 있고요.

2015년 총학생회장 임기를 시작할 당시 인터뷰에서는
정치가 하고 싶어질 때는 할 수도 있다고 가능성을 열어
두었더라고요. 지금은 어떤가요.

그게 제 욕심과 계획 밖에 있는 일이라고 생각하거든
요. 어떤 분들은 정말 정치를 하고 싶어 하지만 기회나
때가 오지 않아요. 어떤 분들은 우연치 않게 좋은 기회
나 때가 오기도 해요. 그러니 개인이 결정할 수 있는 일
은 아니라고 봐요. 저에게 정치를 한다는 것은 어떻게
보면 공동체에 필요한 목소리를 내고 정책을 수립할 수
있는 수단의 성격이 강하거든요. 학생회장을 했을 때도
그 직전에 커밍아웃하고 서울대학교 인권 가이드라인
수립과 같은 관련 정책을 진행할 수 있었죠. 정치를 한
다고 해도 크게 다르지 않을 것 같아요. 지금은 공부를
조금 더 하고 싶어서 박사 과정에 진학하려고 해요.

연구의 재미에 대해서 말해줄 수 있어요?

말만 하면 안 믿잖아요. 성소수자들이 우울하다고 하면
믿지 않으니 4000명에게서 설문을 받았어요. 4000명
정도면 아주 크고 유효한 규모거든요. 그랬는데 50퍼
센트가량이 조사 기점으로 일주일 사이에 우울을 겪었
고, 40퍼센트가 1년 안에 자살을 생각했다는 결과가 나

왔어요. 이렇게 수치로 말하면 더 와닿죠.

한 인터뷰에서 "내가 자유로워지려면 사회를 바꿔야 한다"라고 말했잖아요. 김보미가 꿈꾸고 있는 사회란 어떤 것인지 말씀해주실 수 있을까요?

제게 '자유'는 내가 뜻하는 대로 말하고 결정하고 표현하고 살아간다는 의미예요. 자유롭기 위해서는 사회나 공동체가 조금 더 성소수자 친화적인 공간이 돼야겠죠. 누굴 사랑하든 누구와 함께 살든 제도적으로 보장을 받아야 시민으로서 온전한 권리를 누리며 삶을 유지할 수 있겠다는 생각에 그런 말을 했던 것 같아요.

김보미와 두 시간 내내 박장대소하면서 이야기를 나누었다. 하지만 이야기는 무거웠기에 그 웃음에는 다소간의 슬픔이 포함돼 있다는 사실을 두 사람 모두 알고 있었다. 그럼에도 오늘 웃을 수 있는 일에 한없이 기뻐하는 것, 그것이 김보미와의 인터뷰가 끝나고 나서 내가 더듬어본 행복이라는 단어의 정의였다.

키스하는 언니들

1판 1쇄 찍음   2023년 9월 1일
1판 1쇄 펴냄   2023년 9월 13일

지은이   김보미
펴낸이   김정호

주간   김진형
책임편집   이지은
디자인   이경란

펴낸곳   디플롯
출판등록   2021년 2월 19일(제2021-000020호)
주소   경기도 파주시 회동길 445-3 2층
전화   031-955-9512(편집)•031-955-9514(주문)
팩스   031-955-9519
이메일   dplot@acanet.co.kr
페이스북   facebook.com/dplotpress
인스타그램   instagram.com/dplotpress

ISBN   979-11-982782-6-5 03810